新選組興亡録

司馬遼太郎　柴田錬三郎　北原亞以子
戸川幸夫　船山 馨　直木三十五
国枝史郎　子母沢 寛　草森紳一
男一 編

目次

理《り》心《しん》流《りゅう》異《い》聞《ぶん》

司馬遼太郎

一

天保《てんぽう》改革このかた、幕末にいたるまで、江戸を中心に剣客はおびただしく輩出し幕末になると府内だけで大小の町道場は数百軒をかぞえ、かつては兵法《ひょうほう》五十七流といわれた流儀も、諸派の剣客がそれぞれ異をたててにわかに五百流をこえるようになった。

この空前の剣術の盛況は、天保改革以来、公儀、諸藩が武を奨励したためでもあったし、幕権が衰えるとともに諸国に尊攘《そんじょう》浪士が簇出《そうしゅつ》し、一剣をもって風雲に乗じようという者がふえたせいでもあったろう。このため、剣を学ぶのは武士だけとはかぎらなくなった。

百姓、町人のあいだにまで流行がおよび、百姓の出ながらあわよくば諸藩の指南役にとりたてられ、さもなくも町道場の一つも持とうという者も出た。むろん諸流のなかにはいかがわしいのもあり、一人一法の剣客もいたし、一地方に行なわれるだけでほろんだ田舎流儀もあった。

これよりすこし前、武州南多摩《みなみたま》の加住《かすみ》村戸吹《とぶき》という在に、「さんすけ」という百姓の子がいた。若年のころ志をたてて江戸に出、遠州の人近藤内蔵助長裕《くらのすけながみち》について理心流《りしんりゆう》という無名の流儀をまなび、のち養子となって二代目を継ぎ、近藤方昌《のりゆき》と名乗った。方昌には子がなかった。おなじ武州南多摩の境《さかい》村小山《おやま》の百姓の出で周助という者を養子にし、周助もまた子がなかったために、門人のなかから出色の者をえらび、やはり南多摩郡の上石原《かみいしはら》の中農の家にうまれた「かつ太」という門人を養子にした。「かつ太」は養子になるとともに当時、武士の間で流行していた一字名の勇《いさみ》と改称した。

この勇が、のちに新選組局長として京洛《けいらく》に潜入してくる諸藩の脱藩浪士を戦慄《せんりつ》させた理心流四代、近藤勇昌宜《まさよし》である。

当時南多摩郡は、ほとんどが天領の純農地帯だったが、なお源平以来の坂東《ばんどう》の気骨をのこし、人は勇侠《ゆうきよう》をこのんだために、このあたりの村々で大いに理心流が栄えた。のち近藤勇の腹心になり、剣技は近藤にまさるといわれた土方歳三《ひじかたとしぞう》も、南多摩郡日野郷石田の農家から身をおこした。

ところが、理心流近藤道場には、土方よりもさらに数段まさるという若者がいた。万人に一人といわれた天才で、これほどの器の持主が、なぜ理心流のような田舎道場にまぎれこんでいたのか、ふしぎなくらいの若者であった。のちに新選組副長となった沖田総司《おきたそうじ》である。近藤道場では、この沖田のみは早くから近藤の養父周助から、理心流（天然理心流ともいう）の免許皆伝をえ、二十をすぎたばかりではやくも師範代に抜《ぬ》んでられた。この沖田と土方がいなければ、のちに京における新選組の武力も、半減していたかもわからない。

二

沖田総司は、いうほどの家柄の子ではなかった。しかし近藤一門ではめずらしく武士の子である。奥州白河《しらかわ》の脱藩で、家は阿部豊後守《あべぶんごのかみ》の徒士《かち》であったともいい、すでに父の代に江戸で牢浪《ろうろう》していたためにこの若者は根っからの江戸そだちであったともいう。近藤、土方よりも六、七歳若く、色白の童顔のためにいつまでも前髪の似合いそうな顔だちである。年少のころから、近藤の江戸道場に住みこみ、師範代になってからは、多少の小遣いをもらってのんきなやもめ暮らしをつづけてきた。

ちなみに、近藤の江戸道場は、小石川伝通院《でんずういん》東側の柳町の坂の上にあり、付近の大下水に沿って古びた小旗本の屋敷がならんでいたが、そのわりに歴とした武家で弟子入りする者はほとんどなく、稽古《けいこ》にくる者といえば伝通院の寺侍か、さもなければ旗本屋敷の用人、町家の者などがほとんどだった。はやらない町道場だが、それだけにのんびりしている。

沖田はこれら江戸門人に稽古をつける一方月のうちに何日かは多摩のほうに出稽古に出かけた。三多摩の村々を歩き、村の寺や大百姓の納屋まがいの建物を借りて近在の若者に稽古をつけてやるのである。これが近藤道場のおもな財源であったのであろう。近藤がゆくこともあったし、土方がゆくこともあった。――大正の末年、作家子母沢寛《しもざわかん》氏が、甲州街道に面した日野の旧郷士であった佐藤俊宣《としのぶ》翁（土方歳三の従弟《いとこ》、現在その子息は同町で郵便局を経営）からきいたところでは、沖田総司は、自分が出来るわりには教え方が下手で稽古は荒っぽかった。土地の若者は、沖田の巡回のときは、近藤がくるよりもおそれたという。

文久《ぶんきゅう》二年六月、日野の佐藤屋敷に数日とまりこみで近郷の者を教えていた。沖田は翌日、上石原宿《じゅく》の門人衆を指南するために烈日の甲州街道を歩いていた。田舎まわりの剣術師匠というのは、足まめでなければつとまらない。この年は例年よりひどく暑かったが、沖田は、着物を下帯のみえるまで威勢よくからげ、この近在の百姓が山詣《まい》りをするときにかぶる山笠《やまがさ》をかぶり、二尺八寸鉄ごしらえの当節流行の長刀に粗末なつか袋をかぶせ、竹刀《しない》に防具をくりつけてかついで歩いている。

府中まできたとき、渇きにたえかねて茶屋へ入った。奥に、沖田と同業の田舎武芸者らしい男が三人、女をつれてすわっているのが気になったが、かまわずその横の床几《しょうぎ》にすわった。

亭主が、

「御酒《ごしゅう》かね」

ときくと、

「とんでもない」

おどけてみせた。ひどく気さくな男なのである。子供のような顔で笑いながら、

「酒、ときいただけで酔ってしまう。湯漬けだよ。それに、うまい漬けものがあるかえ」

「茄子《なす》だがな」

「皿にどっさり盛りあげておくれな」

横の武芸者は、酒をのんでいる。兄貴株の男は三十前後で、顔に白なまずがあ

り、頬のあたりが削《そ》げたように薄いわりに軀幹《くかん》が長大で、あごが張っている。武州の顔である。しかし眼のくばり、身ごなしから察するに、なまなかな使い手ではなさそうである。

　沖田は好奇心のつよい男だ。湯漬けをかきこみながら、横眼でみるともなしに様子をみていると、剣術師匠とその弟子であることはわかる。ところが、防具、竹刀のほか、この三人は奇妙な道具をそれぞれ横に置いている。

（なんだろう）

　具足《ぐそく》の脛当《すねあて》に似ているようにおもわれた。しかし撃剣の道具になぜ脛当などが要るのかはよくわからない。それに、竹刀がひどく長い。

（妙な流儀もあるものだな）

　相手にならぬことだ、と思い、ふところから巾着《きんちゃく》をとりだして立ちあがろうとした。ところが、その男の左手にすわっている弟子株の小肥りの男が、

「率爾《そつじ》ながら」

　と手をあげた。ちかごろ素姓あいまいなにわか浪人にかぎって、こういう古格な武家ことばをつかう。

「お見うけするところ、多摩の理心流の御門人のようですな」

「そうです」

「ここでお顔をみたのを幸い、ひと手お教えねがいたいが、いかがであろう」

「あなたがたは？」

沖田が訊《き》くと、にやにや薄笑いをうかべたまま、答えない。

(どうかしてやがる)

と思いながら、

「仕合はこまります。師匠のゆるしがありませんとね」

「もっともなこと」

と、こんどは師匠株の男がいった。

「いちど、近藤どのにお手あわせをえたいと思っている。近藤どのが、この方面に出稽古におみえになるのは、いつごろですかな」

「知りませんな。私は走り使いの手代のような男だから」

「ご冗談を」

男はずるそうに笑って、

「貴殿は、沖田総司どのでござろう」

沖田は、自分程度の者の名が、これらの男に知られていることにおどろいた。

ひょっとすると、しかるべき魂胆があって近藤道場のことをしらべているのかもしれない。沖田がだまっていると師匠株の男が、

「先日は、井上源三郎どのがみえられましたな」

知っている。井上は理心流目録者で、その人柄どおり素直な剣をつかう。のちに、新選組副長助勤になった男である。

「その前は、土方歳三どのがみえられた。さらにその前が、近藤どのであった。という順で考えるとこのつぎは、近藤どのということになる。近藤どのが多摩へ出稽古にきている頃合いをみて、当地へくる。いちど、手合わせをしてみたい」

「さきほどからうかがっていると、私どもの流儀の者の名をずいぶんとご記憶のようですが、私は、あなたのお名を存じあげていない。すこし礼を失したような話だと思うが、どんなものでしょう」

「名か、名は、近藤どのにきいていただくがよい。おそらく、ごぞんじだろう」

（ばかにしてやがる）

しかし、沖田は無邪気そうに、

「まあ、そう伝えておきますよ。——亭主、勘定をたのむ」

と、余分に置き、大声で、

「釣銭は、そちらの先生がたに差しあげてくれ。些少《さしょう》だが、ながながとご講釈を賜わった木戸銭だと申しあげるんだぞ」

大いそぎで街道へ出た。

売った喧嘩《けんか》だから当然買うだろうと覚悟していたが、追ってくる気配はなかった。

数日たって、江戸の道場へもどった。近藤は他行《たぎょう》していて、いない。

「困ったな。土方さんは?」

と若い内弟子にきいたが、土方も、井上も不在だった。ちかごろ、道場はすっかりさびれてしまっている。道場がひまだから、女遊びにでも出かけたのだろう。

さびれているのは、もともと理心流が不振であったうえに、この道場のある小石川を中心に江戸一円に悪性の痲疹《はしか》が蔓延《まんえん》しているせいでもあった。

こんどの痲疹は、天保七年の流行のときよりもひどい。妊婦、病弱の婦人などで死にいたる者もあり、日本橋を一日に二百も棺《ひつぎ》が渡った日もあるという。症状は咳嗽《せき》がはげしく、手足が厥冷《けつれい》し、ときに霍乱《あげくだし》をともない、高熱のために狂を発して水をのむために井戸へとびこむ者もあった。湯屋、風呂《ふろ》屋、髪結床《かみゆいどこ》はさびれ、花街の娼妓《しょうぎ》なども、伝染をおそれて客をことわるという話を、沖田はきいたことがある。

この痲疹の流行のもとは、道場のそばの伝通院山内の某寺に滞留していた二人の所化《しょけ》からだという。このために、江戸中の者から、この近辺に入ることを恐れられ、自然、道場もさびれるようになり、近藤も、「当分、道場は閉めるか」とまでいっている。

――ほどなく近藤がもどってきたので、沖田は、府中の茶屋での一件を話すと、

「思いあたらぬな」

「顔に白なまずのある男ですがね。そういえば、奇妙な道具をもっていたようです。具足の脛当のような」

「脛当?」

近藤の表情がこわばった。しばらく押しだまってから、

「松月派柳剛流《しょうげつはりゅうごうりゅう》の者だな」

耳なれぬ流儀である。しかし近藤がにがい顔でだまりこくってしまったために、それ以上訊くこともできなかった。

翌朝、土方歳三がもどってきたから、たずねてみると、

「ああ、そいつは近藤さんの商売仇《がたき》だな」

とあっさり教えてくれた。

松月派柳剛流の源流は、柳剛流といい、柳剛流の流祖は、ごく近年（文政《ぶんせい》九年九月二十四日）に死んだ岡田総右衛門《そうえもん》奇良である。

奇良は、武州北足立《きたあだち》郡蕨《わらび》の農家のうまれで、はじめ心形刀流《しんぎょうとう》の伊庭軍兵衛直保《いばぐんぺえなおやす》にまなび、のち諸国を遍歴して一流をあみだし、柳剛流と名づけ、お玉ケ池の千葉道場の近辺で道場をひらいた。一橋《ひとつばし》家の指南役になったために一時は幕臣のあいだでも流儀をまなぶ者が多く、当節著名の剣客では講武所教授方松平主税之介《ちからのすけ》もこの流儀である、という。

「おもしろい話がある」

と土方はいった。

尾張《おわり》大納言が邸内に江戸の剣客をあつめて大仕合《おおよせ》をさせたときのことである。柳剛流からも代表者が出た。奇良の遺弟で、岡田喜内という。播州竜野《ばんしゅうたつの》五万三千石脇坂淡路守《あわじのかみ》に召し出されて指南役をつとめている男であった。——当時、柳剛流は、江戸の剣客のなかでは評判がよくない外法《げほう》とののしる者もあり、

「百姓剣術」

と悪口《あっこう》する者もいた。流祖が、武州の百姓だったからであろう。それに、この

流儀が他流ときわだってかわっている点は、上段から長大な竹刀で相手の向う脛《ずね》を左右に打って打ちまくることであった。兵法五十七流の組太刀にはない手である。奇法だが、剣の正法ではないといえる。

ところが柳剛流は竹刀仕合につよい流儀で、この大仕合でも、柳剛流の足打ちのために、つぎつぎと著名の剣客が倒され、かなう者がなかった。

上段に構えるまでは、他流とおなじだった。しかしあとは異様に長い竹刀で相手の足ばかりをねらうために、いかにもなりがわるく、観る者もそのぶざまさに失笑したり、それが意外にも勝ち進むために、ひそかに舌打ちをする者もあった。

喜内のあるじ脇坂侯でさえ、左右の者に、

「柳剛流も、こうして他流のあいだで立ちあわせてみると、いかにも醜い。角力《すもう》でさえ足を取るのはいやしいとされている。いままで気づかなかったが、一藩の士風を規律するのにあれではどんなものか」

とささやいたといわれる。

勝ち進んだ岡田喜内は、ついに、千葉栄次郎にあたることになった。栄次郎は北辰《ほくしん》一刀流の流祖周作の次男で、そのころは水戸《みと》弘道館教授方をつとめていたが、長兄奇蘇太郎《きそたろう》が病床にあるため、流派を代表して出場している。

満場、声をのんだ、むりはなかった。栄次郎が代表する千葉の北辰一刀流玄武《げんぶ》館は、門弟三千といわれ、京橋蜊河岸《あさりがし》の鏡心明智流《きょうしんめいち》桃井《もものい》春蔵、麴町《こうじまち》の斎藤弥九郎の道場とならんで江戸の武芸を三分する勢力がある。千葉を倒すことは、柳剛流にとって戦場で大将首を獲《と》るにひとしい。

この千葉栄次郎の上段は、異風なものであった。四尺の大竹刀を片手上段にかまえ、やや腹を出し、左手の掌《てのひら》で脇腹をかるくおさえ、打つときは、その左手で胴をずりあげるようにしながら、眼にもとまらぬ神速さで踏みこみ、電光の打ちを入れる。

ところが岡田喜内と立ちあったとき、この千葉が、あっというまに、岡田喜内に足を打ちこまれ、体を崩し、そのすきに最初は面、つぎは、胴二本をとられた。場内は一瞬青ざめた。

「これで江戸の剣法も仕舞いか」

最後に立ったのは、千葉、斎藤と鼎立《ていりつ》する蜊河岸の桃井春蔵である。

桃井家は代々襲名で、このときの春蔵は四代目春蔵直正《なおまさ》といい、歴代のなかでは最も名人とされた。蜊河岸の道場を三大道場の一つにまで栄えさせたのは、この春蔵直正である。

春蔵はいつも微笑をたやさない男だったという。四十の半ばをすぎたばかりであったが、頭が後頭部まで抜けあがり、赤ら顔であったために姿のいい老翁の風ぼうがあった。

勝負は、三本である。春蔵が敗れれば、江戸は柳剛流に制覇されるだけでなく、大げさにいえば香《か》取《とり》・鹿《か》島《しま》の古兵法以来の剣術の道統が、けれん剣法によって崩れることになる。春蔵は、場内の重苦しい期待のなかに立ちあがった。しかし、意にも介さぬ様子で、ヒソヒソと道場の床をふんで進み出、ゆっくりと蹲踞《そんきょ》した。竹刀の寸は、かれ自身が講武所教授方として決めた三尺八寸のもので、奇もてらいもない。

両者、立ちあがった。立ちあがりざま、勝負はついた。岡田が突きを入れられ、六尺も後ろへ飛ばされてころがったのである。そのくせ、春蔵の体はほとんど動いていない。当の岡田も、そばで見ていた者も、なぜそうなったのかよくわからなかった。

あとの二本も、岡田は桃井の竹刀に触れることさえできず、ポンポンと面をとられた。

（どこに工夫があるのか）

桃井の使うさまをみていた千葉栄次郎は、工夫は足にある、とみぬいた。

（さすがは桃井先生である。わしが敗れをみて、即座に工夫なされた）

桃井がひきあげてくると、栄次郎は進み出、

「仕合は終りましたが、弱輩のそれがし、後学のためにもう一手お相手ねがいとうござりまする」

尾張侯がゆるしたため二度の勝負になったが、栄次郎は簡単に面をとった。あとはまるで子供をあつかうように打ちまくり、最後に岡田が打ちこんだ竹刀を右鎬《しのぎ》で裏から摺《す》りあげ、真向《まっこう》から打ちおろした竹刀が、面の後ろに入った。岡田は眼がくらんで絶倒し、しばらく起きあがれなかった。

この仕合以後、脇坂侯も柳剛流にいや気がさし、岡田喜内にながの暇《いとま》をつかわした。江戸市内でもこの流儀を学ぶ者がすくなくなり、同流の諸道場でもその特技である足打ちをやらなくなった。自然、弱小の柳剛流剣客は窮迫した。

「――それがさ」

歳三は、いった。

「お前さんの出会ったやつらだよ。御府内では食えなくなったから、田舎へ流れて、理心流の地盤の三多摩を荒そうとしているのだろう。――松月派柳剛流とい

ったな」

「ええ」

「そいつは、蕨《わらび》のやつらだよ、きっと。蕨でそういう派が興ったのをきいたことがある。二、三、出来るのがいるらしい」

歳三のはなしでは、柳剛流発祥の地である武州蕨の宿《しゅく》で、ちかごろ平岡松月斎という土地の剣客が村々に稽古場をひらき、柳剛流を流祖のむかしにもどすと唱えているという。構えは上段、あとは猛烈な足打ちをあびせる奇法を教え、しきりと門人をふやしているらしい。かれらの地盤は武州の東北部だが、それがしだいに南下、西進して、理心流の地盤を冒そうとしている、と歳三は推測した。

「なぜそんなことをするんです」

「食えないからさ。こちらと仕合をして勝てば、どちらも武州育ちの兵法だから、在《ざい》の兵法好きが、あらそって松月派柳剛流に入門すると考えている」

痲疹の流行で、それでなくとも近藤の江戸道場がさびれている。三多摩の地盤をうしなうことは近藤にとって非常な打撃であることはまちがいない。

しかし近藤は、蕨の剣客の一件については、なにもいわなかった。

ただ、道場の日割りではその翌々日から近藤自身が多摩へ出かける予定だった

が、にわかに、

「所用がある」

といって、目録の井上源三郎にかわらせた。

臆《おく》したのではなかろう。一流一派の道場主である者が、みたこともない奇剣の兵法者といきなり立ちあうのは軽忽《けいこつ》であった。近藤にすれば、柳剛流を十分に知ったうえで態度を決したかったのである。

ところが、井上にとっては、不幸だった。

蕨の剣客たちに遭遇した。というよりかれらが、網を張って待ちうけていたのに掛った。井上が布田《ふだ》のむこうの上飛田給《かみとびたきゅう》の鎮守社で稽古をつけていたとき、にわかにやってきて、仕合をいどんだのである。

井上は、この男たちのことを聞いていなかった。なにげなく立ちあったところ、さんざんに足を打ちまくられ、数日は足が腫《は》れあがって起きあがれなくなった。

「まるで、やくざの喧嘩剣法ですな。あれは何流というのでしょう」

人のいい井上は、柳町にもどってきて苦笑したが、近藤は腕を組み、沈黙したきり、顔色がひどく青ざめている。平素感情を顔に出さない男だが、よほど怒った場合、血の気がひく。

その夜、居室に沖田をよんで、

「総司、ちかごろ、茗荷谷《みょうがだに》へは寄りついていないそうだな」

「どうも、あそこは、にが手です」

「いけないね。先様では、女でも出来たのかと、心配している」

「できやしませんよ、私なんぞ」

「そうはいっておいた。まだ子供ですから、というと、静庵先生は、その子供子供がかえってあぶない、子供だから女に見境いがつかなくてかえってだまされる、といっておられた。あすでもおうかがいしてみろ」

静庵とは、小日向《こひなた》茗荷谷の戸田淡路守下屋敷のそばに住む住吉《すみよし》静庵のことである。江戸では知られた蘭医で、もともと本願寺の声明《しょうみょう》僧だった人物らしい。長崎で医術をまなび、小石川一帯の旗本屋敷にいい得意をもって暮らしており、勇の養父周助（隠居名《な》・周斎）と懇意だった。その関係で、勇は、沖田が多少労咳《ろうがい》の気味があるのを心配して、ときどき薬をもらいにやらせていた。沖田は老人に可愛がられるたちだから、静庵もかれの来訪を待ちかねるようにして、よろこぶ。

翌朝、茗荷谷へ行くために道場を出ようとしたとき、土方が、道場裏の井戸端で、「総司」とよびとめた。

「のんきそうに静庵先生のもとに出かけてゆく様子だが、若先生のかけたなぞが解けての上かね」

「なぞ？」

「ばかだな。あれは、蕨の剣術使いどもをお前さんが代って打ちのめせ、という事だよ」

「土方さん、からかってる」

「だから、総司はいつまでも子供だといわれる。静庵先生のめぼしい患家は、どことどこだと考えてみろ」

あっ、あっ、とおどろいた。静庵の患家には、お玉ケ池の千葉家が入っていることを思い出したのである。千葉栄次郎はあの仕合のあと労咳を病み、静庵がわざわざ神田《かんだ》まで出かけて薬餌《やくじ》を投じている。近藤のなぞは、その静庵の紹介を得て千葉栄次郎に柳剛流足打ちの防ぎを訊け、というのであろう。

「わかりました。――しかし」

栄次郎の病いは、明日も知れぬほどに重いといううわさであった。千葉家では近年不幸つづきなのである。数年前に周作と長男奇蘇太郎が相次いで病死し、去年には四男の多門四郎が二十四歳で死んでいる。

「そういう事情のなかで、ちょっと訪ねるわけにはいかないでしょう」

「押してやることだ。千葉の事情もあるかもしれないが、こちらの事情は、大げさにいえば道場の浮沈にかかわっている」

沖田はその旨を静庵にたのむと、案外気軽にひきうけてくれたまではよかった。ところが数日して返事をききに出かけてみると、

「あれはだめさ」

と静庵はいった。栄次郎は度量の大きな人物だから他流の人にでも教えないでもないが、すでに当流の組太刀に入れてある、だからことわる、といったというのである。

(間違っていた。剣はやはり自得する以外にあるまい)

沖田は、はじめてそう決意した。

そのうち、蕨の剣客たちの挑発がひどくなった。南多摩の近藤の門人たちが毎日のように柳町の道場にやってきて、かれらの跳梁《ちょうりょう》ぶりを訴えるようになった。

――蕨の連中は、村々にやってきては、百姓の若者を相手に、

「ひと手、お教えねがいたい」

と稽古をのぞみ、なにげなしに面、籠手《こて》をつけて立ちあうと、さんざんにたた

きのめしたあげく、

「それが理心流か」

といいのこしてゆくという。悪口《あっこう》すれば近藤が出てくると考えているのであろう。出てくれば、在郷の門人の前で近藤をたたきのめそうというこんたんなのである。

それに門人たちの話では、かれらは単なる剣客ではなさそうであった。どうやら水戸の影響をうけた尊攘浪士でもあるらしく、三多摩の郷士、庄屋、神職などのうち読書人を訪ねては、しきりと意見を交換しているという。

「そういう手合いだったのか」

近藤には、一家言がある。

当節流行の尊攘浪士をひどくきらっていたが、思想的にはかれも当時の読書人のひとりとして攘夷論者だったし、京の朝廷を尊崇すべきことを知っていた。しかし、

——あれは鎮守の明神のようなものだ。

と門弟にいいきかせていた。尊ぶべきものであっても、かつぎあげるべきものではない。ましてその神輿《みこし》をかついで他人の家にあばれこみ、戸障子をうちこわ

し、人を殺傷する手合いは憎むべきである。不敬これにすぎるものはない、という考えであった。事実、近藤のいうような事件は京で毎日起っている。諸藩の脱藩浪士が京に流れこみ、開国論者や佐幕論者を斬殺《ざんさつ》し、首を三条河原《がわら》に梟《さら》し、ときには富商の家に押し入って御用金調達と称して強盗も働くという。かれらの跳梁のためにながいあいだ京の治安を担当していた京都所司代、京都奉行はまるで無力になり、このため、幕府では、この月、二条城に京都守護職を特設し、会津《あいづ》若松《わかまつ》二十三万石松平容保《かたもり》を駐屯せしめ、京の治安にあたることになった。この処置を、浪士の跳梁におびえていた京の庶人はひどくよろこんでいるといううわさが、江戸まできこえてきている。

江戸でもこの手の浪士の横行がはなはだしく、近藤はその何人かに会ったことがある。かれらはひそかに倒幕をねらっているという。近藤は、この連中を豺狼《さいろう》のようにきらっていた。

「わかった。総司――」

近藤は、むしろ明るい語調でいった。

「蕨へ行ってみることだな。あの流儀をよく見たしかめてきてから、始末をつけることだ」

その翌朝、沖田総司は暗いうちから中山道《なかせんどう》を蕨にむかった。蕨は江戸から四里である。沖田は相変わらず、百姓の山詣り笠をかぶった例の服装である。防具、竹刀だけはもっていない。昼前に宿場に入った。道場をたずねると、すぐわかった。

松月派柳剛流の道場は、納屋同然の粗末な板ぶきだったが、窓は江戸の諸流家とおなじく他からのぞかれぬように高窓が一つ、チガイ窓にしてつけてある。沖田は、窓の下にソッとつま先立ってみてから、

(これは、むりだな)

盗み見は、不可能だと思った。すこし思案してから、

「お頼み申しまする」

と案内を乞《こ》うてみた。出てきたのは、土地の百姓風の門人である。沖田は、

——自分は江戸伝通院の寺侍であるが撃剣を習いおぼえている、一手、お教えねがいたい、というと、百姓風の男はいったん引っこんだが、ほどなく出てきて、案外簡単に道場に通された。蟬《せみ》しぐれが、ひどくかしましい。道場は、どうやら無人のようであった。

蠅《はえ》の多い土地である。沖田は顔にたかっている蠅を追いながら、小半刻も待た

された。やがて、この道場の婢《こおんな》らしい者が、茶を運んできてくれた。沖田が無造作に茶碗《ちゃわん》をとりあげると、婢はゆっくりと微笑を作って、

「沖田様でいらっしゃいますね」

あっ、と顔をあげ、

「どなたです」

「おわすれになりましたか。府中の茶屋で、この道場の連れの者と」

「これは、だらしのないことだ」

沖田はあっさり頭をかき、

「見ぬかれているとは知らずに、いい気で芝居をしていたとはお笑い草だった。じつは御流儀を盗み見にきたんだが、盗ませてくれるかね」

「………」

「虫がよすぎるかな」

「あるじも師範代も留守でございます。しかしそれが、お仕合わせだったかもしれませぬ。もしあの者たちがおれば、生きて江戸へお帰りになれぬかもしれませぬ」

「あなたは、いったい……」

「名は加尾《かお》と申しまする」

「この道場の？」

まさか婢《こおんな》ではあるまい、と思いなおしたのは、着ているものこそ粗末だが、よくみると尋常でない気品があるように思えてきたからである。

女は笑って答えず、ただ、

「この私でよろしければ流儀のひと通りのことは見せて進ぜます。ご覧になった上、お盗みになるのはご勝手でございます」

「失礼ながら、あなたがお使いになる？」

（おれは、やはり子供だな）

——と後悔したのは、沖田が江戸にもどってからのことだった。しかし、このときは笑止なことに、目の前にいるえたいの知れぬ女が、仏のように親切にみえた。沖田は、十八歳のときに亡くなった母親以外に女というものを知らない。その点では、めずらしいほど無智な男だった。目の前にいる女が、この道場の婢か、娘か、それとも商売女であるのかも、沖田にはよく区別できないのである。

「かたじけない」

「この道場では憚《はばか》りありまするゆえ、今夜初更《はちじ》に、このさきの真宗三学院と申すお寺の裏の松林でお待ちくださいますように。ちょうどその刻限に、十六夜《いざよい》の月が昇ります。月のあかりで、太刀筋は十分にご覧に入れることができましょう」

沖田総司は、道場を出た。それまで時をつぶすために旅籠《はたご》ふじや定七方で休息し、ひとねむりしてから三学院の松林に出てみた。

月が出るらしく、東の空がいぶされたように色づきはじめている。沖田は松の根の闇溜《だ》まりをえらんで小さな榾火《ほたび》をたき、その上に湿った松葉をかぶせていぶし、さらに莨《たばこ》をひとつまみ載せた。――女を疑ったわけではないが、これが不意討ちをふせぐ心得である。やがて榾火のなかから莨のけむりと人肌に似た匂いが立った。

しかし沖田自身は、そこから数間離れた松の木の闇溜まりに影をひそめた。

（きたな）

と思ったのは、それから四半刻ものちのことである。同時に、軽いおどろきがあった。人影は女でなかった。沖田は、影を数えた。七人はいた。わなにかかったことが、人のいい沖田にやっとわかったのは、このときである。

しかし蕨の男たちのほうも、沖田の仕掛けたわなにかかった。榾火に近づいて、

――おらぬな。逃げたか。

——火がある。まだ遠くは行くまい。

ここで沖田は逃げるべきであった。が、井上源三郎のあだを一太刀むくいてやろうと思い、

「沖田総司は、ここにいる」

やにわに、刀のみねで力まかせに二、三人の肩甲骨《かいがらぼね》をなぐりつけるとパッととびのき、尻からげをした。

「逃がしてもらうぞ」

「そうはさせぬ」

と、すばやく沖田の前にまわった六尺近い長身の男があった。キラリと三尺はある長刀をぬき、

「おれが、平岡松月斎だ。約束どおり、松月派柳剛流の太刀筋をみせて進ぜる」

しまった、と思ったが、やむなく中段にかまえた。真剣で立ちあいをするのは、沖田ははじめての経験である。

沖田は、その後新選組の副長助勤筆頭として数えきれぬほどの修羅場にのぞんだが、このときほど難渋したことはなかった。何度か、斬られかかり、二度、松の根につまずいてころんだ。

松月斎は、ふしぎな刀法をつかった。つねに、頑固なほどの上段である。しかもその刀が、いきなり地底へでも吸いこまれるような感じで、びゅっと沖田の足もとに落下する。

びゅっ

びゅっ

と太刀風が沖田の足もとでおこり、そのつど沖田は、足を宙に舞わせてとびさがった。このため仕掛ける余裕などはない。そのつど、構えを崩して逃げるのが精一ぱいだった。

(斬られる)

と何度かおもった。柳剛流の足打ちは、足を斬ることが目的ではないことがわかった。足に打ちかかることによって敵の構えを崩し、その崩れをねらって太刀をすばやく摺りあげ、敵の左右の胴を撃ち、さらに面、籠手、突きへと応変しつつ、失策《しくじ》ればふたたび足打ちの動作にもどし、敵に一瞬のゆとりも与えないのである。

ついに最後の太刀を避けて、大きく跳びさがったとき、あおむけざまに背後の窪地《くぼち》に落ちた。

羊歯《しだ》が密生し、底が濡《ぬ》れている。沖田は、息をこらした。三尺ばかりの浅い窪地だが、あたりの松が月を遮って闇溜まりを作っているため、襲撃者のほうからは、沖田の体の位置がみえない。

「透《す》かしてみろ」

数人が、窪のふちで、しゃがんだ。そのすきに沖田は、脇差をぬき、弧をえがかせて遠くへ投げた。

遠い闇の地上で金石の触れる音が、湧いた。はっ、と一同の注意がその方角へむいたとき、沖田は窪のふちへ踊りあがって一人を斬り倒し、松林の闇をひろいながら、夢中で駈《か》けだした。何度か松の幹に激突してころんだ。鼻血がふきだした。

沖田は、血まみれになって、暁け方、江戸柳町の道場へもどってきた。

近藤は、ちらりとそういう沖田の姿をみたが、なにもいわなかった。

沖田も、暗い表情でだまっていた。この男にしてはめずらしいことだった。

その翌日から、沖田は道場を脱《ぬ》けた。三月ほどもどらなかった。かれがこの間、どこへ行っていたか、たれもついに知らない。

ただ、道場を逐電《ちくでん》するとき、土方にだけは、

——柳剛流はおそるべき刀術だが、居合《いあい》と同様、初太刀《しょだち》さえ防げればいい。しかし居合ならば、抜かせて太刀先きを避けるだけでよいが、柳剛流は避けるだけではついに斬られる。要するに足へ来る初太刀を逃げずに防ぎ、防ぐ力で撃ちこむ法さえ体得すれば、あとは卵殻《らんかく》をやぶるよりも容易である。

という意味のことを言いのこしている。近藤は、土方と話して、

「おそらく、奥州の白河にもどったのではないか」といった。

白河には、沖田の少年のころの師匠だった梶原景政《かじわらかげまさ》（号・容斎）が隠棲《いんせい》しているいると近藤はきいたことがある。梶原容斎は、壮年までは江戸にいて、上州高崎松平右京大夫《うきょうだゆう》の世臣寺田五郎右衛門《ごろうえもん》から天真一刀流の印可をうけ、沖田はこのころに学んだ。のち容斎は白河にしりぞき、六十をすぎてから家伝の「想心流棒ノ手」という杖術《じょうじゅつ》を加味して方円流を開創したといううわさがある。

「沖田は、おそらく容斎から棒の受け手を学びに行ったのだろう」というのが、近藤の推測だった。

三

沖田が江戸にもどってきたのは、文久二年の晦月《みそかづき》になってからであった。

そのころ、京の治安はいよいよ悪くなっており、近く上洛《じょうらく》する将軍の身辺まで気づかわれるほどになっていた。幕府はついに、出羽《でわ》荘内《しょうない》の浪人清川八郎の「毒をもって毒を制する」という建策を容れ、公儀肝煎《きもいり》による浪士徴募にふみ切り、その年の十二月十九日、沙汰《さた》して松平主税之介を周旋方とし、山岡鉄太郎、松岡万《よろず》らを浪人取扱方としてそれぞれ任命した。幕府の沙汰書によれば、徴募される者は「尽忠報国ノ志厚キ輩《やから》」ということであったが、要するに在野の剣客である。この剣士団は、はじめは浪士組と仮称し、のちに新徴組と正称された。

実際の浪士勧募にあたったのは、彦根《ひこね》浪人石坂周造、芸州浪人池田徳太郎のふたりで、かれらは、江戸府内の町々の道場、関東、甲州の在郷の剣客をひとりひとり訪ねあるき、熱心に説いてまわった。

柳町の近藤道場にまでは両人は来なかったが、そのころ近藤方に寄食していた仙台脱藩で北辰一刀流免許皆伝山南《やまなみ》敬助がこのうわさをきき、近藤に伝えた。

近藤は早速、土方、沖田以下のおもだつ門人をあつめ、

「きょうかぎり道場を閉じる。大公儀お肝煎による浪士隊に参加しようとおもうが、諸賢とともに加われるなら、これに越したことはない」

近藤は、このところ道場の経営にいや気がさしていた。年の暮れになってからさすがに痲疹の流行はやんだが、町道場が濫立《らんりつ》しているためにあいかわらず入門する者がすくなく、それに蕨の一件もあった。田舎流儀同士が多摩の地盤をとりあいするなどは、近藤にとってそれほどの情熱のわくことでもない。

「御相談なさるまでもない。欣《よろこ》んで、生死をともにさせていただく」

土方がそう答え、沖田、井上、それに山南とともに道場に寄食している北辰一刀流の藤堂平助、藤堂の友人で神道無念流の免許皆伝永倉新八、宝蔵院流槍術《そうじゅつ》の免許皆伝原田左之助《さのすけ》らが加盟した。

沖田の運命はかわった。

文久三年二月、かれらは浪士組二百数十人のなかにまじって平隊士として入洛し、その後主力の帰東とともに分裂して新選組を組織した。

ほどなく初期の総帥芹沢鴨《せりざわかも》を理心流系の者が結束して斃《たお》し、近藤が名実ともに総指揮者となった。

沖田は毎日のように人を斬った月もあった。とくに元治《げんじ》元年六月五日の池田屋の斬込みのときのこの男の働きはすさまじいもので、長州の吉田稔麿《としまろ》、肥後の松田重助などがかれの刀下に伏し、刀のぼうしが折れるまでに働いた。

沖田、土方という名は、京の市中ではむしろ近藤よりも怖れられたが、そのわりには沖田自身はすこしも変っていない。相変らず少年のように無邪気で、ひまさえあれば屯所の付近の子供たちを相手に遊んでいたが、ただ、松月派柳剛流の一件については、訊かれても一ことも語らなかった。よほど無念が肚《はら》にこたえていたのだろう。

蛤《はまぐり》御門ノ変のあと、長州藩は朝敵同然のあつかいになり、新選組では、同藩の者、および長州系浪士が洛中に入れば、見つけしだいに斬った。副長助勤山崎烝《すすむ》を探索方とし、洛中洛外に密偵の網をはった。

ある日、それらからの諜報《ちょうほう》があり、山崎が行商人に化けて探索すると、三条大橋の東たもと、大和《やまと》大路をすこしさがった西側にある「小川亭」という旅籠に、長州の桂小五郎が数人の浪士を連れて潜伏していることが明らかになった。

桂の潜入については、これまでに何度か誤報があり、そのつど新選組では人数をくりだしては、むだ足をふんでいた。しかし、山崎は、たしかに小川亭に入る桂の顔を見たという。

「局長、どうやら、こんどこそ間違いないですな」

土方は、みずから、沖田助勤の隊と原田助勤の隊をひきいて、翌未明、それぞれを部署して小川亭を包囲した。

旅籠の女将《おかみ》おていは、大正十二年九月まで存命していたひとで、侠気《きょうき》があり、尊攘浪士をよくかくまったという。この付近に肥後藩士の仮寓《かぐう》屋敷が多い関係で小川亭は早くから肥後の脱藩浪士の密会につかわれていることは新選組でもよく知っていた。桂が肥後人をたよって小川亭に潜伏するというのは、十分にうなずけることである。

この小川亭には、これまで何度か事件があった。

池田屋の変で死んだ肥後脱藩の宮部鼎蔵《みやべていぞう》が、長州の吉田稔麿らとこの小川亭の離れ八畳ノ間で密会していたとき、見廻組《みまわりぐみ》が襲った。

女将おていの懐旧談によると、密会のときは、おていの姑《しゅうとめ》にあたるおりせという老婆が、中風の身ながら表に面した店先にすわり、路上にすこしでも怪しい影が立つと、鳴子《なるこ》を引いて離れに報じたものだという。

宮部鼎蔵の会合のときは不意に襲われたために鳴子を引く余裕がなかった。やむなく見廻組の前でわざとてんかんの発作をおこして時をかせぎ、女中のお松に事の急を察しさせて、浪士たちを裏口から逃がしたこともあった。

土方が指揮した部署は、原田組が格子を蹴《け》やぶって討ち入る、沖田組は路上に配置して戸口をかためる、というものだった。

一行が壬生《みぶ》を出たのは、丑《うし》ノ下刻である。月の出にはまだ間があったが、京ではめずらしく晴れた星の夜で、東山《ひがしやま》の一峰華頂山《かちょうざん》の尾根が切りぬいたようにくっきりと見え、足もとは提灯《ちょうちん》を消しても十分に歩行できた。途中、土方は、

「総司、三条大橋東の小川亭は札つきの旅籠だが、そのくせいざ見廻組や奉行所役人が御用改めをするとなると一度も浮浪の者がいたためしがなかった」

「妙ですな」

沖田は、旅籠になにか仕掛けがあるのではないか、と考えた。三条大橋まできたとき、急に、

「土方さん、私一人を、ひと足さきに行かせてくれないかな」

「足場を見ておくのか」

「まあ、そうです」

当然なことだ、と土方は承知し、橋の西たもとの茶屋をたたき起して人数を入

れ、沖田に隊士一人だけをつけて先行させた。

沖田は小川亭の付近まで到着してから、随伴の隊士が不審におもうような行動をはじめた。自分の持場である戸口のほうは見むきもせず、小川亭の三軒こちらの醤油《しょうゆ》屋の軒さきに身をひそめたのである。やがて醤油屋とその隣りの仕舞うた屋の間にある狭い通路に痩《や》せた長身を入れはじめた。

「どこへ行くんです」

「磧《かわら》へおりるのさ」

「この裏は、磧なのですか」

「そうだ」

小川亭のある家並みは、――こんにちでこそ、この家並みの背後には疏水《そすい》が流れ、土堤《どて》には京阪電車が通っているが、沖田がこの現場に立った当時は、そのようなものはなかった。家並みの背後はジカに崖《がけ》になっている。とびおりれば、鴨川のしらじらとした磧である。

沖田は、石垣をつたって磧へおりながら、

（仕掛けは、なんでもないことだ。表と横の勝手口だけを押えて、袋の尻があいていることを知らなかっただけのことではないか）

沖田は、随伴の隊士をよび、

「土方さんに、いい、と告げてくれ。そうだ、もう一つある。討ち入りのとき、僕の組は、土方さんに下知《げじ》していただくように」

「沖田さんは、どうなされます」

「磧で、瀬の音をきいている」

小川亭の裏塀の下で腰をおろしながら、沖田は桂のことを考えていた。この男は、かつて江戸の神道無念流斎藤弥九郎《やくろう》の道場で免許皆伝を受け、塾頭までつとめたという。

安政《あんせい》四年十月三日、江戸鍛冶橋《かじばし》土佐藩邸で催された諸流武術仕合に神道無念流を代表し、桃井道場の俊傑といわれた福富健次を一合でくだして名があがった。さらにこのあと桃井道場でひらかれた武術仕合ではただ一人で勝ちぬき、最後は千葉貞吉道場の塾頭坂本竜馬に敗れた、と沖田は江戸にいたころきいたことがある。

やがて、表のほうですさまじい物音がおこった。原田以下が、戸を蹴やぶって討ち入ったに相違なかった。

ほどなく、沖田の頭上の黒塀の上に人影があらわれ、星の空にとび、そのまま磧に落ちてきた。桂らしい。沖田は立ちあがって、一応の礼をとった。

「私は新選組沖田総司という者です。お相手いたします」

「………」

影が起きあがるところを、沖田は抜きうちで斬りおろした。影はスイとさがった。さすがに心得ている。

「やはり桂さんでしたな」

「………」

星眼のまま踏みこもうとした瞬間、沖田の体がくずれた。頭上から刃がふってきたのである。落ちてきた影は磧に足をおろすと桂をかばうようにして、

「先生、この男は、私が始末します」

「ああ、そうかえ」

へんに呑気《のんき》そうな声だったが、桂らしい影は、すぐ消えた。

男は、足を踏み出した。桂には、「人斬り桔梗《ききょう》」と異名された剣客が護衛についているといううわさがあったが、この男がそうか、とおもった。

うわさでは、身のたけ、五尺七、八寸はある。目の前の男がそうである。男の名も藩もわからない。ただ、紋が桔梗であった。異名は、そういう所から出たの

だろう。すでにこの男のために、見廻組で三人、新選組で一人、市中巡邏《じゅんら》中に落命している。

相手の両コブシが上った。左諸手《もろて》の大上段であった。両足をひらく撞木《しゅもく》に踏み後ろにひいた右足で、しきりと磧の小石を掘っている。川上の星空を背負い、山のように力のみなぎっている相手の巨大な影をみながら、沖田総司は、肚《はら》の底冷えるようなおもいで、

――この男、覚えがある。

と思った。即座に、剣先を星眼に沈めた。やがて沖田は手もとをすこし上げ、切先を敵のコブシにつけるようにして間合を詰めた。こんたんがあった。敵は、相変らず大上段であった。沖田は敵を誘いこむため、相手の空きっぱなしになっている左籠手《こて》を小さく打つ気配を見せてやった。

応じて、敵の影は崩れた。

沈んだ、とこの影は表現されるべきだったろう。その瞬間、

――びゅっ
と凄《すさま》じい太刀のうなりが、沖田の足もとに巻きおこった。磧の夏草が切れ飛んだ。

（あ、やはりこの男であったか）

それが蕨の平岡松月斎であることに気づいたときは、すでに沖田の両足は、磧の小石のうえでトントンと奇妙な拍子をとっていた。

沖田には、三つの工夫がある。この男は、蕨であやうく落命しかけてから、道場から無断で姿を消した。その間、奥州白河で棒ノ手を学んだかどうかは、わからない。しかし、松月派柳剛流を破るために必死の工夫をしたのであろう。

柳剛流の初太刀は、初太刀にかぎって刀ではない、と沖田は考えた。棒か、さもなければ薙刀《なぎなた》とみればよい。

蕨の三学院裏での立ちあいでは、沖田は、足を打たれる前に前ノ足をあげたが、それをすぐ後ろに引かなかったために打たれそうになり、このため構えが崩れ、あとは敵の思うさまに撃ちまくられた。

この鴨磧《かもがわら》では、松月斎は依然として初太刀は足をねらって打ちこんできた。沖田は即座に上段にあげ、同時に出した足をトンとあげて後ろへ引き、引きざま、跳進し、刀のつばもとで、真向から松月斎の頭へ斬りおろした。たしかに、撃った。

が、松月斎は斃れず、ふたりはそのまま飛びちがえて、地位を変えた。

双方、上段である。

沖田は、あぶら汗がながれた。

(鉢金《はちがね》をつけていやがる)

松月斎は、柳剛流における面の弱さをよく知っており、薄金とクサリで折りたたみになっている鉢金をつけていた。

「小僧、だいぶ、心得たな」

松月斎は、はじめて自分が敵にしている新選組の隊士が、江戸柳町の道場の沖田総司であることに気づいたようであった。

「ほめてやる」

「すこしは、苦労してみた」

沖田は、むりに笑ってみせた。が、呼吸を鎮めることがどうしてもできない。

沖田は、下段に直した。松月斎はあいかわらず左上段で、左足が大きく前にあった。

松月斎の足打ちが来たとき、沖田はぱっと足をひくと同時に刀を逆に立て、そのみねで相手の太刀をふせぎ、すばやく摺りあげつつ上段から、相手の鉢金を両断するような勢いで、ふたたび面を、どっと撃ちこんだ。面以外にうちこみようがなかったのである。

鉢金を打たれながら松月斎はそのまま十数歩疾走して、あやうく瀬のそばで踏みとどまった。

「小僧、やるのう」

ふたたび上段へコブシを突きあげ両足で大地をつかむように撞木にかまえたが、さすがに目が眩《くら》むらしく、仕掛けてこない。

沖田は、全身浴びたように汗みどろになり呼吸がけわしくなっている。

「どうだ、小僧、もう一度受けてみるか」

「——ああ」

「足がよろけておるわ」

松月斎は、ゆっくり間合を詰めた。

やがて、三たび、沖田の足もとに、
びゅっ、
と太刀が風を巻いた。

瞬間、松月斎は、逆胴を割られ、体を宙にはねあげ、手古舞いを舞うようなさまで、地にたたきつけられ、絶息した。

沖田は、生きていた。しかし、松月斎の死骸《しがい》の下に組み伏せられるようにして臥《ふ》していた。血がしきりと沖田を濡らしたが、起きあがる気力も失せていた。

（やはり、薙刀だったな）

その防ぎ手に、これがある。松月斎が気合をかけたと同時に沖田は、とっさに寝た。夢中であった。気づいたときには、松月斎の死体がかぶさっていた。

『アームストロング砲』（講談社文庫）に収録。

浪《ろう》士《し》組《ぐみ》始《し》末《まつ》

柴田錬三郎

一

文久《ぶんきゅう》二年 壬戌《みずのえいぬ》、十二月十二日——。
出羽《でわ》庄内浪士清河八郎は、当今急務三策を松平春嶽《しゅんがく》にさし出した。
三策とは——。

一、攘夷《じょうい》。わが国は、狭小で物資が乏しく、他国の要求に応ずることは不可能である。もし、その求めに応じたら国家は必ず争擾《そうじょう》する。いまや、わが帝《みかど》の大命を以《もっ》て祖宗の旧法を復す。まず横浜の在留外人を悉《ことごと》く函館《はこだて》へ移し、ただ函館へ港をもって交易を許すべきである。もし彼らがこれを肯《がえ》んぜず、暴挙に訴えたなら、その時こそは、正々堂々、神州の武威を示すべきであろう。
二、大赦。公武調和以来、公卿《くぎょう》の幽閉にある者は既に許されたが、在下草莽《そうぼう》の有志は、いまだその恩に浴さない。草莽の身を殺し、族を棄て四方に周旋する者は、皆公あって、私なく、忠誠国家に報いんとする者ばかりである。

然《しか》るに、今朝廷の意を体して有志を大赦するに当って、ただ在上の公卿のみに施して、在下草莽の者に及ばざるは、未《いま》だ資治の化と称することは出来ない。

三、英材糾合。当今外侮を防ぐべき非常の秋《とき》に際して、まず要する者は、非常の士である。非常の士を撫《ぶ》育《いく》する事は第一の急務である。幕府は、豪傑卓抜の士両三輩を撰《えら》んで総宰とし、ひろく天下の英材を募って、文ある者を顧問に備え、武ある者をして韜鈐《とうけん》に充《み》つ。

この上書が、浪士組成立の端緒《たんちょ》となった。

前年の暮から此《この》年の春にかけて、清河八郎は、九州一円を遊説し、京都で、田中河内介《かわちのすけ》らとはかり、青蓮院宮《しょうれんいんのみや》の令旨《りょうじ》を奉じて、討幕の義挙を起そうとして、敗れ去っている。しかも、江戸へ帰ってからは、こんどは逆に、幕府を利用しようとしたのである。

清河八郎は、一介の剣客ではなく、政治的野心の熾《し》烈《れつ》な機略家であった。

彼は、九州遊説にあたっても、一人の処士の力ではとても動かない、白面書生の卓論より、在上の人物の言に世間は謹聴する、と知って青蓮院宮の令旨を奉じたと称したのである。

が、清河八郎の性格は、あまりにも強烈であった。ひとたび事にあたって、他の悉くに対して、あまりに圧倒的態度でのぞんだ。これが、島津和泉《いずみ》（久光《ひきみつ》）に快挙の志がないことと共に、蹉跌《さてつ》の原因となったのである。田中河内介すら、八郎を憎んだ。

十四歳の日記に、

「酒田へ行き、山王祭を観《み》、始めて酒楼に上る」

とあり、十七歳の冬には、

「娼《しょう》を酒田より招き、これを隣家登弥太に置く」

とあり、安政《あんせい》六年に、神田《かんだ》お玉ケ池二六横町に、「文武指南所」という大看板をかかげた八郎である。

当時、文武併せ教授する者は、江戸中で、彼がただ一人であった。彼の生家は、庄内清川村で、遠祖斎藤外記《げき》以来、近隣に比なき豪族の格式を誇って来たのであり、その伝統的矜持《きょうじ》が、八郎の四肢に脈うっていた。

八郎は、大阪の薩摩《さつま》屋敷で、島津久光が上洛《じょうらく》する前に、党士たる人で、九条関白、所司代酒井若狭《わかさ》を斬《き》って、血刀を久光につきつけて、雷発を促す、という計画をたてたのであったが、一部縉神(ときに鎮西遊説で肝胆をくだいた田中河内介すらも）のにわかの逡巡《しゅんじゅん》の為に、果たさず、いよいよ久光に決意がない、とわかって、真木《まき》和泉、田中河内介らを入れた薩士が、八郎の計画通り、義挙に出ようとして、伏見寺田屋における、鎮撫《ちんぶ》隊と同志打ちを演ずるはめにいたったのである。

八郎は、大阪に参集した時は、関西の人気を応用して、王朝恢復《かいふく》を主にして、攘夷を副としたのである。しかし、寺田屋の一蹶《いっけつ》以来は、大勢は去り、もはや、みだりに手を下すことが出来ないと見抜いて、江戸へ帰って来たのである。

関東の志士は、外国人の横暴に憤激して、攘夷の熱情に燃えてはいたが、三百年間の幕府の治に慣れ、これに叛《そむ》く意識はうすかった。

で――八郎は、攘夷を主とし、尊王を副としたのである。

また幕府は、寺田屋の変で、非常に動揺しにわかに浪士圧迫の手をゆるめ、尊融法親王の幽居を解き、所司代酒井若狭を廃し、七月に入ってからは、志士の信頼を負った一橋慶喜《ひとつばしよしのぶ》を将軍補佐役とし、松平春嶽を、幕府の政事総裁に任じたのである。

そこで、幕府の方針一変を観てとり、清河八郎は、急務三策を差出したわけであった。

八郎は、上書すると、水戸《みと》へ去って、山岡鉄太郎の返書を待つ事にした。

この頃、伝馬町の獄屋にいた、池田徳太郎（去年五月、清河八郎が日本橋で無礼人を一刀の下に斬り下して、殺人犯として追われるはめになり、連坐《れんざ》して捕えられていた）が、飯番の手蔓《てづる》をもって山岡鉄太郎と通信することが出来、清河の動静をきいた。同時に、獄卒の中迫某を通じて、同檻《どうかん》の石坂周造とも通じて、国事を以て罪を得た者を大赦し、浪士を集めて、蹶下《けつか》を守護せん事を請う書を作り、旗本の中条中務大輔《なかつかさたいふ》に依頼した。

中務は、それを自分の実家である京都公卿樋口《ひぐち》観主入道に送った。それから、近衛《このえ》関白忠熙《ただひろ》の手に入り、ついに、関白から、公然、浪士募集の命が下されたのである。

松平春嶽は、浪人取扱いの任に、松平主税介《ちからのすけ》を抜擢《ばってき》した。御目付《おめつけ》、杉浦正一郎、池田修理《しゅり》が、監督となった。

このたび、御政事向を追い御改革されるについては、浪士共のうち、有志の輩をお集めになって、一方の御固めを仰《おお》せつけられることになった。一旦《いったん》の過失があったり、遊惰《ゆうだ》に耽《ふけ》った者共と雖《いえど》も、改心の上尽忠報国の志が厚い輩は、既往の儀は、出格の訳をもっておゆるしのこともある故《ゆえ》に、その心得で、名前を取調べて早々に申出る様——

こんな布告《ふれ》を出した。これは、すでに、敵方であるべき浪人たちにたよらねばならぬくらい、旗本八万騎の威勢が地に堕《お》ちていることを暗示していた。

鵜殿鳩翁《うどのきゅうおう》も浪士取扱いに任命された。鵜殿は、民部少輔《みんぶしょうゆう》と称し、外国奉行や静岡の町奉行を勤めた人物であった。池田、石坂、清河八郎の弟斎藤熊三郎など、みな公然、赦免となって、陣列に加えられた。

清河八郎も、勿論《もちろん》、水戸から呼出されて、殺人犯の罪を解かれ、浪士中への招《しょう》聘《へい》となった。

その年大晦日《おおみそか》の閣老会議で決定したのである。松の内は、役所は休みであるから、正月八日に、正式にその旨《むね》が達せられることとなった。

浪士募集は、表面は、松平、鵜殿の名であったが、一切の画策、一切の謀議は、黒幕の統帥清河八郎の胸中より出た。

もとより、募集に就いて異論がなかったわけではない。幕府には、大名、旗本がある。今更浪士の力を藉《か》りるに及ばぬ、幕府の権威にかかわる、というのであったが、春嶽は、浪士たちの如何《いか》に頼もしいものかをよく知っていた。まず、五十人だけ集めてみよう、ということになった。しかし、清河八郎は、この機会を利用して、尊攘の素志を遂げる野心に満ちていたので、百人が五百人になろうと多ければ多いだけいい、とあらゆる手段をとって、尽力した。

応募の浪士は、二百数十名に上った。勿論、このうちには、いかがわしい者も尠《すくな》くなかった。

甲州の博徒の親分である山本仙之助など、子分を二十名連れて来たので伍長《ごちょう》にされた。立身を目指した近藤勇《いさみ》、土方歳三《ひじかたとしぞう》、芹沢鴨《せりざわかも》などもいた。八郎は、これら玉石混淆《こんこう》を、すこしも厭《いと》わず、賢愚を論じなかった。

明けて二月四日――。

小石川伝通院《でんずういん》に事務所を置いて総集会を開いた。二百三十余名である。松平春嶽は、非常に驚いた。最初五十人の予定で、一人五十両ずつの準備しかしていなかったのである。処置に窮して、松平は、遂《つい》に免職になった。

鵜殿は、浪士一同にむかって、手当不足を告げ、脱退する者は申出よ、と云ったが、一人も不平を唱えず、無事に編成を終えたのであった。

二

浪士組の廻状留《かいじょうどめ》と称する名簿に、清河八郎の名は、載っていない。

彼は、何の役も持たなかった。彼の考えでは、今回の挙は、関白の命令ではあるが、すべて幕府の役人の羈絆《きはん》に属している、自分は幕府が勅を奉じて、自分と政見を同じくしたという条件の下に、浪士組に加盟したが、今後の幕府が、いつ態度を豹変《ひょうへん》するか知れぬ、自分がもし、役人となり、その禄《ろく》を喰《は》むなら、当然身をしばられ、万一の場合の自由行動はゆるされぬ懸念《けねん》がある、黒幕は隠れるに如《し》かず——と配慮して、わざと無役にしりぞいて、一党を操縦しようとしたのであった。

六日、京畿《けいき》警衛の任に就くべしとの命令が下った。

二百三十余人は、八日朝、小石川伝通院大信寮に集合、堂々隊伍《たいご》をととのえて出発した。

東海道を下ろうとしたが、外人の往来が多くて変事を生ずるおそれがあったので、木曾《きそ》街道をえらんだ。

道中制止声《せいしごえ》、宿々下座《げざ》触れ、という凄《すさま》じい勢いであった。

八郎の、郷里の父雷山宛《あて》の書簡にも、

万事頭取道中とも昼夜眠る間もなく心労申計る無く候《そうろう》。天地震動、道中筋鬼神の往来の如《ごと》く、先払にて堂々罷上《まかりのぼ》り申候。


と、大得意で書いている。

上州倉ケ野で出会った越中《えっちゅう》富山侯、またその付近で行逢《いきあ》った藤堂大学守《だいがくのかみ》の行列は、浪士組の通るまで、路傍に寄って、停っていた、という。

ただ、清河八郎だけは、隊伍に加わらず、高下駄を履いて、先になり後になって自由にあるいた。

二月二十三日、京都壬生《みぶ》村に着く——。

事務所を新徳寺に置き、各隊を、付近の寺院、役場、農家などへ分宿させた。

その夜、清河八郎は、浪士一同を新徳寺に集め、自ら正座に就いた。

「今度、われわれ一党が上洛したのは、将軍家護衛の為ではない！」

ずばりと云いはなったのであった。

「その目的は、尊王攘夷の先鋒《せんぽう》たらんが為である。よって、われわれの素志を天庭に通ずる為に上書を致す」

八郎は、すっくと立って、炯々《けいけい》たる眼光を押し並んだ二百の頭上へ、ずうっと走らせた。

誰も、固唾《かたず》をのんで、水をうったように、しんとしずまりかえっていた。

謹しみて上言奉《たてまつ》り候。今般、私ども上京仕《つかまつ》り候儀は、大樹に於て御上洛の上、皇命を尊戴《そんたい》し夷狄《いてき》を攘斥《じょうせき》するの大義雄断あそばされ候事に、周旋の族は申すに及ばず、尽忠報国の志これある者は忌諱《きい》に拘《かかわ》らず、広く天下に御募り、その才力を御任用尊攘の道御主張あそばされ候為先に以て私共を御召に相成り、その周旋これある可《べ》きとの儀につき、夷変已来《いらい》、累年《るいねん》国事に身命を抛《なげう》ち候者共の旨意も全く征夷大将軍の御職掌、御主張相成り、尊攘の道相達す可くとの赤心に御座候得共、右の如く言路洞開人才御任用遊ばされ候わば、尽忠報国の筋もこれに従い徹底すべしと存じ奉り、則《すなわ》ち其《その》御召に応じ罷り出候。然る上は、大将軍家も断然攘夷の大命を御尊戴、朝廷を補佐奉るべく……

この上書は、浪士組一同にとって、まさに青天の霹靂《へきれき》であった。

ただ、もし異議を申立てる者が出れば、即座に斬りすてかねまじい清河八郎の、非常な権幕に、一同は、悉く賛成したのであった。近藤勇、土方歳三、芹沢鴨らも、一語も発せず、これに連判した。

上書が取締りたちの手へ戻って来て、池田徳太郎にまわった時、池田は黙って、隣りの村上俊五郎へ渡そうとした。

「池田、何故《なぜ》連判せぬ？」

八郎が、鋭く訊《たず》ねた。

池田は、陰鬱《いんうつ》な眼眸《がんぼう》を、宙へ送って、

「わしは、帰国する」

ぼそりと云った。

「この場におよんで、なにを莫迦《ばか》なことを云う！　池田、おぬし正気か！」

石坂周造が、片膝《かたひざ》を立てて、つめ寄った。

獄中以来、浪士募集には、武蔵《むさし》、上州、甲州、房州、総州、常陸《ひたち》、と遊説してまわった仲である。信じられぬのも無理はなかった。

「わしは、病母を看護せねばならぬのだ」

「たわけ！　女の腐ったようなことを申すな！　それが、池田徳太郎ともあろう志士の言葉か！　国をすて、父母妻子をすてているのは、この二百名すべてではないか。……今更なにを血迷うた！」

生一本な石坂が、池田の言葉をそのままに受けとって、血相を変えて、怒鳴った。

池田は、石坂の単純さを、幸せだと思った。

今の今まで、八郎が斯様《かよう》な上書を草していようとは、全く気がつかなかったのである。

何故生死をともに誓った自分か石坂に打明けようとはしなかったのか。自分たちが一年余も獄に呻吟《しんぎん》したのは、清河八郎の殺人事件に連坐したからではなかったか。

なんという、親友の情誼《じょうぎ》をふみにじる傲慢《ごうまん》無礼のしわざであろう。浪士募集の端緒をひらく功を成したのは、誰だ。獄にあった自分と石坂ではないか。

池田は、八郎が読みあげる間、怺《こら》えがたい憤怒《ふんぬ》をこみあげさせていたのである。

ひとつには、池田は、あくまで、幕府に倚《よ》って大成を期して進むつもりであった。到着早々、かくも急激な威圧の手段をとれば、事の成る前に、公儀の暗殺の的になるのは、火を見るよりあきらかではないか、と理性が働いた。畢竟《ひっきょう》この男とは縁がない、と咄嗟《とっさ》に心を決したのであった。

池田は、八郎の表情に、一脈の殺気を読んだ。

「君は、僕が読むのを一語も洩《も》らさずきいたか？」

池田は、頷《うなず》いた。

不気味な、息づまるような一瞬であった。

ふっと、八郎の顔がゆるんだ。

「帰りたまえ、去る者は追わぬ」

池田は、無言で一酬《いっしゅう》すると立ち上った。

こうして、連判には、満腔《まんこう》の不平を抱いた只《ただ》一人が除かれたのみだった。

三

次の日、八郎は、浪士の中から特に弁才と胆略に長《た》けた六名（河野面次郎、宇《う》都宮左衛門《つのみやさえもん》、和田理一郎、森上鉞四郎《じゅうしろう》、草野剛三、西恭輔《きょうすけ》）を選び、右の上書を奉るには、命を賭《と》してかからねばならぬ、これから学習院に出頭して、攘夷の断行せざるべからざる理由を陳情し、上書を破格の待遇を以て御納め賜りたい、と乞《こ》い、もし許されなければ階下に屠《と》腹《ふく》せよ、と命じた。

六名は、当時国事参政の詰めている学習院へ出頭し、当番の鴨和泉、松尾伯耆《ほうき》に面会をもとめた。はたして、幕府の取扱うべき浪士の上書を、それ相当の順序をふまないで直接に受納することは、当番として出来かねると拒絶された。

この日、参政御当番の橋本宰相中将は、受付で、何か激論するのをきいて、松尾を呼び入れて、不審を糺《ただ》した。彼は、しばらく、考えてから、六名を階下に召すように命じた。

河野面次郎は、中将にむかって、滔々懸河《とうとうけんが》の弁をふるった。死を決した六名の態度は、中将をふかく感動させた。

上書は採納されたのみか、朝旨をも賜った。

これは、破格の待遇ではあったが、それ程に、朝廷は、日和見《ひよりみ》主義であった証左でもあったろう。

即夜、浪士一同は、新徳寺に盛大な祝宴をひらいた。

山田大路、藤本鉄石、美玉《みたま》三平、間崎《まさき》鉄馬、伊牟田尚平《いむたしょうへい》、その他水戸藩会津《あいづ》藩等の面々が来《き》り会して、勢いはあたるべからざるものがあった。

だが——。

清河八郎が、幕府の召に応じたという噂《うわさ》が関西の志士間に伝ってから、尊攘の素志を変じて、幕府の走狗《そうく》となった、という誤解が一時にひろがった。

この清河変節の評は、義盟の弟分安積《あさか》五郎さえ信じた。八郎は、着京すると、安積の潜居を探して、早々書面を送ったが、ついに返辞はなく、東帰するまで姿をあらわさなかった。多年骨身を砕いて義を倶《とも》にした安積が、世評を信じて、自分を疑っていることは、流石《さすが》に八郎の胸中に疼《うず》きを与えた。

しかし、もはや、ふみ出した道であった。ひきかえすことも、逸《のが》れることも不可能であった。

——去る者は去れ！　おれはやる！

八郎は、是非とも、攘夷の朝旨をわが手にせんと、奔走した。

三十日、八郎は、二度目の上書を奉った。そのくせ、彼のみは、署名しなかった。最後まで、黒幕に隠れる肚《はら》であった。

越えて三月三日、関白から愈々《いよいよ》東下の命が下った。

今般横浜港へ英吉利《イギリス》軍艦渡来、昨戌《いぬ》年八月、武州生麦《なまむぎ》に於て、薩人斬夷《さつじんざんい》の事件より、三箇条の申立て、何《いず》れも聞届け難き筋につき、その旨応接に及ばれ候間、已《すで》に兵端をひらくやも計り難く、仍《よっ》て其方召連れし浪士兵は速かに東下致し、粉骨砕身忠誠に励む可く候也。

この命令は、浪士に直接下らず、学習院から二条城を経て、鵜殿鳩翁の手に渡った。それは、前回直接浪士へ賜った事実が、非常に幕吏を驚愕《きようがく》させたので、今度は、穏当に正式の手続をとったのである。

三月九日――、山岡鉄太郎の名義で、幕府御目付池田修理にむかって、

「将軍家は勅を奉じた上からは、速《すみやか》に号令布告すべきである。去冬既に布告したと申されるが、それはまだ天下に徹底して居らず、今回上洛に際してまだ沙汰《さた》がないのは、決意がないのか」

と、痛烈な主旨を送った。

浪士組の東下は、三月十三日ときめられた。

はじめ、浪士三十名残留して、鵜殿がこれを統《す》べて、京師警衛に任じ、あらたに、高橋謙三郎（泥舟《でいしゆう》）が伊勢守《いせのかみ》に任ぜられ、浪士取扱を拝命して、二百名を率いて、東帰するよう命があったが、数日後、鵜殿ら三十名の滞留は沙汰止《や》みとな

った。

明朝出発という黄昏《たそがれ》どき、新徳寺で、東下披露会が開かれた。

清河八郎は、立って、関白の命に依《よ》り、東帰して、攘夷の急先鋒となり、横浜港を襲撃する所存である、と伝えた。

すると――。

突然、近藤勇、芹沢鴨、土方歳三らが、佩刀《はいとう》を摑《つか》んで立ち上ったのである。

「拙者らは、公儀の召に応じて集り、今度、大樹公御上洛中、京師の警衛に任ずる為に上京したものでござる。しかるに、当所宿泊中の清河氏の処置は、われわれとして、一向腑《ふ》に落ちぬことばかりだ」

近藤は、予《あらかじ》め用意した言葉を、あらあらしく述べた。

清河、村上俊五郎、村上常《つね》右衛《え》門《もん》らが、こちら側につッ立ち、ただならぬ対峙《たいじ》となった。

「清河氏は、公儀に一言の断りもなく上書し、しかも自らは署名せずして非公式な手続きで奉った。拙者らが江戸で召募した際の趣旨とは、全く相反した行為ではござらぬか。しかし、鵜殿氏も御受諾とあれば、いずれ公儀の黙認するところであろう、と連判いたしたが、日夜出入する御仁たちを見て居るに、その悉《ことごと》くが、倒幕の志を抱く不穏の徒だ」

「黙れ」

八郎は、凄じく大喝した。

「幕府の召募で集ったと申すが、その元は関白の命であるぞ！　浪士組は、松平春嶽が関白の命を受けて結成したのであって、幕老協議によって決せられた他の制約とは自ら主旨を異にするぞ！　それをなんぞ、幕府への忠勤を擢《ぬき》んでて、あわよくば旗本の列にでも加えられようとする如き、大勢を知らざる私欲にとらわれた魂胆が、齟齬《そご》したからと申して、左様な迂論《うろん》を唱えるとは、見ぐるしい限りだ、しかし、今回の東下は、勅諚《ちょくじょう》朝旨を奉ずるものだ！　朝威の尊厳を知らざる徒輩こそ、夷狄にも劣る禽獣《きんじゅう》に等しい！」

「なんと喚《わめ》かれようが、われわれは、徳川将軍の命令がなければ、この京を一歩たりとも動かんぞ」

土方が、呶号《どごう》した。

「うぬがっ！」

村上が抜刀しようとするのを、河野があわてて制した。

「庭へ出てもらおう」

八郎は、近藤の不敵な面構《つらがま》えを、刺すように睨《にら》んで、云った。語気のしずけさが、かえって不気味だった。

「まア、待ってくれ、清河君――」

取締の窪田治部右衛門《くぼたじぶえもん》が、間に立った。

「国家危急の際、私闘の為に身を滅すのは愚だ。寺田屋の先例もある。……近藤も、場所を心得ろ。申すべき念願があるなら、膝を交えて、とくと所説を述べるがよかろう」

斯《こ》うして――。

以後互いに相手にせず、ということで、近藤、土方、芹沢の三名は、除名された。

近藤らが、壬生浪士新撰組と称し、京都守護職会津松平侯の下に、辣腕《らつわん》を奮い出したのは、それからしばらくのちのことだった。

四

浪士一同が、江戸へ帰ったのは、三月二十八日であった。一同が上洛後参集した後れ馳《ば》せの水戸や南部藩の浪士も尠《すくな》からず待ちうけていた。

一同の宿所には、本所三笠町《ほんじょみかさ》の小笠原加賀守《おがさわらかがのかみ》という旗本の空屋敷があてられた。清河八郎は、小石川鷹匠《たかじょう》町の山岡宅に寓居《ぐうきょ》した。石坂、村上らは馬喰《ばくろ》町の大松屋に陣取った。

さて、攘夷の先鋒たる為に東下してみたものの、号令の下る気配は、さらになかった。

浪士たちは、はじめて幕府に欺《あざむ》かれたように感じた。だが、もはや、直接関白よりの命を受けている以上、幕府の羈束《きそく》にためらう必要はない。人数もすでに四百に達している。水戸の藤田小四郎、田中源三の一派も歩調を合せている。

その快挙とは――。

大挙して横浜を襲い、火箭《かせん》をもって市街を焼き、日本刀をふるって夷人を屠《ほふ》り、くそうず油を灑《そそ》いで黒船を焼く。そして直ちに神奈川の本営を攻略して、金穀を奪い、これを軍資にあて、厚木《あつぎ》街道より甲州街道に出て、甲州城を陥入れて、根拠をさだめ、厳然、尊王の義旗をひるがえして、天下の志士を募って市師に対し、先に建白した意に違わず勅旨を実行したことを上奏する――これであった。

この密謀は、清河、山岡、石坂、高橋が知るのみで取扱の鵜殿、中条、取締の窪田などは与《あず》り知らなかった。また、出役の速見又四郎、佐々木只三郎などは、幕府の耳目となって、清河らの行動をひそかに探偵していた。

まず、軍資であった。石坂や村上や和田理一郎らは、蔵前《くらまえ》の札差《ふださし》坂倉屋、池田屋、伊勢屋へ押しかけ、脅迫的な談判をして、予約の証文を取った。

高橋は、横浜付近の地理をくわしく調べあげた。

四月十五日を期して断行——ときまった。

八郎は、藤本昇を使として、神田《かんだ》今川小路の鵜殿のところへ、勅諚を取りかえしに行かせた。八郎は、鵜殿に、ある疑いを抱いていたのである。山岡が、勅諚を鵜殿に見せると、これは自分が保管しようと、収めてしまって、江戸へ着くや、所労と称して、三笠町屋敷へは出勤せず、引きこもってしまったのである。

鵜殿は、藤本へ、勅諚は閣老の手に渡してあるから、二三日中に病気全快次第出勤して、閣老より受取ってお返し致す、とこたえた。

——怪しいぞ！

八郎は、不吉な予感がした。

——鵜殿を斬って、勅諚を奪いかえさなければなるまい！

そうほぞをかためた。

どうも、幕府が、陰険な策をめぐらしはじめたらしいのである。なる程、幕府としては、浪士組結成が、最初の計画に反して、実権は悉く黒幕清河八郎の手に帰し、公儀任命の役人は有名無実となって、浪士の行動を検束する力を失ったことは、いまいましい限りであった。

浪士組は、いまや総勢四百名をかぞえ、勢いは日々に増してゆくばかりである。先日も、浪士組が隊伍を組んで市中行軍中、不忍池畔《しのばずちはん》で、大岡兵庫頭《ひょうごのかみ》の行列と出《で》喰《く》わし、池之端《いけのはた》の狭隘《きょうあい》な故に、行列を波除石《なみよけ》に爪立《つまだ》ちさせて、悠々と通過したという。

御勝手方勘定奉行小栗上野介《こうずけのすけ》は、浪士抑圧の策として、市中の無頼の徒を雇入れて、三笠町浪士の名を騙《かた》って、狼藉《ろうぜき》を働かせはじめた。当然、毎日のように町家から、町奉行の方へ訴えがあった。町奉行の方では、小栗の詭計《きけい》とは知らず、取締の方に照会した。

右の通達があるや、浪士たちは極度に憤慨し、冤罪《えんざい》たることを証するために、まず一同十五日間屋敷内に蟄居《ちっきょ》して、一歩も外出をしなかった。六日目に、山岡鉄太郎は、五日間の模様を町奉行に問合せた。すると、依然として乱行の訴出は止《や》んでいなかった。

浪士組では、嫌疑を解くために、夜半、それら狼藉者の本拠を襲って、巨魁《きよかい》神戸六郎以下三十六名を捕縛してしまった。

そして、追究の結果、小栗の使嗾《しそう》であることが明かになった。

ここに——幕府と浪士組は、はっきりと対立したのであった。

その日、清河八郎は、山岡の家で、二日ばかり風邪気味で寝たままでいたのを起き出て、ぶらりと朝湯へ行った。もどりに、隣家の高橋謙三郎のもとへ立寄った。高橋は、八郎の顔色のすぐれないのを訝《いぶか》った。

「頭痛がして具合がよくないのだが、約束があるので行かねばならん」

「それア止《よ》したがいい、急ぎの用でもあるまい」

八郎は、しかし、日頃に似ず、ぼんやりした面持で、笑った。

間もなく、高橋は、登城時刻になって出て行った。

八郎は、暫時《ざんじ》、高橋の妻や山岡の義妹にあたるお桂《けい》と雑談していたが、ふと思い出して、白扇をもとめた。

魁《さきが》けてまたさきがけん死出の旅
迷ひはすまじすめらぎの道

「貴女がたの為にも書くかな」

微笑して、二本の扇子に、その一首を記した。

君にただ尽しましませおみの道
　いもは外なく君をまもらむ

山岡の家へかえると、黒羽二重《はぶたえ》の紋付に七子《ななこ》の羽織、鼠《ねずみ》の竪縞《たてじま》の仙台平《せんだいひら》の袴《はかま》、というふいつもの身なりになって、招待された麻布《あざぶ》一ノ橋の上山《かみのやま》藩邸へ出かけて行った。

そして、それきり、永久に戻って来なかった。

八郎が、上山藩邸における、二刻にわたる献酬のおかげでいささか足をとられ乍《なが》ら、一ノ橋を渡りかけた時であった。

小山町通りから往還を出て来た二人の武士があった。見れば、出役の佐々木只三郎と速見又四郎だった。

「おう、これは——」

八郎は、足を停めて、二人の丁寧な挨拶《あいさつ》を受けた。

それから、ゆっくりとすれちがった。

とたん――佐々木が、腰をひねって、白刃を噴かせるや、

「えいっ!」

と、背後から斬りあびせた。

八郎は、切歯して、刀の柄《つか》へ手をかけたが、次の瞬間、振り下された速見の一刀に頸根《くびね》を割りつけられて、撲《どう》と仆《たお》れ伏した。

三十四歳――陰然たる黒幕としては、聊《いささ》かあっけない最期《さいご》であった。


『もののふ』(新潮文庫)に収録。

降《ふ》りしきる

北原亞以子

また、音をたてて雨が降り出してきた。

が、降るなら降るで、これくらい強く降ってくれた方が、いっそ気持がよい。お梅は思いきり裾《すそ》を上げて、ふくらはぎまでむきだしにした。ついでに額《ひたい》の汗を拭《ふ》く。九月とは思えぬむし暑さで、ふくらはぎを濡《ぬ》らす雨までがなまぬるかった。

九月ももう、十八日やな——。

呟《つぶや》いて、「ほんまに今年は暑かったなあ」と自分に返事をする。近頃のお梅の癖だった。

年が明けて文久《ぶんきゆう》三年となったとたんに前年の寒さがやわらいで、しのぎやすいと思ったのも束の間、夏は暑さにめまいがしそうな日がつづいた。秋の来るのも遅く、いつもなら少々暑くとも暦通りに袷《あわせ》を着る人達が、今年ばかりは衣替えを無視し、単衣《ひとえ》を身につけていた。

しかも今日は、朝から厚い雲が垂れこめている。京の町は、山の上から蓋《ふた》をされ、四方から蒸《む》されているようだった。

もっと強う降ったら、雲の蓋に穴が開くんと違うやろか——。

穴が開けば、少しは涼しい風が入ってくるにちがいない。

荷車の音がした。お梅は、いそいで道の端《はし》に寄った。空《から》の荷車をひき、勢いよく走ってきた男は、ちらとお梅を見たが、そのままの速さで通り過ぎた。はねあげられた泥は、お梅の白いふくらはぎにまで飛んできた。

悲鳴をあげたが、お梅の声は雨の音に消されたのか、男はふりかえろうともしない。わざと泥をはねあげていったのかもしれないと、お梅は思った。

きっとそうや。うちを、壬生浪《みぶろ》の女やと思うて——。

唇を嚙み、手拭《てぬぐ》いでふくらはぎの泥を拭く。

お梅が、壬生村に屯所《とんしょ》をかまえた新選組の局長、芹沢鴨《せりざわかも》の女となってから、知り合いが皆よそよそしくなった。朝夕の挨拶をかわす近所の人達はあいかわらず愛想がよいし、四条通りなどで知った顔に出会えば他愛のない立話もするのだが、相手の目はお梅を見ていなかった。それも、かつてのように向うから噂話を聞かせてくれるのではなく、当り障《さわ》りのない返事をしてくれるだけなのである。

人々が壬生浪を嫌っていることは、お梅も知っていた。尊王攘夷《そんのうじょうい》を叫ぶ浪士が諸国から集まってきて、やたらに佐幕《さばく》方を暗殺するのも物騒で迷惑な話だが、その取締りを口実に、くいつめ者のような男達が浪士組として江戸から乗り込んでくるのもまた、迷惑な話だった。諸国の浪士を壬生村の浪士組が取締るなど、京の町が血腥《ちなまぐさ》く、汚れてゆくのは目に見えている。

そやけど、うちかて、好きで壬生浪の女になったのやないし――。

癖になっている独り言が出た。

好きでなったわけやないけど――。

鴨は、お梅を見て、「おお来たか」と相好《そうごう》をくずす。雀がご飯を食べに来るの、隣りの猫が死んだのというお梅の話も熱心に聞いてくれる。それればかりではなかった。屯所《とんしょ》の女中もお梅の話相手になってくれるし、隊士達も、お梅の白い衿首《えりくび》や胸もとを、鴨に遠慮しながら眺めていたりする。

そやから、――

軀《からだ》の前へ傾《かたむ》けていた傘を上げると、大根や里芋の畑にはさまれた道の向うに、新選組の屯所にされた八木源之丞と前川荘司の屋敷が見えた。

また来てしもた――。

雨の音が軀《からだ》の中にしみてきた。

ぬかるみに気をとられていたお梅が顔をあげると、前川邸の門前に沖田《おきた》総司《そうじ》が立っていた。痩《や》せて、背の高い男で、朴歯《ほおば》の下駄をはき、傘をすぼめてさしているので、なお背が高く見える。

お梅は、気づかぬふりをして通り過ぎようとした。二十《はたち》を過ぎている筈《はず》なのに、この男は、近所の子供を集めては自分が餓鬼大将になって遊んでいる。が、鴨の話によると、道場ではすさまじい突きを見せるらしい。赭《あか》ら顔で髭《ひげ》が濃く、大男の鴨が強いのは当り前のように思えたが、顔つきまで稚《おさな》い総司が強いのは、少々不気味な感じがした。

総司は、おろしたてらしい朴歯を鳴らしてお梅を追いかけてきた。

「芹沢さんは留守ですよ」

お梅は、足をとめた。

「ほんとに留守です。もしお梅さんが来るようだったら、そう伝えるようにと土《ひじ》方《かた》さんが言いました」

土方さんとは新選組副長、土方歳三《ひじかたとしぞう》のことだった。お梅は、ちょっと間をおいてから礼を言った。

「おおきに」

「帰られた方がいいですよ」

「へえ。そやけど、待たされるのは慣れてますさかい」

「強情だなあ」

総司は首をすくめた。お梅は、黙って八木邸のくぐり戸を開けた。朴歯の音が前川邸の門の中へ駆けてゆき、総司の傘を打っていた雨の音が急に遠くなった。

勝手口で案内を乞《こ》うと、女中のお清ではなく、源之丞の女房のおまさが姿を見せた。

やはり、鴨は留守だった。新選組をあずかる京都守護職、松平容保《まつだいらかたもり》から思いがけず慰労金が届けられ、京の色里、島原へ遊びに行ったというのである。

「近藤はんや土方はんは、先程お戻りやしたんどすけど」

また、口論でもしたのだろうとお梅は思った。江戸で天然理心流《てんねんりしんりゅう》の道場を開いていた近藤勇《こんどういさみ》をかこむ土方歳三、沖田総司らと、水戸脱藩の芹沢鴨を中心とする新見錦《にいみにしき》、平間重助らは、どうも反《そ》りが合わぬらしい。

「せっかくおいでやしたのになあ」

と、おまさは言った。

「お梅さんさえよかったら、泊っていかはっても、家《うち》はかましまへんのどすえ。この雨の中を帰らはるのも難儀どっしゃろ」

「へえ――」

雨の中を帰るのは苦にならないが、お梅の家には、早く暇をとりたがっている女中のほかは誰もいない。それぞれ居間と女中部屋にひきこもって、むし暑さに溜息《ためいき》をついているようなところへ帰りたくはなかった。

「それに芹沢はんのことや、ふいに気が変わらはって、帰って来やはるかもわからへんしな」

そういえば一度、鴨が急に出張先から戻って来て、隊士がお梅を迎えに来たことがあった。

「そんなら、ご迷惑どっしゃろけど、待たせてもらいます」

「どうぞ、どうぞ」

おまさは、靨《えくぼ》を浮かべて立ち上がった。茶を出せとでも言ったのだろう、低声《こごえ》でお清に指図をして、居間に引き上げて行った。

お梅は桶《おけ》を借り、泥に汚れた手拭いをすすいだ。出入口の戸は開け放ってあるのだが、風がないせいか、台所はかすかに漬物のにおいがした。

ぬいだ足駄を土間の隅に寄せ、板の間に上がった。日暮れ前だというのに薄闇がたまっているようで、ひやした麦茶を湯飲みにいれているお清の姿がかすんで見える。お梅は、汗ばんだ衿もとに濡れ手拭いを当てた。

「静かやねえ」

「そらそうや、誰もいやはらへんもん」

主人の源之丞も出かけているらしい。

麦茶をはこんできたお清は、年寄りのように両の足首を開いて坐った。膳棚《ぜんだな》の戸へ手を伸ばし、菓子の袋を幾つも出す。古びてはいるが品のいい菓子鉢は、駄菓子でいっぱいになった。

お梅は、竹筒から勝手にうちわを抜きとった。

「この家に来ると、ほんまに落着くわ」

「新選組の屯所へ来て落着かはるのは、お梅はんくらいのもんや」

「そやかて……」

「わかってるて」

お清は、菓子鉢をお梅の方へ押した。自分も一つ、口の中へ放り込む。

「お梅はん、ここでは評判ええもん」

「しょうもない」

「そんなこと言わんと。沖田はんかて言うたはるえ。ええ年して、遊ぶいうたら女子《おなご》はんやのうて、子達が相手の沖田はんが、お梅はんなら惚《ほ》れてもええんやて」

「嘘やろ」

「ほんま。——沖田はんだけやあらへん。平間重助はん、知ったはるやろ？　ほれ、芹沢はんにくっついて歩いたはる地味なお人。平間はんも、お梅はんくらい縹緻《きりよう》のええ女やったら惚れてみとうなるて口を滑らさはってな」

お清は、菓子を頬ばった口許《くちもと》に手をあてて笑った。

重助の言葉がどこからか鴫の耳に入って、一騒動起こったらしい。人の女に手を出して許されるほどの男かと鴫が罵《ののし》り、重助が額から血を流していたというから、重助はおそらく、鴫が手から離したことのない鉄扇《てつせん》で殴られたのだろう。まだ額に大きな膏薬《こうやく》を貼っているが、今日も鴫の供《とも》をして島原へ出かけたそうだ。

「お梅はん、どないしやはる？　あの男はんもこの男はんも、よりどりやおへんか」

「何がよりどりやん。そうやって人をからかわはるのが、お清はんのわるい癖え」

「癖やあらへん。眼力《がんりき》や。うちの睨んだとこでは、土方はんも、お梅はんに気があるな」

一瞬、土方歳三の青白い顔が目の前をよぎった。が、お梅はすぐに甲高《かんだか》い声で笑い出した。

「阿呆《あほ》なことを」

「阿呆やあらへん」

「うちはいやや、あんな男はん」

「ほんまに?」

お清は、麦茶を飲みながら意味ありげに笑った。

「ほんまや」

お梅は、力をいれて言った。

嘘ではなかった。土方歳三は、隊士の中でただ一人、お梅に会うと顔をそむける男だった。挨拶をしてもろくに返事をせず、癪《しゃく》に障《さわ》ったお梅が、追いかけて行って「聞えへんのどすか」と言うと、「口をききたくないだけだ」とひややかに答えるのである。

「ほれ、お梅はんかて土方はんが好きやないの」

お清は膝を上げ、その下へうちわの風を送りながら、おかしくてならぬように言った。

「嫌いな男はんやったら、返事をしてくれはらんかて放っとくやろ」

その通りだった。口をつぐんだお梅を見て、お清は反対側の膝を上げ、うちわの風を送った。

「なあ、土方はんて、可愛いと思わはらへん？　あの人、京で田舎者て言われとうない、隊士に軽う見られる副長になりとうないて、精いっぱい怖い顔をつくったはるねん。晩になったら、くたくたやと思うわ」

では、歳三がお梅にひややかな態度をとりつづけているのは、京女のお梅に、鼻の先であしらわれたくないと用心しているからなのだろうか。

左手のうちわが、胸の前でとまった。

お梅は、ろくに返事をしてくれぬ歳三に焦《じ》れていた。親しく言葉をかわすきっかけの見つけられぬのを、もどかしく思っていた。それを歳三が誤解しているならば――。

気がつくと、お清がお梅の顔をのぞき込んでいた。お梅は、うちわをせわしく動かしながら、麦茶の湯飲みをとった。歳三が惚れていようといまいと、自分は鴨に差し出された女だと思った。

父親が尊攘派の浪士に斬られて死んで、許嫁者《いいなずけ》からはこれまでの縁はなかったことにしてくれと言われ、島原の茶屋へ働きに出て、その直後に母が逝《い》った。捨鉢になっているところを四条堀川の木綿問屋、菱屋《ひしや》太兵衛《たへえ》に口説《くど》かれてその妾《めかけ》となった。そのあげくが、鴨の女だ。

不逞浪士《ふていろうし》を取締ると称して壬生に屯所を置いたものの、新選組は金の工面がつかず、商家へ押しかけて行っては金や商売物を強請《ゆす》りとってくるようなことを繰返していた。ほとんどの商家が泣き寝入りをしたが、鴨に木綿を持ち出された菱屋は黙っていず、しばしば番頭や手代《てだい》をやって、代金の催促をした。それがかえって鴨を怒らせて、なおさらに木綿を強請《ゆす》りとられることになり、太兵衛は、何とか鴨を宥《なだ》めてくれと、お梅に因果を含めたのだった。

母が死んだ時、自棄《やけ》をおこしていなければ――、ふと、そう思った。

自棄をおこしていなければ、太兵衛の妾になどならなかったのではないか。

そんなことはあるまい。

未練がましい問いにみずから答えて、お梅は苦笑した。

お梅は、茶屋づとめが性に合わなかった。いやでたまらなかったのだから、自棄をおこさなくとも、世話をみようという太兵衛の言葉にうなずいていた筈だ。太兵衛にかこわれて、太兵衛に因果を含められて鴨の女になってと、結局は同じ道をたどっていたことだろう。

父親が生きていなければ、どうにもなりはしない。あの日、油問屋だった父が、掛《か》け取りに出かけさえしなければ――、いや、他人の財布を狙うような浪士が京へ集まってくる世の中にさえならなければ、お梅は、太兵衛の妾にも、鴨の女にもならずにすんだのだ。

あの日、父は、商談をかねて掛け取りに出かけて行った。供には、十二歳になる丁稚《でっち》がついていった。のちに世間の人達は、子供を一人連れただけで、大口の掛け取りに出かけたのは、いかにも無茶だと噂した。

が、父が店を出たのは、蟬《せみ》しぐれの日盛りであったし、先方を辞したのも、七ツの鐘が鳴る前であったという。日暮れには間《ま》があったのだ。

それでも、旦那様が浪士に斬られたと、丁稚が必死で逃げてくるようなことが起こった。

どっちが無茶やろと、お梅は思う。

お梅が子供の頃は、支払いを引き延ばそうとする相手にてこずった若い手代が、五十両に近い金を懐にして暗い夜道を帰って来たこともあった。夜道は物騒だとは言うものの、皆、掛け取りに出た者が無事に帰ってくるのは当り前だと思っていた。それが、いつから当り前でなくなったのか。日暮れには一刻《いっとき》以上も間のある京の町を、大の男が五十両ばかりの金を持って歩くのが、なぜ無茶なのだ。無茶なのは、陽《ひ》のあるうちに強盗を働く者がいて、物騒なのが当り前になってしまった世の中の方ではないか。

お梅は、大きく息を吐いた。

今更、世の中が昔のように平穏であったならと考えてもはじまらない。もう、こうなってしまったのだ。救いは、好色で乱暴で獣《けもの》のような男と聞かされていた鴨が、案外に人がよかったことかもしれない。

はじめて鴨に会い、鴨が赭《あか》ら顔をなお赤くしてのしかかってきた時、お梅は思わず悲鳴をあげた。鴨は、耳に虻《あぶ》の入った赤牛のようだった。が、隊士達の騒ぐ声が聞えていた八木邸は、お梅が悲鳴をあげたあと、急に静まりかえった。誰かが駆けつけてくれるどころではなかった。お梅は、腫《は》れ上がるほど強く頬を殴られて、暴れる気力も失せた。

いつ涙がこぼれはじめたのか、お梅にもわからない。鴨は、お梅の涙に気づくと、あわてて軀を起こして頭をかいた。

「その、何だ、話はついていると思ったものだから……」

お梅の帯に手をかけた時と、別人のような顔つきだった。

「確かに、その……その、つまり、お前はいやがっていたが、俺は……すまぬ」

鴨は、着物をかかえて部屋を出て行った。

女を見ると、頭に血ののぼるのが芹沢はんのわるい癖やと、お清は言う。さすがにうちのおかみさんには手を出さはらへんけど、その分、よけいにもやもやしているのかもしれん——。

「さっきから、何考えたはんね？」

お清が麦茶の鉄瓶《てつびん》を持って、お梅を見つめていた。

「土方はんのことどっしゃろ」

「やめて。何でうちが、あんな男はんのことを考えんならんの」

「あんな」

お清は、お梅の湯飲みに二杯目の麦茶をついだ。

「お梅はんがはじめてここへ来やはった日な。今まで黙ってたけど、土方はんが、心配そうな顔でようすを見に来はってん」

「嘘やあ」

「ほんまやて。あの時、うちらは、何が起こっても目と耳をふさいでいろて言われてたんやけどな。うちは、お梅はんの悲鳴が聞えても知らん顔してたんが、何や申訳けのうて」

あの時、お清は、障子の外から遠慮がちに声をかけてくれた。

それがどれほど嬉《うれ》しかったことか。どうせ世間の人は、商売物さえ無事なら妾をあっさり人身《ひとみ》御供《ごくう》にすると思っていたのに、まだ自分を案じてくれる人がいたのである。同《おな》い年《どし》くらいのお清の顔が、母親のようにやさしく、暖《あたた》かく見えたものだった。

その時、土方歳三も心配そうな顔で、縁側の前を行ったり来たりしていたのだという。

「何その間違いやないの」

「間違いやあらへん。うちを見て、急につめたい顔して出て行かはったんが、お梅はんを心配したはった何よりの証拠や」

お梅は口を閉じた。戸を開け放ってある土間に、雨がしきりに吹き込んでいるのだが、お梅には、廂《ひさし》を打つその音がまるで聞えなくなっていた。

「土方はんや」

と、お清が言った。勝手口の前を通って行くのが見えたらしい。

「芹沢はんがお留守やし、きっと、お梅はんに会いに来やはったんやと思うわ」

「また、そんなこと――」

顔をしかめながらお梅は、障子が開いたような気がした縁側の方へ目をやった。

お清が、意味ありげに笑った。

「行って来よし」

「いやや」

「ほら。待ったはるえ」

お清は、お梅からうちわを取り上げた。うちわを取り返そうとお梅は腰を浮かせ、お清に向って手を伸ばす。お清は素早くさがって、「土方はん、お梅はんはここにおいやすえ」と叫んだ。

「阿呆《あほ》。聞えるやんか」

「聞えるように言うてるんやんか」

うちわの取り合いは、いつの間にか中腰《ちゅうごし》になっての揉《も》み合いとなり、その笑い声の間から、お梅を呼ぶ歳三の声が聞えてきた。

ふざけっこの手をとめて、お清が片方の目をつむってみせた。行ってこいと言うように、お梅の背を叩く。雨の音が聞えてきた。

ちょっとためらったが、お梅は、縁側へ出て行った。歳三は、沓脱《くつぬぎ》の前に立っていた。両袖《そで》を肩までまくりあげ、袴《はかま》も、脛《すね》が出るほどにたくし上げている。激しくなった雨が、下駄ばきの足を濡《ぬ》らしていた。

お梅は、ふと目をそらした。

「何か——」

用でもおありやすのかと言いかけて口ごもる。ほっそりとした見かけとはうらはらな歳三の太い腕と脛が、脳裡《のうり》をよぎっていった。

歳三の返事はなかった。横を向いているお梅の耳に、歳三の傘を打つ雨の音だけがいつまでも聞えていた。

たまりかねて、お梅は正面を見た。切長な目がお梅を見つめていた。お梅は、なぜかうろたえて衿もとをかきあわせ、胸のうちを悟られまいとして歳三を見返した。耳朶《じだ》までが熱くなったような気がした。土方はんも気があるというお清の声が、頭の中を通り過ぎた。

歳三は、傘のうちへ吹き込む雨に目を細めた。

「帰《けえ》れ」

意外な言葉だった。お梅が返事を思いつかずにいる間に、歳三は同じ言葉を繰返した。

「帰《けえ》れ。用事はそれだけだ」

踵《きびす》を返して歩き出す。ふりかえりもしなかった。

「待っとくれやす」

自分でも思いがけぬ言葉が口をついて出た。

「うちは、帰りまへん」

歳三がふりかえった。それが地であるらしいやさしげな目が、お梅を見た。

が、一瞬のことだった。お梅の視線を避けて横を向いた顔は、いつものひややかなそれに戻っていた。

「命令だぜ」

「間違えんといておくれやす。うちは隊士やあらしまへん」

「隊士じゃなくっても、新選組の女だろう」

「局長はんの女どす」

そうや、うちは鴨の女や。歳三の女やあらへん。

歳三はふっと口を閉じ、それから鼻先で笑った。

「手前《てめえ》で言ってりゃ世話はねえ」

雨の音が、また高くなった。

「帰《けえ》んな。待っていたって、芹沢さんは戻って来やしねえ」

「待ちぼうけは慣れてますさかい」

「いい加減にしねえか」

歳三がお梅を見据えた。会えば横を向くこの男にしては、めずらしいことだった。

お梅は、意外そうな顔で歳三を見た。歳三が視線をそらす番だった。

「さっさと帰《けえ》ることだな」

言い捨てて歩き出す。遠くで雷が鳴っているようだった。

風の向きが変わったのか、ふいに庭の木々が枝をふるわせた。縁側にまでその雫《しずく》が飛んできて、自堕落な横坐りのくるぶしに落ちた。

お梅は、指先で雫をこすった。嫌われたかもしれない、そう思った。

が、あの男に嫌われたからといって、それが何だというのだろう。もともとあの男は、お梅に会えば顔をそむける、いやな奴ではなかったか。

そうや。うちかてあんな男、大嫌いや。

薄情そうで、執念深そうで、言葉遣《づか》いや立居振舞いの品のなさは、思わず眉《まゆ》をひそめたくなる。世の中さえまともであったら、油問屋の一人娘であるお梅に、偉そうな口のきける男ではなかった。仮に京のどこかですれちがったとしても、武州の多摩郡《たまごおり》とかいう田舎から出て来た歳三は、京の女はきれいだと、指をくわえてお梅を眺めていたにちがいなかった。

「いい気味や」

物言いたげにお梅を見つめている歳三を想像して、悪態をつく。

その歳三に、両袖を肩までまくりあげた先刻の歳三が重なった。先刻の歳三は、「さっさと帰ることだな」と言い捨てて、前川邸へ戻って行った。お梅の強情に、呆《あき》れはてたにちがいなかった。

いいやないの、あんな男に何と思われようと。

あんな男に何と思われようとかまわないが、軀の芯に黴《かび》がはえてきそうな雨を眺めながら、帰ってくるかどうかもわからぬ鴨を待っているのもばかばかしくなった。遅蒔《おそま》きながら歳三の言うことをきき、家へ帰ろうかと思った。が、帰っても、家には女中しかいない。

「ああ、鬱陶《うっとう》し」

お梅は、両手で顔をおおった。じっとしていても汗のにじんでくるようなむし暑さの中で、いったい何を考えているのだろう。

お梅は、縁側に面している十畳の座敷に入ろうとした。鴨が好んで使っている部屋だった。八木家が新選組に貸したのは、母屋《おもや》から半丁ほども先の離《はな》れ座敷だけだったのだが、平隊士のほかは、誰もそこへ行きたがらない。

隣りの部屋の障子が、かすかな音をたてて閉まった。やはり縁側に面している八畳の部屋で、そこにおまさがいたらしい。おまさの子供のはしゃぐ声も聞えてきた。

今の土方はんとの口喧嘩《くちげんか》を、みんな聞いたはったのかしら。

おまさも、お梅を強情でいやな女だと思ったことだろう。お梅は、そろそろ明りの欲しくなった部屋の障子を閉めた。しめった空気と一緒に、暮れてきた庭の闇が閉じ込められた。鴨の愛用している鹿角《しかづの》の刀架《かたなかけ》が、部屋の隅にひっそりと置かれているのが、ぼんやりと見えた。

足音がした。お清が、行灯《あんどん》の油を差しに来たのだった。隣りの部屋からも、火打ち石の音が聞えてくる。

「しんきくさいなあ、お梅はんも」

と、灯芯《とうしん》の具合をみながらお清が言った。

「土方はんが帰れて言わはった時に、すぐ、送ってて頼まはったらよかったのに」

お梅は、片頬で笑った。

「土方はんかて、きっと、そのつもりやったと思うわ。送ってもろたら、この暗い中の相合傘《あいあいがさ》や。どこでどうなったか、わからへん」

「言うてるやろ。うちは、あんな男はん、いややて」

「ほんま？　うちは、近藤はんが好きやさかい、お梅はんが土方はんが好きやっても、かまへんのやけど？」

お清は首をすくめ、行灯に明りをいれて部屋を出て行った。そろそろ夕飯の支度にとりかかるのだろう。

夕七ッはとうに過ぎている筈と思っていたが、鐘が鳴ったのはそれからだった。雨が降っていなければ、明りなどいらぬ時刻だった。

お梅は、わずかな風に揺れる明りを眺めながら、やはり帰った方がよいのではないかと思った。

強情な女は嫌われる。歳三になど嫌われてもかまわないが、おまさにまでいやな女だと思われたら、この屋敷へ来にくくなる。

だが、今頃になって帰ると言い出せば、お清が意味ありげに笑うだろう。お梅が帰ったあとで、おまさや前川邸の女中達に、何を言うかわからない。それも鬱《うっ》陶《とう》しい話であった。

ふと、明日の朝、歳三に、強情を張った詫《わ》びを言いに行ってはどうかと考えた。お梅を見て、歳三が、帰らなかったのかと憎々しげに言う。お梅は、しとやかに、ていねいに、歳三の命令に従えなかったことを詫びる。歳三がどんな顔をするか、考えるだけでもおかしかった。

玄関が騒がしくなって、お梅は我に返った。鴨が帰って来たのかと思ったが、聞えてくるのは女の声であった。かなり酔っているらしく、ろれつのまわらぬ舌でわめいては、式台を叩いている。

お清が、顔をしかめて台所から出て来た。お梅は、そのあとについて玄関に行った。赤い着物の女が、軀をのけぞらせてわめいていた。

「輪違屋《わちがいや》の糸里《いとさと》や」

と、お清が言った。島原の遊女で、平間重助の馴染《なじ》みであるという。

とぎれとぎれの話をつなぎあわせると、なぜか今日は重助につめたくあしらわれ、糸里は、その恨みを言いたさにたずねて来たようだった。が、この雨で駕籠《かご》に乗ったものの金の持ち合わせがなく、駕籠かきを門の外に待たせてあるらしい。いつの間にか顔を出していたおまさに言いつけられ、下男が玄関を飛び出して行った。

礼を言う駕籠かきの声が聞えてきた。酒手《さかて》をはずまれ、くぐり戸の中に向って声を張り上げたのだろう。

糸里は、お梅とお清とで台所へ連れて行った。もう半分眠っているような糸里の軀は、ずっしりと重かった。髪も着物もずぶ濡れで、お清がおまさにもらったという着物を出してきたが、壁に寄りかからせた糸里は、軽い寝息をたてている。髪だけを拭いてやって、お梅は台所を出た。

縁側に蹲《うずくま》る。雨は、土砂降りになっていた。厚い雲がつくった闇の中を、雨の雫は、時折波頭のように白く光って落ちてゆく。お梅は、しばらくの間、雨の音を聞いていた。

やがて六ツの鐘が鳴り、夕飯の支度ができたとお清が知らせに来た。台所へ行くと、糸里の姿がない。

「お手水《ちょうず》どっしゃろ」

と、お清は素気なかった。

食事をすませ、後片づけを手伝って、部屋に戻った。隣りの部屋では、子供達がはしゃいでいる。寝間着に着替えているらしい。

唐紙の開く音がした。子供達を、玄関脇の寝部屋へ連れて行くようだった。八木邸は、玄関を入ったところが四畳半で、その左側にも四畳半、右側に子供達の寝部屋がある。八畳につづいているのは左側の四畳半で、寝部屋へ行くには、そこから玄関前の四畳半へ出て行かねばならない。

いったん遠のいた子供達の声が、また大きくなった。玄関前の四畳半で、軀をぶつけあってふざけているらしい。

「いつまでもほたえてると、この間のように寝られへんようになるえ」

と、おまさの声が言っている。寝部屋の唐紙が開けられた。

「ええこと教えてあげよか。おとなしい寝はると、明日の朝……」

妙なところでとぎれたおまさの声が、突然、鋭く響いた。

「誰え。そこにいはるのは、誰え」

食いつめ者の浪士だと、お梅は思った。金を寄越せの、食べ物をくれのと、刀をふりまわされたら大変なことになる。お梅は、夢中で唐紙を開けた。

玄関前の四畳半に手燭《てしょく》が置かれ、二人の男の子が、手をつないで立っていた。

隙間風に明りが揺れ、小さな影も揺らめいている。

「どないしたんえ？　お母ちゃんは？」

お梅は、拍子抜けして尋ねた。兄の方が、寝部屋を指さした。誰かいたようだが、食いつめ者の浪士ではなかったらしい。おまさは、子供らの枕をかかえて寝部屋から出て来た。

おまさは、お梅を見て苦笑した。糸里が、子供達の布団にもぐって寝ていたのだという。

「何を言うても白河夜船や。子供らは、八畳に寝かせまひょ」

おまさは、片手に行灯を持ち、もう一方の手で年下の子の手を引いて、部屋へ戻って行った。

お梅の部屋にも、お清が床をとりに来た。自分も早く寝《やす》むと言って、行灯の灯《ひ》を細くしてゆく。

やはり、鴨は帰って来ないようだった。お梅は、帯をといて床に入った。明日の朝、目が覚めたら歳三に会いに行こうと、ふと思った。

「しょうもない」

お梅は舌打ちをした。世の中が無茶苦茶になったのをよいことに、一旗あげようと京へ押しかけてきた武州の田舎者に、なぜお梅が会いに行かねばならないのだ。

「歳三かて、世の中を無茶苦茶にしたかたわれやないの」

激しい雨が軒を叩いている。お梅は、雨の音に背を向けた。気にすまいと思うと、なおさらその音が耳につく。お梅は、掌で耳をふさいだ。

それでも、いつの間にか眠っていたようだった。呼ばれたような気がして、ふと目を開くと、雨の音の中から、しきりにわめいている濁った男の声が聞えてきた。

お梅は、床の上に起き上がった。

男は、門の外で騒いでいるらしい。連れがいるのか、別の男の声と、甲高い女の笑い声も聞えてきた。鴨が、島原から帰って来たにちがいなかった。

床に横たわったまま、鴨を待っていようかとも思った。衣桁《いこう》にかけてある着物へ手を伸ばすのも、けだるかった。が、迎えに出て行けば喜ぶにちがいない鴨へ、「ほんまにもう、うちを放っといて……」などと他愛のない恨みごとを言い、雨の中で大騒ぎをしてみたくもあった。

お梅は、衣桁の着物を引き下ろした。袖を通し、手早く帯を巻きつける。

雨はまだ土砂降りだった。お梅は提灯《ちょうちん》を探し、小さくなって残っていた蠟燭《ろうそく》に、行灯の火をうつした。

風が強くなっていた。お梅は、裾《すそ》をからげ、すぼめた傘の中へ軀を入れて歩き出した。

蠟燭の火がしきりに揺れる。玄関を出る時は気づかなかったが、提灯の裾が破れていたのだった。あわてて傘を風除けにしたが間に合わず、音をたてて吹いてきた風に、火は大きく揺れて消えた。お梅は、暗闇の中に取り残された。

顔を上げると、くぐり戸の向うで提灯が揺れている。鴨が駕籠かきにからんでいるのかもしれなかった。お梅は、その明りを頼りに歩き出した。

雨をたっぷりと吸い込んだ庭土は滑りやすい。一足ずつ、ゆっくりと歩いていたのだが、くぐり戸を入ってきた提灯が鴨の顔を照らし出したのを見て、思わず早足になった。

右足が滑った。よろめいた軀を支えようとした左足もうしろにとられた。お梅は、傘を投げ出して倒れた。その二、三間ほど先を、鴨が歩いて行く。お梅は、ぬかるみの中の腕に額をつけた。鴨を呼ぶ気にもなれなかった。

もう一つ、提灯が通り過ぎて行った。鴨と同じ水戸脱藩の平山五郎と、馴染《なじ》みの遊女の桔梗屋小栄だった。二人は一つの傘に入り、もつれあうように歩いているらしい。

お梅は、のろのろと軀を起こした。四方へ手を伸ばして傘を探す。が、よほど遠くへ飛んだのか、手に触れるのは、ぬかるみとなった庭土ばかりだった。

くぐり戸はまだ開いていて、駕籠かきのものらしい明りが見える。その明りが掛声とともに離れて行き、別の提灯の明りが突き出された。中へ入ろうとしたのを、呼びとめられたようだった。

「約束通り、連れて帰って来たぜ」

平間重助の声だった。

「泊るつもりだったのだ、芹沢さんは」

ご苦労。

という声がした。聞き違いではないかと、お梅は思った。

糸里が来ている。芹沢とは別の座敷で寝ろ。

間違いなかった。歳三の声だった。

「わかった」

重助は重苦しく答えて、くぐり戸の中へ入ってきた。錠をおろし、玄関へ俯《うつむ》きがちに歩いて行く。

お梅も、ぬかるみから立ち上がった。

玄関では、まだ鴨と五郎が騒いでいる。

「尽忠報国《じんちゅうほうこく》の士、芹沢鴨である。皆、聞いているか」

「おう――」

五郎が手を叩いているようだった。

「攘夷を実行せざるは、幕府の失政である。それを何ぞや。幕府の失政を責めるに、帝《みかど》のおわします京を騒がすとは」

「然《しか》り、新選組は佐幕にあらず。宸襟《しんきん》を安んぜんがため、不逞浪士を取締っているのだ」

島原でも同じように騒いできたのだろうと、お梅は思った。

ほんまに、何が尊王攘夷や、何が佐幕や。偉そうなこと言うんやったら、人の金《かね》をあてにせんといて欲しいわ。うちらは異人さんが来はったかてかまへん。将軍さんがいはったかてかまへんのえ。そやのに、何でうちらを巻き添えにせんならんの。

傘もなしに歩いていったお梅を、ようやく玄関の灯籠《とうろう》が照らし出した。真先にお梅に気づいたのは鴨だった。

「どうした。何かあったのか」

「何にもあらしまへん。お迎えに出たんやけどこけてしもうた」

鴨は、大声で笑い出した。人前もかまわずに泥だらけのお梅を抱き上げて、頬をすり寄せてくる。

「そうか、俺を迎えに行こうとして転んだのか」

笑《お》い声までが熟柿《じゅくし》くさく、腕も胸も頰も、軀中が火照っていた。

「下ろしとくれやす。うちは、どこもかも泥だらけや」

「気にするな。わしを迎えに行こうとしてついた泥だ。舐《な》めてやりたいくらいさ」

「もう――」

「そう睨むな。どういうわけか、今夜は平間が帰ろう、帰ろうと言っていたが、帰って来てよかった」

鴨は、お梅をそっと式台におろし、ふたたび声を張り上げた。

「平山。わしはもう、酒は飲まんぞ。お梅と寝る」

尊王も攘夷も忘れたような顔で、座敷に上がって行く。

桔梗屋の小栄が、お梅の隣りに腰をおろした。懐《ふところ》から手拭いを出して、お梅の髪を拭いてくれる。

「なあ、台所へ行かはらへん？　この暑いのに、うち、平山はんと寝るの、いややし」

それが言いたかったようだった。お梅はかぶりを振った。鴨の火照った背に頰を押しつけて、何も考えずに眠りたかった。

「うちは、――芹沢はんの女やもん」

それが、小栄に聞えたかどうかはわからなかった。


眠っていた背を蹴られた。同時に、すさまじい悲鳴が聞えた。それも、男のものだった。

お梅は、夢中で飛び起きようとした。その頬と肩に、つめたい痛みが走った。

「助けて。どろぼうや」

が、盗賊ではなかった。四、五人ほどの気配が、すでに一太刀浴びているらしい鴨を執拗《しつよう》に追いまわしていて、闇の中で刀が光るたびに、鴨はうめくような声をあげていた。

「平山は斬った。が、女はいない……」

沖田総司と仲のよい、山南敬助《やまなみけいすけ》の声だった。女は打棄《うっちゃっ》ておけと押し殺した声で答えたのは、歳三にちがいなかった。

障子の倒れる音がした。鴨が、縁側づたいに隣りの部屋へ逃げ込もうとしたのだった。

「待て」

総司の声だった。追いかけていって、斬りつけたにちがいない。鋭い、いやな音と、鴨のうめく声とが聞えてきた。

「いやや。そんなん、いやや……」

必死で部屋の隅へ這って行きながら、お梅は、歳三が幾度も「帰れ」と言ったことを思い出した。

勇や歳三は、京都守護職配下の新選組局長でありながら反幕府を公言する鴨の暗殺を、ひそかに企《たくら》んでいたにちがいない。その実行の日が今日だったのだ。ことによると、島原へ遊びに行く費用を会津侯が出したというのも、計画の一つだったのかもしれない。島原へ行けば、鴨は、正体がなくなるほど酒を飲む。歳三は、鴨に額を割られた平間重助に言いつけて、鴨がどれほど酔っても島原から帰ってくるようにした——。

這っているお梅に、つまずいた者がいた。お梅はあとさきも考えずに立ち上がり、よろめいたその男は、いきなり蒼白《あおじろ》く光る刀をはねあげた。

「助けて」

斬られた背は、痛いのか熱いのかわからなかった。ただ、目の前の闇が大きく揺れ、逃げようとしている足が、畳に貼りついたように動かなくなった。

「たす、けて……」

「お梅、お梅か」

倒れてゆくお梅を、太い腕が抱きとめた。

「ばかやろう。なぜ、帰《けえ》らなかった」

歳三の声だった。

「人の言うことをきかねえで」

「明日の朝、……会いとおした……」

「隅でじっとしてろ。あとで医者を呼んでやる」

「いやや」

お梅は、懸命に手を動かして頬に触れた。斬られたあとが、大きく口を開いていた。

「こんな顔……生きてるうちは誰にも見せたない……」

斬って――と、お梅は言った。

わたしは京の女子《おなご》や。それも、ええとこの女子《おなご》や。新選組なんぞに傷つけられた顔で、生きてとうない。それに、――それに、土方はんがうちを斬らはったら、うちのことを、いつまでも覚えててくれはるやろ。ほんまは斬りとうなかったと、泣いてくれはるやろ。お願い、はよ斬って。芹沢はんも、平山はんとの道行では可哀そうや。

お梅は、斬られた頰を押えて笑った。その頰に、つめたい雫《しずく》が落ちてきた。歳三が泣いてくれたのだと思った。

静かだった雨の音が、また高くなった。

『降りしきる』（講談社文庫）に収録。

近藤《こんどう》と土方《ひじかた》

戸川幸夫

四条寺町の古物商桝屋喜右衛門《ますやきえもん》が壬生《みぶ》の屯営に曳《ひ》きたてられてきたのは元治《げんじ》元年（一八六四）の六月四日、早朝のことであった。

朝霧が深く、その霧の中を捕り手に向かった沖田総司《おきたそうじ》、永倉新八、原田左之助《さのすけ》ら新選組隊士ががんじがらめの喜右衛門を乗せた駕籠《かご》を警固して戻ってきた。

局長の近藤勇《いさみ》と副長の土方歳三《ひじかたとしぞう》はさきほどから首尾を待っていた。

「近藤先生、召し捕ってきました」

沖田が近藤のところに報告にきた。

「手向かったか、沖田君？」

傍から土方がほっとして尋ねた。

「それがかねてから万一を考えていたとみえて雇人も家人も一人も姿を見せませんでしたよ。

ただ喜右衛門だけは書類に火をかけていたので取り押さえましたが、叶《かな》わぬと覚悟して反抗はしませんでした。

家探しをしたら押入れの中が抜け穴になっていましてな。いや、それと知ったら人数を遠巻きにしておくのだったが残念でした」

沖田は羞《はずか》しそうに首をすくめた。

「いや、大将を捕えたのだからいいだろう。ほかに証拠となるものは？」

「消しとめた書類と武器弾薬類で……」

「なるほど……」

土方は近藤を見て頷《うなず》いた。三条小橋、河原《かわら》町東入ル北側の旅人宿池田屋惣兵衛《そうべえ》方に潜りこませてある探偵方の隊士、山崎烝《すすむ》から知らせてきた情報で喜右衛門を逮捕したのだが、なるほどこれは何かある。大物らしい。

「永倉と原田が早速調べにかかっていますからいずれ正体が判明するでしょう」

そう告げて沖田は退った。持ってきた書類には長州浪士たちからの往復の書類がかなりある。

やはり化けていたのだ。

これは事は早急を要する。彼らがこの京都の町中で何かをやらかそうとしていることは間違いない。

近藤は暫《しばら》く瞑目《めいもく》していたが、

「土方君、どのくらい居よう？」

「どのくらいとは？」

土方は近藤の問いの意味が推しはかりかねた。

「いますぐ出勤できる隊士だが……」

「左様……」

土方はちょっと間を置いた。

「生憎《あいにく》と夏まけで病臥《びょうが》してる者が多いし、それに出張中の者もある。二、三日すれば……」

「いや本日の状態だ」

近藤はきっぱりと言った。

「本日？

それなればいまほど出かけていったのが大部分だから三十人は欠けましょう」

「うむ」

近藤は眉根《まゆね》を寄せた。もともと眉根の寄ったいかつい顔である。色が浅黒くて頬骨が高く、口が大きい。眼は小さいが三角のよく光る鋭い眼で、黙っていると怖い感じを与える。近藤はそんな顔つきであった。

池田屋は土州藩の定宿だが、臭いなと睨《にら》んでいた矢先、最近禁門の変で京を追放されたはずの長州藩士たちが「冤《えん》を闕下《けつか》に雪《そそ》ぐ」などと称してしきりに泊りこんでなにか画策しているようだ、という報告を所司代からうけた。先月の末のことである。

京都警備の任にある新選組では直ちに偵察をしてみたが、相手もよほど警戒しているらしく様子が判らない。そこで探偵の上手な隊員の山崎烝を潜入させたのだが、火薬を懐中にして火の傍に寄るような危ない仕事だった。

山崎はもともとが大坂の出だけに大坂の事情にくわしく、多少の顔も利いた。そこで行商人に化け、苦心の末に池田屋と懇意な大坂の船宿の添書《そえしょ》を手に入れ、六月六日の祇園《ぎおん》祭をあてこんでやってきたというふれこみで池田屋に投宿した。その頃は同様な本当の行商人が多勢京に入りこんでいたから誰も怪しまない。それからずっと様子を窺《うかが》っているとたしかにここには商人らしからぬ商人だの、浪士たちが出入する。言葉の端ばしから桝屋が怪しいとぴんときた。

そこでそのことを書いて、紙屑《かみくず》に丸めて窓下に投げる。窓下には一人の乞食《こじき》が寝ていたが、これが所司代から派遣されていた渡辺幸右衛門《こうえもん》という足軽。

こうして今朝の捕物となったのだが、なるほど事は近藤が考えているように一

刻を争うまでに切迫しているかも知れない。そう気づくと、

「調べの模様を見てきます」

と土方は座を立ちかけた。

「僕も行こう」

近藤が言った。

霧はもうはれかけて青い空が見えはじめている。今日も天気はいいらしい。

廊下を渡って裏手にある物置にゆく。原田が弓の折れで、縛った喜右衛門を打ち据えていた。

「どうだね、原田君。何か吐いたかね？」

じろりと冷ややかな眼で、蒼白《そうはく》になって瞑目している喜右衛門を見て土方は言った。

「なかなかしぶとい奴でまだ一言も喋《しゃべ》らん」

原田左之助はいまいましそうにもう一度びしりと殴った。背中の皮が破れているのだろう。着物の上までべっとりと血が滲《にじ》んでいる。冷たい汗が額一面に湧いている。

「まあ、待て、原田君」

土方は止めると喜右衛門の傍に近よって、

「おい、君。僕は新選組副長の土方歳三だ。それからあそこに居るのは局長の近藤さんだ。

君らが陰謀を計っていることは、われわれは承知してる。どうだ、名前ぐらい喋ったら……」

ねばりつくような口調だった。喜右衛門は暫く黙っていたが、眼を開くと土方を見た。色の白い、どちらかというと病的に青白くさえみえる皮膚の色で、近藤とはまったく反対に鼻すじの通った美貌《びぼう》の土方の顔が近々と在った。切れ長の眼が執念ぶかそうだ。喜右衛門はそれからゆっくりと顔をあげて近藤を見た。

「君が隊長か……」

かすれ声を喜右衛門は出した。

「隊長なら言おう。いかにも我輩は桝屋喜右衛門ではない。本名は古《こ》高俊太郎正《たかしゅんたろうまさ》順《やす》という勤王の士だ。

君に武士の情けがあるなら我輩を斬れ」

近藤は答えずに眼を細めた。

「そうはいかんよ、古高」

土方は冷やかすように言った。

「われわれは君から聞かねばならんのだ」

ふん――と軽蔑《けいべつ》したように古高は唇をまげた。それが土方の勘に触った。

「よし、原田君。もっと打つがいい」

「いや、待て」

近藤は止めた。

「なぜです？」

「土方君」

近藤は土方に声をかけるとそのまま背を向けて物置の外へ足を向けた。

「どうしたんです？」

土方がうしろから声をかけた。

「土方君、あれは立派な武士だよ」

「…………」

「それが死のうとしている。死を決している武士を羞しめるわけにもゆくまい。

腹を切らせたらよい」

「局長、それは可怪《おか》しい」

土方は言葉を返した。

「？」

「それは普通の時のことです。いまは情にこだわっている時ではない。何としても吐かせにゃならん。たとえ責めて責めて、責め殺したとしても仕方がない」

「それはそうだが、……吐くかな」

「吐かせますよ」

自信あるものの言い方を土方はした。

「まあ、私におまかせ下さい」

うん、と頷いて近藤は自室に戻った。

土方は変った——と思う。環境はこうまで人を変えるものか——。

近藤が土方を知ったのは彼がまだ江戸の小石川小日向《こひなた》柳町の道場主であった頃だった。多摩の日野宿《しゅく》の名主、佐藤彦五郎《ひこごろう》の家に出稽古《でげいこ》に行っていて、この家に寄宿している土方と会ったのだ。

土方は日野の在石田の大きな百姓の五人兄弟の末っ子だと言った。

父母に早く死別して十一の時に江戸へ奉公に出た。上野広小路のいとう松坂屋に丁稚《でっち》として住みこんだが一年とは居らずに九里の夜道をてくてくと歩いて村へ戻り、以来姉の嫁ぎ先で厄介になり成人し、二十歳を過ぎてからもう一度、江戸に奉公に出たが、奉公先の女中と不義をして追い出されて村に戻された。こんどはさんざん叱りとばされ、自分がでかけていって女のことは片をつけて戻ってきたといつか笑い話をしたことがある。

勇が知った頃の歳三は家伝の打身の散薬などをもって近在の農家から農家へと行商をして歩いていた腰の低い、愛想のいい青年だった。

あれから何年になるだろうか――この頃では師である自分よりも剣に鋭さと烈しさを見せてきた。それだけじゃない。絡みつくようなねばりと非情さがある。局長の芹沢鴨《せりざわかも》を自分の手で斬っておきながら、夜が明けると、長州の間者《かんじゃ》にやられたと、ぬけぬけと隊中の者にまで吹聴する土方だった。邪魔になる奴は片っ端から払いのけてゆく――たしかに土方にはそんな強い非情さがある。

近藤は、土方に曳きずられてゆく自分を意識した。

昼を回ったが土方も他の者も出てこない。尻上りの多摩弁でびしびしと拷問する土方の声と古高の呻《うめ》きが、物置の方から伝わってくる。

聞いている方がいらだってくる。坐っているだけで脂汗の吹きだしてくるむし暑い日だ。

土方はたしかに狂っていた。どんなに笞《むち》うっても、傷つけても、吊しあげても眼を閉じたまま一言も吐こうとしない古高が対抗できない巨大な怪物のように思えてきた。

押えつけて爪も剝《は》がした。鼻から水を注ぎこんだ。

古高はもう幾度となく気を失った。気絶した男の手足には焼け火箸《ひばし》を押しあてる。皮膚の伝える苦痛で、古高は甦《よみがえ》り、息を吹き返したことを呪った。

心は死を願いながら、いつまでも生にしがみついている強靭《きようじん》な肉体を憎んだ。死魚のようにとろんとした眼で古高は土方を見る。

口はもう利けない。眼だけが願っている。死を願っているのだ。

土方の眼も願っていた。負けない。負けたくない。なア、古高いえよ、言ってくれよ。

古高が呼吸している死骸《しがい》であるとしたなら土方は土気色の幽鬼だった。あまりの凄惨《せいさん》な責めに、こんなことに馴《な》れているはずの沖田や永倉たちも度々、外に空気を吸いに出た。

「おい、永倉、五寸釘《くぎ》があったな」

疲れきった声で土方は、入ってきた永倉新八に言った。

「釘を？」

「そうだ。百匁蠟燭《ひゃくめろうそく》も一緒に持ってくるように言ってくれ」

五寸釘と蠟燭がとり寄せられると隊士に命じて縛った体を梁《はり》に逆さ吊りにした。

血の混ったよだれが土の上に糸を曳いた。

「おい、お前、これをこいつの足の甲から裏にかけて突き通せ」

隊士の一人に命じた。ぎょっとして隊士がためらうと、

「早くするんだ！」

と土方はかんしゃくを爆発させた。

五寸釘が突き刺されたときも、古高はぴくりと動いただけだった。

足の裏から出た釘の先に、土方は蠟燭を立てると火をつけさせた。

火が燃えるにつれて蠟がとろとろと溶け、それは足の傷口に流れ込む。

「う、う、う……」

古高はこんどははっきりと反応を示してもだえた。悶《もだ》えで火が消えると火を点じ、傷口に蠟が溜《たま》るところそぎ落として新たな蠟液を流しこんだ。

血と汗とを流しつくして、もう精も根も出しつくしてしまったような古高の肉

体からまた新たな脂汗と涙とよだれと血とが、ぼたぼたと滴った。

一時間ほどが経った。古高に残されたものは意志をとっくに越えてしまった本能的な執着だけだった。

「なあ、古高、いうなア。もう言おうなア……。そして休もうなア……」

土方は吊された古高の傍により、覗《のぞ》きこむように古高の耳に口を寄せて静かに言った。

神や仏の導きの声に、古高には聞えたのかも知れない。古高の頭が微《かす》かに動いた。

「言うか、古高。言おうなア……」

「ひゅう……」

笛のような声で古高は答えた。

陽はもうとっくに沈んでいた。

「局長、わかった。やっと吐いた」

土方は喜びに生きかえった顔で近藤の部屋にとび込んでくるなり、

「いやあ、大変な、恐ろしい陰謀だ」

と言った。荒い呼吸が彼の昂奮《こうふん》の様を示している。

古高の自白によって判ったことは三条通り一帯の旅宿に諸藩の名を使って泊っている武士の殆《ほとん》どが長州藩士であること。来る六月二十日前後の風の強い夜を選んで禁廷の風上に火を放ち、中川宮《なかがわのみや》にも放火して騒ぎを起し、驚いて参内する守護職の会津《あいづ》侯をまず血祭りにあげ、反長州系の諸大名を襲って暗殺、一方では禁裏に侵入して主上を長州へ移しまいらせるという密謀が進められていること。

これには長州の桂小五郎や肥後の宮部《みやべ》鼎蔵《ていぞう》など多勢の者が参画していることとなどだった。

ものごとに動じない近藤もこれには驚いた。しかも古高の言によると志士たちは明六月五日は祇園祭の宵宮で人が出盛るところから混雑にまぎれて、かねて目をつけておいた池田屋に集まり、最後的な打合せ会を開くという。

「そこまで行っていたのか……」

危ないことだった。——近藤はどきりとした。

夜中ではあったが近藤はすぐ駕籠の用意を命じた。

会津侯、所司代の桑名藩に報告、対応策を講じなければならない。

問題は明日だ。もう隊士の数がどうのこうのと言ってはいられない。

夜が明けると隊士たちを八方に飛ばせた。

近藤は苦慮した。

古高逮捕のことは既に長州系の志士たちに衝撃を与えているに違いない。古高が口を割ったと知ったら、今夜の会合は時と処を変えるであろう。とかげの尾だけが残って体はどこかへ消えてしまうのに等しい。

既に会津侯や所司代へも報告ずみである。何とか一網の中に魚群を追いこまねばならない。

どうしたもんだ。彼らも古高が新選組に捕えられた以上、無事であるとは考えまい。拷問にかけても口を割らすことを承知している筈《はず》だ。

しかし、昨日の今日である。今日の会合のことを古高が僅《わず》か一日で吐いてしまうとは考えていないかも知れぬ。そうだとすると池田屋に集まるだろう。ぜひそうあってほしい。

神仏に祈ったことはないが、祈るというのはこんな気持であろうかと思う。

「今日一日で決まるのだ」

近藤はなんども自分に言いきかせた。

昼になった。だがまだどこからも長州の者の動きについての報告が入ってこない。

「土方、動きはどうだ？」

近藤はたびたび訊《たず》ねた。近藤にしては珍しいことであった。土方も眼をまっ赤にしている。ほとんど眠っていないのだ。

「祇園、島原、木屋町から二条通りにかけて張りこませてあるが、未だに……」

「そうか……」

近藤は例の大きな口をぐっとへの字に結んで黙りこんだ。いらいらしている心が土方にはぴんぴんと響く。


間違いなく会合は行われるという情報が池田屋に泊りこんで様子を探っていた山崎烝から届いたのは昼もだいぶ回ってからであった。それと符合するかのように見張らせておいた隊士の二、三からも長州側志士たちの往復が頻繁なことを告げてきた。

「よし」

と近藤は土方に言った。

「出勤できる隊士、われらも加えて三十名ほど、相手はそれ以上集合すると思われるがこちらは不意を衝《つ》くのだから勝味はあろう。最初は斬り捨てて、後からの者を生捕りにするがいいな」

暫くすると、山崎からまた情報が入った。池田屋に集合するのは十七、八人。古高が捕えられて巡邏《じゅんら》の眼が光りだすのを警戒して二手に分れて会合するらしい。いま一ヵ所は三条畷《なわて》の旅宿四国屋重兵衛《じゅうべえ》方で、この方には二十余名が集まるようであるーーというのであった。

土方は顔を曇らせて、

「困った。これでは三十人の隊士ではどうしようもない」

守護職会津からと所司代桑名から手兵を出してもらうしかないが、と言った。

「うむ」

近藤も頷いた。相手が多勢でこちらが少数では捕り逃がすおそれもある。

「頼みたいことではないが、万一に捕りこぼすようでは千秋の恨事である。手兵御手配を乞《こ》うことにしよう」

近藤が出かけたあとで土方は出勤できる隊士にこっそりと支度を命じた。

「今夜の捕物は大きいぞ。いまのうちに十分英気を養っておくがいい。

刀の目釘などよく調べて失敗のないようにな。

それからくれぐれも言っておくが、長州方でもわれわれの行動を注意しているから気づかれぬように自重してほしいな」

この日も昨日に続いていい天気だったが、むし暑く、じっとしていても汗の吹きこぼれるような日であった。

土方は庭に降りると刀の鞘《さや》を払った。二尺三寸の、無銘ではあるがよく切れる刀だった。

「たあッ!」

かけ声をかけると椿の幹が斜めにすっと斬れて、ぐらりと揺れてばさりと倒れた。

「ひゃあ……」

子供の声が庭の入口でした。

土方は怖い顔でふり向く。前の八木家の子供である。手習いにでもいった帰りであろうか、手や顔に墨をつけている。

近藤や土方はあまり出向かないが、若い隊士たちは出かけていってよく茶菓子の御馳走《ごちそう》になったり、無心したりしているようである。だから子供も馴染《なじ》んでいてよく遊びにくる。

土方は子供はあまり好きでない。そんなところも近藤とまるで正反対であった。だから子供も土方にはなつかない。

怖そうな顔であと退《ずさ》りするのを見て土方はにやりと笑った。

「坊や、心配いらん。こっちへ来い」

子供は梟《ふくろう》のように眼ばかりきょろきょろさせていた。

「どうした？　寺子屋の帰りか……」

子供は黙って首を振った。

「ははは……。土方先生は子供には怖いらしい」

その場の様子を見て沖田総司が笑いながら出てきた。新選組では彼に及ぶ者がないであろうといわれる天才的な剣士、しかも気短かで稽古が荒いので若い隊士たちからは怖がられているが、子供好きで、よく近所の子供たちと遊んでいる
——沖田はそういう男だった。

子供は沖田を見るとほっとした様子だった。

「小父《おじ》さん、どうしたんや？　そんなもん着込んで……」

沖田の鎖帷子《くさりかたびら》を目ざとく見つけた。

「ははは……これか……」

沖田は返事に困ったような顔をした。

「これから京都で剣道の試合があるんだよ、坊や」

土方が刀を鞘に納めながら言った。

「だから、もうお帰り」

八木家の子供を見送ってから、

「沖田君、気をつけろよ。子供にさえ見破られるようじゃ困る。それは集合所で着込んだがいい」

土方は本当に怖い顔になった。

近藤が戻ってきたのは夕陽が沈んで、うす紫の宵闇がひたひたと這《は》いよってくる頃だった。

「土方君、戌《いぬ》の刻（午後八時）を期して一斉に出動することに手筈を極《き》めた」

部屋に入ると、続いた土方に近藤は言った。

「で、兵数は？」

「三千」

「ほう三千」

土方は眼を輝かした。

「三千が後詰《ごづめ》にぐるぐる巻きにしていてくれれば、われらとしても思う存分、働けるわけだ」

「うむ、だが斬るのは二の次。なるべく生捕りにするように、一同に申し伝えてくれ」

目立ってはならないという用心から、隊士たちを三々五々に、いつもの町中巡邏に装わせて壬生屋敷を出した。

会合先は祇園会所、そこに守護職の手で一切の用意を整えて置く手筈になっていた。

近藤が一足先に、少し遅れて土方が……どちらも駕籠でゆくことにした。囲ってある女の許《もと》に通うとき近藤はよく駕籠を用いていた。

今夜もそれと装うつもりであった。

出がけに近藤は、ふと思い出したように土方に尋ねた。

「古高はどうした？」

「そのままにしてありますよ。水を飲んだだけでうちしおれています。馬鹿な奴だ」

「腹を切らしたらどうかな。武士らしく……」

「左様、いずれは首をはねる奴だが……」

「明日になれば、どうしても様子に気づく。そうしたら苦しむだろう。今夜中に自決させた方が、情だ。機会を与えてやるがいい」

土方は軽く頭を下げた。いくら拷問に耐えかねたとはいえ、それなら舌を噛《か》み切っても死ねばよいではないか。

押し入られたとき一合にも及ばずに捕えられるような奴だ。己れの苦痛を免れるために多数の同志を売った奴、苦しめばいい。

土方はそんな男が嫌いだった。

近藤さんは甘すぎるよ――と心の中で思う。だが争うほどのことでもない。

出がけに土方は残留の隊士に言いつけた。

「長州の奴らが取り返しにくるかも知れん。面倒だから斬ってしまえ」

土方が会所へ着いたときは三十人の隊員は思い思いの武装を終えていた。

鎖帷子を着込んだもの、撃剣の皮胴をつけている者、稽古着に袴《はかま》、脚絆《きゃはん》をつけ草鞋《わらじ》ばきのきびしい足ごしらえ。筋金の入った白木綿の鉢巻をしている。

近藤勇は黒の皮胴の上に浅黄《あさぎ》に山形模様のついた麻の羽織をつけて黙念と愛刀を調べていた。

無銘ではあるが虎徹《こてつ》と伝えられ、近藤自身もそう固く信じている。鉄造りで胴の丸鍔《つば》に竜の彫物があり二尺三寸五分、美しくはないが実用向きの、近藤の気にいりそうな剛刀だった。

「土方君」

近藤は土方の顔を見ると言った。

「君は二十名を引率して四国屋の方に行ってくれ。

僕は十名で池田屋に向かう」

「半分ずつにしたらどうです？」

「いや、四国屋の方が人数が多いらしい。池田屋は十名でやれる。後詰もいることだし、池田屋から長州屋敷の方にかけては完全な包囲陣を敷くことになっているから……」

あすの祇園本祭りを控えて今宵は宵宮、人の出もかなりあるようで表通りの賑《にぎわ》いが伝わってくる。

だが、時の刻みはこんなにも遅いものだろうか。蠟燭の灯がジ、ジ、ジ……と音をたてるにつれ言いようのない苛《いら》だたしさが一同を押し包んだ。

戌の刻はもうとっくに過ぎてしまったが、未だ守護職からも所司代からも手兵出動の連絡はこなかった。

こんなにゆっくりしていて、いいのだろうか——という心配が誰の胸にもあった。

話によると長州の連中たちは日の暮れ方から、ぽつぽつと池田屋に吸いこまれていったという。

あんなに早く古高俊太郎が口を割るとは考えていなかったに違いない。

恐らく善後策を講ずるために集合するのだろうが話のまとまるのは案外早いかも知れぬ。

人混みに散られてはもうどうしようもないのだ。

「のどがかわいたよ」

申し訳のように言って藤堂平助が立ち上ったが、誰も何にも言わない。

近藤はじっと瞑目して待った。

近藤には解っている。なぜ会津、桑名の藩兵の出動が遅れているか——おおよそは読めるのだ。

会津肥後守《ひごのかみ》の決断がまだついていないのだ。

長州藩士の不穏な計画や運動はもちろん手を下して、その根源を断たねばならないが、しかしそのことでまた一層の恨みを長州から受けても困る。恨みを買うだけならまだしも、そのことでこんどは収拾できないような混乱が発生することは怖ろしい。

桑名も守護職会津の態度が決まらぬ以上、同調しているに違いない。

「遅いな」

たまりかねた土方が、近藤に話しかけた。隊長の決断を促す別の言い方だった。

「うむ」

瞑目したままで近藤はそれだけ答えた。

亥《い》の刻（午後十時）まで待ってみよう。情況がさして変らないのならば……と近藤は自分に言いきかせた。

会津、桑名から援兵が出動しないということになれば、この襲撃の成功は覚束ないかも知れない。

十名で池田屋に斬込むとしても、全員で突入するわけにはいかん。

池田屋は三条小橋を三条大橋の方から渡るとすぐ右側のたもとに在った。間口が三間半、奥行が十五間、総建坪八十坪ばかりの小さな旅宿で、客室も二階と下を併せて六十畳ほど。

表二階は八畳が二間で中庭はない。裏二階は五間、階段は土間を入って奥の方の左側に表から裏手に向かってついている。階段の突きあたりは細い廊下で幅は三尺五寸ほど、天井は低くて頭がつかえそうだ、と山崎から間どりを詳しく知らせてきていた。

表に二人、裏口に二人、それから屋根伝いに逃げる奴を見張るのが一人。五人は外に置かねばならぬ。とすると中に斬込むのは自分を入れて五人。十数名が刃を揃えている中に階段をかけ上ってゆくのだから、乱戦に慣れた腕の立つ奴を連れてゆかねばならん。

槍は狭い場所だから駄目だ。谷（三十郎＝槍術《そうじゅつ》師範）は外に置こう。中へは俺と沖田と永倉（新八）、それに藤堂（平助）がよい。

いま一人は……近藤は見回した。

彼は蠟燭の向う側に背をもたせてじっとうつ向いている養子の周平を見た。光のせいか蒼白《あおじろ》くみえる皮膚の色、影がふるえるように揺れている。怯《おび》えているのではあるまいな——と思う。

「周平を連れてゆこう」

近藤は決めた。

剣戟《けんげき》の間に明け暮れている昨今であった。万が一のことで近藤家の血統を断っては申し訳ないと考え、この春、板倉周防守《すおうのかみ》の家中から養子として貰《もら》いうけた青年であった。ことし十七歳、まだどこかに幼さの残った顔つきであった。

死ぬかも知れぬな、初陣で、初めて真剣を揮《ふる》うのであってみれば……。

しかし、ここに居る隊士たちはどれもが俺と生死を共にしようとしている者ばかりだ。彼らに対しても周平を別扱いにすることはできない。

俺の生死だってわかりはしないのだ。父子してまっ先に斬込む。それがいい。それでいいのだ。

「土方」

近藤は静かに言った。

「沖田、永倉、藤堂、原田、谷、それから周平をつれてゆく」

「周平を？　彼は僕の方につけてはどうでしょう？」

土方は近藤の心を読んだ。自分の手につけておけば、危ないところにはやらない。貴方《あなた》が連れてゆけばそうもできないからな――土方の眼はそう言っている。

「いや、養子にした以上はわが子であるから僕が連れるのが順当のようだ」

亥の刻になっても連絡は来なかった。さすがに人足の多かった表通りも、もう静けさをとり戻したようだ。犬のながながと吠《ほ》える声が遠くで聞える。それがしんとした空気を一層の味気ないものにした。

しかし会津侯の支配下にある新選組としては会津侯の怖れを怖れとしないわけにはゆかないのだ。

はやる隊士をじっと押えて待つのは辛《つら》いことだった。戦いには戦機というものがある。それを外せば勝つことは難かしい。

幾多の乱刃の場に臨んできた近藤にはそれがわかる。気合なのだ。一瞬に押し切ってゆく気合——こんな場合にこそそれは必要だった。

怯《ひる》みや迷いが出ては多勢の中に斬込んでゆくことはできない。

亥の上刻が過ぎようとしているのに、まだ会津の決断はつかないらしい。

隊長、どうしたというのだ——沖田や永倉や原田たちがさきほどからしきりと自分の方を盗み見てるのを近藤は横顔に意識して黙念としていた。

「あ——あア……」

誰かが無作法な溜息《ためいき》を洩《も》らした。

その声を聞いて近藤は凝然となった。もうこれ以上は待てない。

「よし」

低いが決然と近藤は言った。

「土方、ゆこう」

白く灰のかぶった薪《まき》に新しい風が送りこまれたように、パッと士気が燃え上った。

「それッ！」

沖田がまっ先に立上った。

人員が分けられた。

「四国屋を早々に片づけてから駆けつけますからな」

土方が殺気を眼に輝かしながら言う。

外に出ると、まだむしむしとする夜気が皮膚を気味わるく撫《な》でた。

近藤は腰に手を当てて夜空を仰いだ。星はあるが、眠そうなまたたきだ。

「明日は雨になるかも知れんな」

ふっと戦いとは関係のない言葉が出た。明日まで生命があるかどうか——。

近藤は緊張で固くなっている周平の傍によって囁《ささや》くように言った。

「周平、きれいだな」

「は？」

「星だよ。美しい星空だ」

「はい」

「道場と同じだ。気楽にやるがいい」

　優しい眼だった。

　橋を渡りきると、池田屋の黒い影があった。近藤は人数を二手に分けた。

「沖田、永倉、藤堂、周平は押入る。

　沖田と周平はわしに続いて奥にゆくぞ」

　死のう。潔く死ぬのだぞ——近藤の眼はさっきとはまったく違った獲物を狙う獅子《しし》のような酷《きび》しい輝きに変っていた。

　近藤は先に立ってずんずんと近づいていった。

　黒い影が、すべるように出てきた。

　近藤の手が微かに刀の束に動いた。

「局長」

　低い声で影は言った。

「山崎か？」

「困ったことになりました」

「？」

「四国屋にゆく筈の者もすべてこちらに来て居ります。三十名余りです。これだけでは……」

「うむ」

近藤は頷いた。もう人数は問題ではなかった。矢は弦を放れたのだ。

返事もせず近藤の姿はずかずかと進んだ。そして潜り戸を押しあけると、一同がはっとするほどにぴーんと腹に響く声で怒鳴った。

「主人はいるかッ、御用改めであるぞ！」


『仇討ち異聞』（ＰＨＰ文庫）に収録。

雨夜《あまよ》の暗殺《あんさつ》

新選組《しんせんぐみ》の落日《らくじつ》

船山　馨

慶応三年六月

一八六七年

一

新選組が、孝明《こうめい》天皇御陵衛士《ごりょうえじ》頭取《とうどり》伊東甲子太郎《かしたろう》、衛士服部《はっとり》武雄、藤堂兵助、毛内有之介《もうないありのすけ》の四人を、七条油小路で惨殺したのは、慶応《けいおう》三年十一月十八日の夜である。

慶応三年の十一月というと、すでに佐幕派の勢力は地に墜《お》ちていた。かつては倒幕派から会津《あいづ》藩とならんで、「薩賊会奸《さつぞくかいかん》」と称されたほどの薩摩《さつま》が、坂本龍馬の奔走で長州と盟約を結んでいたし、六月二十二日には最後の力と恃《たの》む土佐までが、薩摩と同盟している。越前《えちぜん》の松平慶永《よしなが》も伊予宇和島《うわじま》の伊達《だて》宗城《むねなり》も、大政奉還論に傾いてしまっていた。

僅《わず》かに佐幕派に踏みとどまっているのは、京都守護職松平容保《かたもり》の会津藩と、その実弟松平定敬《さだあき》の桑名藩のみである。幕府の崩壊は時間の問題であり、今となっては時の勢いに抗し得ないことは、容保兄弟といえども身に沁《し》みて知っていた筈《はず》であった。げんにこの時からひと月も経たぬ十二月十四日に、将軍慶喜《よしのぶ》は政権奉還を朝廷に申出たのである。

新選組は京都守護職の支配ではあるが、以上の情勢から判断しても、容保やその重臣が、伊東甲子太郎らの殺害を指令したのでないことは明らかである。計画があることさえ知らなかったと見ていい。この時点では、何人かの勤王派浪士の生命を絶ってみても、もはやまったく無意味だからである。

したがって油小路の惨劇は、新選組の私怨がその主因であったと見なければならない。

伊東はもと参謀格として、新選組で重きをなした人物であり、彼と行を共にして御陵衛士となった十五名も、かつての新選組の隊士たちである。伊東とともに殺された服部、毛内は、ともに監察で諸士調役《しらべやく》であったし、藤堂兵助にいたっては、江戸の試衛館《しえいかん》時代からの、いわば近藤勇《いさみ》子飼の門下であり、八番組隊長の重責にあった旧幹部である。

薩長の士と交わって、彼等の機密を探るために別働隊をつくるという名目で、表面は円満に袂《たもと》を別ったものの、それが口実であることはわかりきっているのだから、近藤らにしてみれば伊東一派は裏切者であった。

本来の敵よりも、身内からの分裂者が一層憎いのは、いまも昔も変りがない。

まして自派の盛んなときなら、まだしも寛大になれもするが、四面楚歌《そか》、まったく窮地に墜ちているだけに憎悪もひとしお凄《すさ》まじさを帯びずにはいない。惨殺後、四人の死骸《しがい》を油小路の路上にまる四日も放置し、隊士が周囲の家々にひそんで、伊東の残党が屍《しかばね》を引取りにくるのを待伏せていたやり方をみても、その異常なほどの憎しみがうかがわれて、肌寒いばかりである。

守護職がこの事件にたいして、どういう態度をとったか、はっきりした記録はない。しかしこうした場合の慣例になっている守護職からの報償がなかった事実から推しても、否定的であったのは、まず間違いないであろう。やむなく近藤は、翌日隊費から十七両を支出して、暗殺に参加した隊士十七名に与え、労をねぎらっている。

ところで、この事件に先立つこと約五か月の、慶応三年六月十四日にも、似たような集団暗殺事件が起っている。殺された佐野七五三之助《しめのすけ》ほか三名が、いずれも伊東甲子太郎の一派で、伊東をしたって新選組を脱退しようとした者たちであり、加害者が新選組であった点なども、油小路事件の前駆的性格を帯びていた。

このほうは起った場所が、下立売《しもたちうり》の守護職屋敷内であったのだから、守護職側が関知していなかったとは思い難い。すでに京都の情勢は、油小路事件のころと殆《ほと》んどおなじで、頽勢《たいせい》の挽回《ばんかい》は不可能になっていたし、大久保一蔵、西郷吉之助《きちのすけ》、桂小五郎といった倒幕派の中心人物を斃《たお》すのならともかく、佐野七五三之助のような所謂草莽《いわゆるそうもう》の士の五人や十人、いまさらどっちへ転んだところで、問題ではない筈であった。

新選組は離脱を許さぬ建前だから、分派行動を処断するというのもわかるとしても、場所もあろうに、守護職屋敷のなかで、暗殺が行なわれるのを黙認していたとすれば、守護職側の心事は怪しむに足りる。

二

伊東甲子太郎は、はじめ鈴木大蔵《おおくら》といった。常州志筑《しづく》の産である。水戸《みと》の勤王家金子健四郎をしたって、その門を叩《たた》き、神道無念流を学んだが、後に江戸へ出て、深川に道場をひらいていた北辰《ほくしん》一刀流の伊東精一に就いた。そうして師匠の歿後《ぼつご》、その娘宇女《うめ》を妻に迎えて、道場とともに伊東姓を襲ぎ、伊東甲子太郎武明《たけあき》と名を改めたのである。

佐野七五三之助忠正《ただまさ》は、油小路で斬死した服部武雄などとともに、そのころからの伊東の同志であった。尾張《おわり》藩の浪士である。

体のつくりが華奢《きやしゃ》で色が白く、どこか病身じみて見えるほどであったが、見かけによらず腕が立った。尾州の御家流、柳生新陰《しんかげ》流の免許皆伝者で、冷静なうえに度胸が据っていたから、道場でよりも実戦となると凄《すご》い冴《さ》え方をした。

こんな話がある。

ある日、佐野と毛内有之介が上野の雁鍋《がんなべ》の二階で一杯やり、帰ろうとして廊下へ出ると、梯子口《はしごぐち》で下からあがって来た三人連れの侍の一人と、先に立っていた毛内の肩が触れた。

いずれも面摺《めんず》れのした、腕自慢らしい浪士風で、一人がいきなり毛内の胸を小突いて押し戻し、威丈高《いたけだか》になった。

毛内は学識の深い温厚な人物なので、叮嚀《ていねい》に詫《わ》びを云ったが、津軽《つがる》の脱藩士で言葉に訛《なまり》がある。

「なんだ、そのズーズーというのは。一向にわからん。わかるように詫びてもらおう」

と、三人は訛を嗤《わら》いものにして、なおもしつこくからんでくるので、佐野が、構わず行こうと眼顔で促がして、毛内を先にたてて二た足三足、梯子段を降りかけた。

相手は女のような優さ男の佐野を、はじめから見縊《みくび》ってかかっている。

「こやつ、待て」

と、一人が上から猿臂《えんぴ》を伸ばして、佐野の肩口を鷲摑《わしづか》みにしようとしたが、その拍子に佐野がすいと半身を引いたから、弾みを喰《く》らった相手は足を踏み滑らせて、もんどり打って梯子段を転げ落ちた。

「小癪《こしやく》な！」

残った二人が同時に抜刀した。

が、その瞬間、二人は悲鳴をあげて梯子口にのけぞり、二つの手頸《てくび》が、叩《たた》きつけるような勢いで宙に跳ねあがって、天井に鈍い音をたてた。ひとつの手頸は、刀を握ったままであった。

佐野の刀は、もう鞘《さや》に納まっていた。毛内でさえ、いつ彼が抜刀し、二人の利き腕を払い上げたのか、ほとんど眼に留める間もなかったほどの早業であった。

血まみれになって、のた打ち廻《まわ》っている二人には眼もくれず、佐野は平然と梯子段を降りた。憂いを含んだ、冷たい翳《かげ》のある彼の美貌《びぼう》には表情の破片《かけら》もなく、いつものままに静止していた。

階段を転げ落ちた男は、立ち向かう気力も失せて、仲間を見捨て戸外へ逃れ去っていた。

伊東は毛内からこの話を聴いても、なにも云わなかったが、数日経ってから、佐野を招いて酒を飲みながら、

「こういう乱世には、それなりの身の処し方もあり、身を護るために剣技も無用とは思わないが、乱世向きの人間になってしまっては悲劇ですよ」

と、云った。

「お耳に入りましたか」

佐野は照れたように薄く頰を染めて、

「以後、自戒いたします」

と、膝《ひざ》に手を置いて頭を下げた。

伊東にたいしてだけは、いつも少年のような素直さを、彼は示した。

新選組の藤堂兵助は、おなじ北辰一刀流のつながりもあって、かねて伊東とは昵懇《じっこん》であった。その藤堂の熱心な勧誘で、伊東と近藤勇のあいだに盟約が成立、新選組参謀として入隊するために、伊東が深川佐賀町の道場を畳んで江戸を発足《ほっそく》したのは、元治《げんじ》元年十一月十四日である。

この時、伊東と行を共にした同志は、伊藤の実弟鈴木三樹三郎《みきさぶろう》、師範代中西登、内海《うつみ》二郎、服部武雄、篠原泰之進《たいのしん》、加納鷲雄《わしお》、佐野七五三之助の七人であった。のちに油小路で伊東に殉《じゅん》じた毛内有之介や、佐野とともに守護職屋敷で憤死した茨木司《いばらぎつかさ》、富永十郎もこの時期に江戸で入隊したのだが、これは伊東らとは別に浪士の募集に応じたのである。

伊東の一行八人は、十二月一日に京都へ着き、近藤らの歓迎をうけて新選組の人となった。

しかし、この結びつきには、最初から無理があったようである。

近藤、土方の一派は骨の髄からの頑固な佐幕派だし、伊東らの志は勤王にある。双方ともそれを承知で、攘夷《じょうい》という共通点だけで手を握ったのは、お互いに相手の勢力を洗脳して、自分の側に同化し得ると踏んだからであった。ことに伊東は、新選組をまるごと自陣に同化し得なくても、五人でも十人でも転向者をつくり出せば、それだけでも儲《もう》けものである。新選組という佐幕派の一勢力の内部を攪乱《かくらん》し、混乱を生ぜしめるだけでも、それなりの効果はある。

近藤は初めから、まさかの時は斬るまでだと、腹のうちでは割切っていたにしても、伊東の人物や学識に惚《ほ》れ込んでもいた。単純で直情なだけに、好悪にかかわらず屈折した考え方は、彼にはできなかった。

入隊してみると伊東の政治的才腕は抜群で、外部との交渉事は、たちまち彼でなければならないほどになったし、隊内でも人望が集まった。近藤の統率があまりに峻烈《しゅんれつ》で、僅かな規律違反や私行上の落度で、切腹を命ぜられたり、斬首《ざんしゅ》されたりするので、隊士たちの間に悄々《きょうきょう》たるものがあった折柄だけに、なおさら伊東の円満な人柄と政治力が魅力となったのは、自然の成行でもあった。

伊東の入隊から三か月も経たないうちに、もう最初の大きな波紋が起っている。慶応元年二月二十二日山南《やまなみ》敬助が脱走し、捕えられて切腹した事件である。

山南は仙台の脱藩士で、新選組創立当初からの大幹部であった。芹沢鴨《せりざわかも》、近藤勇、新見錦《にいみにしき》の三人が局長であった第一次編成当時、すでに彼は土方歳三とならんで副長であり、席次は土方の上であった。脱走した時も、総長として局長近藤勇の次位である。

山南敬助の脱走は、土方歳三との確執が原因だといわれている。たしかに、近藤が土方のみを重用し、山南がうとんじられていたのは事実だが、それだけではない。最大の理由は伊東甲子太郎の思想と人物に傾倒した結果、勤王運動に挺身《ていしん》しようと決意したことにあった。

すめらぎのまもりともなれ黒髪の
　みだれたる世に死ぬる身なれば

という、伊東の山南への弔歌が、その間の事情を物語っている。

山南はなにも云わずに従容《しょうよう》として死んだから、表向きには伊東の名は出なかったが、隊内で暗黙裡《り》に真相が察しられていたのは当然である。山南を近江《おうみ》大津から連れ戻し、屠腹《とふく》に際して介錯《かいしゃく》をつとめた沖田総司などは、伊東を斬ると敦圉《いきま》いて、近藤や土方に制止されているほどだ。

伊東甲子太郎が十四名の同志とともに、孝明天皇御陵衛士を拝命して新選組と袂をわかったのは、慶応三年三月十日のことであるが、こうした事情を考え併《あわ》せると、よくそれまで隊内にとどまっていられたくらいで、むしろ分離が遅すぎた観さえある。

佐野は島原の輪違屋《わちがいや》という妓楼《ぎろう》に、馴染《なじみ》の女ができていた。春香といって生れは因州鳥取、二十一歳であった。

暗い翳《かげ》のある女で、彼女が入ってくると、妙に部屋が陰気になった。色白で、不器量というのではないが、なんとなく淋しげな顔だちで色気がなかった。もちろん客受けもわるいから、輪違屋でも厄介者扱いであった。

佐野は春香ばかり呼んだ。彼と仲のいい服部武雄と茨木司が不思議がっても、女たちが岡焼き半分にからかっても、眉《まゆ》ひと筋うごかさなかった。

山南敬助の屠腹から半年あまり経った九月中ばのある夜も、佐野は春香の部屋にいた。そこへ毛内有之介が、顔色を変えて駆け込んできた。

「伊東先生が危険だ。沖田らが先生を邀撃《ようげき》するらしいぞ」

もの静かないつもの有之介にも似ず、声が昂奮《こうふん》でうわ摺《ず》っていた。

薩摩脱藩の隊士に富山弥兵衛《やへえ》という人物がいる。その富山の仲介で、伊東は今夜ひそかに、薩摩の大久保一蔵と会っているのだという。場所は上立売の薩州藩邸。富山のほかに服部武雄と加納鷲雄が、伊東に随伴していた。

沖田総司がそれを知ったらしく、島田魁《かい》、大石鍬次郎《くわじろう》ら七人の隊士をひき連れて、いま屯所《とんしょ》を出たというのだ。このごろ伊東の身辺には、監視がついているようであった。

毛内が屯所に居あわせた同志の新井陸之助《りくのすけ》を、薩州藩邸の伊東のもとへ走らせ、自分は輪違屋へ駈けつけてきたのであった。

「近藤局長の指図か」

「いや。局長も土方も留守だ」

佐野は身仕度をする間ももどかしく、有之介とともに宙を飛んで走った。

沖田総司らは相国寺《しょうこくじ》の門前にたむろしていた。通りひとつ隔てた向かいが薩州藩邸である。

「沖田さんじゃありませんか」

平然と近づいて声をかけた佐野と、毛内を、島田たちが取囲んだ。すでに殺気立っている。いずれも刀の下げ緒で襷《たすき》をかけ、その上からだんだら袖《そで》の羽織をはおっているが、袖は通していない。戦闘態勢である。

「君たち、なんで此処《ここ》へ来た」

沖田が腕組みをしたまま、二人を睨《にら》んだ。声はくぐもるように低いが、底に殺気がみなぎっていた。

沖田の剣は新選組でも随一、島田魁も屈指の使い手である。大石鍬次郎にいたっては、腕も冴えているが、性格が残忍で、愉《たの》しみに人を斬るような狂的なところのある男だった。

「私たちは通りがかりですが、なにかあるのですか」

と、佐野は取巻いた隊士を、無表情な眼の色で見廻した。

にやりと沖田が白い歯を見せた。

「裏切者を三四人斬るだけだが……もう一人二人、増えそうだな」

「誰ですか、それは」

「ほう、知らんのか。まあいい、すぐわかる」

「では私たちもお手伝いします」

「面白いな。いいだろう」

「ところで、確かな証拠があるのですか」

沖田の冷やかな双眸《そうぼう》に、険しい光が動いた。

「裏切者と仰有《おつしや》るからには、相手は隊の者でしょうが、それなら確かな証拠もなく斬ったのでは私闘になります。私闘は隊規で切腹ものですからな。それとも、これは局長の命令ですか」

「おのれ、口が裂けたか！」

突然、大石鍬次郎が呶声《どせい》を発して抜刀した、と見えた。だが、それより早く、佐野の左手がのびて、軽く大石の佩刀《はいとう》の柄頭《つかがしら》を抑えていた。大石は鯉口《こいぐち》を切っただけで動きを封じられ、蒼白《そうはく》な顔をひきつらせた。

「いいのですか、沖田さん」

佐野は冷たく沈んだ声で云った。

「大石さんをとめてください。私闘で腹を切るのは御免です。しかし、お許しがあればお相手しますよ」

「大石君。いまはよせ」

と、沖田が云った。

「佐野、忘れるな」

鍬次郎は歯軋《はぎし》りをして唸《うな》った。

この夜の沖田たちの待伏せは徒労に終った。新井陸之助の急報で、すでに伊東らは薩州藩邸の裏門から逃れ去った後だったからである。したがって、伊東が薩摩と通じている証拠も、このときは摑まれずに済んだ。

だが、この夜以来、佐野は伊東派として睨まれるだけでなく、沖田総司らの私怨をも買うことになった。ことに、大石鍬次郎の彼への憎悪は、大石の性格が性格だけに、眼立って異常な気配を帯びるにいたったのである。

佐幕で凝り固まった近藤の暴力主義には、いよいよ従《つ》いてゆけないと見切りをつけた伊東が、慶応二年の秋ごろから、しばしば袂を別つことを提案するが、近藤は頑として承知しない。

三

そのうちに年が明けて、慶応三年の三月になると、かねて泉涌寺《せんにゆうじ》の塔頭《たつちゆう》戒光寺の長老湛然《たんねん》を介して、朝廷に運動していた御陵衛士拝命のことが実現の運びになった。もう愚図愚図してはいられないから、伊東は近藤を七条醒ケ井《さめがい》の妾宅《しようたく》に訪ねて強硬な膝詰談判の末、強引に分離を承知させてしまったのである。

「よく敵を知る者は勝つと云います。表向き薩長両藩と交わりを結び、彼らの内情及び動静に通暁することこそ、われらの急務ですが、新選組内にあってはこれはできません。だから表面分離のかたちをとるのです」

という伊東の主義を、結局近藤も諒解《りようかい》して折れたかたちであったが、この程度の詭弁《きべん》を、近藤が真《ま》に受けたとは思われない。

同月十日、伊東は十四名の同志とともに新選組を去り、五条橋東詰の長円寺《ちようえんじ》に入ったが、このなかに三番隊組長斎藤一《はじめ》も加わっていた。近藤の密命をうけて、同志を装った間者である。

一方、伊東のほうでも、新選組内部の攪乱《かくらん》と情報蒐集《しゅうしゅう》のために、隊内に同志を残存させる策をとった。佐野七五三之助、茨木司、富永十郎、中村五郎がその役に廻り、伊東と袂を別つと見せて隊に残留したのであった。しかし、これは斎藤一のような単なる間諜《かんちょう》役とちがって、隊内に反近藤の気運をつくりあげようというのだから、危険度の高いことは話のほかである。文字通り、薄氷を踏む毎日であった。

輪違屋へ通う佐野の足が、眼立って頻度を増したのも、そんな日常の、張りつめた危機感の反動でもあった。春香と逢《あ》っているときだけ、彼の神経は緊張から解き放たれて、ひっそりとした放心のなかにたゆたっていられた。

「わたしのようなものを、どうしてこんなに可愛がってくださるのですか」

と、春香は時折り、おなじ質問を繰り返した。

佐野が倦《あ》きもせずに、自分のところへ通って来てくれる幸福感に慄《ふる》えながらも、まだそれが信じられないらしく、春香の態度にはよろこびと不安がないまぜになっていた。

「お前が好きだからさ」

と、佐野は応える。

「お前は自分の良さがわかっていない。もっと自信を持って、胸を張っていいのだ。お前は心の綺麗《きれい》な女だよ」

春香は涙ぐむ。うつ向いてしまうこともある。優しくされたり、まして自分を認められたりすることには、まるで馴《な》れていないのだ。

佐野は春香のそんなところが好きであった。この女の前では、自分の心も素直になった。動乱の世界で生きている彼の胸に、絶えず揺れ騒いでいる風の音が、彼女の前では凪《な》いだ。

しかし、佐野は春香に惚れていたわけではなかった。彼が春香に寄せている感情も、一種の愛情には違いなかったが、それは男女の愛とは異質の部分があった。どんな種類の愛情にも不馴れだった春香に、その見分けのつく筈《はず》はなかった。彼女にとっては、佐野は生れてはじめて出会った、謂《い》わば人生そのものでもあったのである。

伊東甲子太郎らが、あらためて山陵奉行戸田山城守《やましろのかみ》忠至《ただゆき》の支配下に属して、五条橋詰の長円寺から高台寺《こうだいじ》の月真院《げっしんいん》へ移り、本格的に禁裏御陵衛士の屯所を構えたのは六月八日のことであるが、その二日後、新選組に大きな変化が起った。かねて京都守護職松平容保が幕閣に斡旋《あっせん》していた、新選組の直参御取立《じきさん》の運動が効を奏して十日付けで全員旗本に召抱えられることになったのである。

しかも、近藤は大御番頭《おおごばんがしら》であるから老中直属で、各町奉行や駿府《すんぷ》城代などと同格という破格の栄達であったし、土方は大御番組頭、沖田総司、永倉新八、原田左之助ら副長助勤六名は大御番組という、いずれも堂々たる旗本である。佐野の同志では、茨木司が大石鍬次郎らとともに大御番組に抜擢《ばってき》されていたし、残りの隊員全部が大御番組入りであった。乱世でなければ、とうてい起り得ることではなく、一面から見れば、幕府の頽勢《たいせい》と混乱の象徴でもあった。

しかし、新選組にとってはまさに天来の福音《ふくいん》であった。彼らは浪人や郷士の集団である。腕自慢の農民や町人あがりもいる。彼らにとっては、京都守護職の支配下に属して、肩で風を切って歩くのすら、すでに過分の立身であった。まして直参旗本の身分などは、夢のまた夢が現実となったに等しい。局長の近藤をはじめ、隊士たちが有頂天になったのも当然である。

だが、佐野七五三之助ら伊東派の残留組の立場は、まったく相反していた。

彼らは作戦上新選組にとどまっているだけで、志は勤王にある。佐野などはそのために、徳川の親藩である尾張藩を脱走したのである。それが今になって徳川の直参に随身したのでは、志にも反するし、名聞《みょうもん》も立たないのだ。

十二日の夜、佐野たちは遊興を装って、一人二人ずつ眼立たぬように島原の輪違屋へ集まった。

佐野が屯所を出ようとすると、摺れちがった大石鍬次郎が、

「また輪違屋の売れ残りを買いにゆくのか。どこがいいのか知らんが、もの好きなことだな」

と、顎《あご》を突き出して嗤った。佐野がかまわず行きすぎると、追いかけてその背中へ、

「俺からよろしくと云ってくれ」

と嫌味な声を浴びせて、高笑いをしながら奥へ去った。

おかしなことを云うとは思ったが、深くは気にとめなかった。

輪違屋には佐野のほかに、茨木司、富永十郎、中村五郎の以前からの伊東派残留組のほかに松本俊蔵、町田克巳、高野良右衛門《りょうえもん》、中村三弥、松本主税《ちから》、小幡勝《こばたかつ》之進《のしん》の都合十人が顔を揃えた。松本俊蔵ら六人は、佐野たちが隊内で獲得した同志のうちの、とくに確かな者たちであった。

春香は席に姿を見せなかった。病気で寝ているということであったが、なにもあれ、彼女が佐野の席を断わったのは、これが初めてであった。

前の日、佐野と茨木が月真院に伊東を訪ねて、下相談をしてきたことを報告して協議した結果、もうこれ以上新選組に留まってはいられないと衆議は一決した。しかし、近藤に離脱を申し入れても、円満に納得する筈がない。わるくすると、その場を去らせず取囲まれて、全員斬撃《ざんげき》に遭うことになりかねなかった。そこで直接守護職に離脱願いを出し、守護職から新選組へ伝達してもらう方法をとることになり、守護職松平容保宛の嘆願書は佐野が筆をとった。

恐レナガラ拙者ドモ儀ハ先年来勤王攘夷ニツキ、尽忠報国ノ志ヲ遂ゲタキ一途ニテ本国ヲ脱走シ、コレマデ新選組ニ依頼罷《マカ》リ有リ候処、サシテノ御奉公ヲモ仕ラズ、時勢柄トハ申シナガラ追々御国体変遷シ、従ッテ今般莫大《バクダイ》ノ御格式下シ置カセラレ候段、有難ク感佩《カンパイ》仕リ候エドモ、寸功モ御座無キニ斯《カ》ク仰セ出サレ候ヲ、コノママ御請ケ仕リ候テハ何トモ恐縮ノ至リ、ハタ又初一念ノ程透徹仕ラザル儀モ嘆カワシク、今更御格式頂戴仕リ候テハ夫々《ソレゾレ》本藩ヘモ面目コレ無ク、二君ニ勤仕ノ儀モ遁《ノガ》レ難ク候依《ヨッ》テ離局仕リタク、恐レ入リ奉リ候エドモ御支配ノ法儀ニモ御座候エバ、何《ナニ》卒《トゾ》隊長へ右ノ趣仰セ渡セラレテ、異議ナク願イ通リ仰セツケラレ候様血願仕リ候

慶応丁卯《ヒノトウ》六月

として、佐野以下十人がこれに連署し、明日打ち揃って守護職屋敷へ持参することに決まった。

事態がここまで来た以上、屯所へ戻る理由もないし、また危険でもあるので、一同は思い思いに輪違屋を出て、昨日のうちに伊東が手配してくれていた東堀川の、中津藩邸脇の旅館水乃江《みずのえ》に入った。

佐野がひと足遅れて輪違屋を出ようとすると、古くからいる卯三郎《うさぶろう》という年寄の男衆が、そっと彼の袖を引いた。お話がある、というのである。

近くの一杯屋へ誘って、聴いてみると、話というのは春香のことであった。

「春香はんは、ほんまは病気いうのやおへん。むごい目に遭うたのどす」

と、卯三郎は眼をしばたたいた。

一昨日の晩のことである。島原へ来ても滅多に輪違屋へは登楼《あが》ったことのない

大石鍬次郎が稀《めず》らしく五六人の隊士を連れてやって来た。

春香を呼べと命じたのは大石で、はじめから残酷な思惑があって登楼ったに違いないという。

「島原にもこんな出来損いがいたのか」とか「うらなりの佐野には似合いだろう」とか、散々毒づいて嗤いものにした揚句、

「いくら出来損いでも、毎度佐野のような青瓢簞《あおびょうたん》では喰《く》い足りなかろう。今夜はちと増しなのを抱かせてやるぞ」

と云って、隊士の一人になにか耳うちをした。すると、その隊士は表へ出てゆき、やがてどこで見つけたのか、いやがる乞食《こじき》を無理やり引っ立てて戻って来た。

「そら、こいつに抱かれて寝てみろ。それでも佐野よりはずんとましだ」

と、大石は乞食の襟首を摑んで、春香の膝に抛《ほう》り投げた。

あまりのことに見かねた仲居や男衆までが、仲に入ってなだめにかかったが、大石は頑としてきかない。しまいには刀を抜いて畳に突き刺し、膳部《ぜんぶ》を蹴返《けかえ》して、

「今日から新選組は天下の直参だぞ。乞食といえど、かりにも旗本の連れだ。いやだなどと申してみろ、貴様ら皆殺しにして火をつけるぞ」

と威丈高になった。

ほかの隊士たちも一斉に抜刀して、襖《ふすま》、柱、燭台《しょくだい》と手当り次第に斬りつけて暴れ狂い、ほんとうに皆殺しにもしかねない凄まじさであった。みんなが災難を免がれるためには、春香に犠牲になってもらうよりほかに、どうしようもなかったのだという。

聴いているうちに、佐野は血が逆流した。やり方があまりに底意地悪く、無残であった。

卯三郎はひと眼会ってやってはと云いたげであったが、放心したようになって、食事もとらず部屋に籠《こも》ったきりだという春香の、ずたずたに引き裂かれた心の傷の深さを思うと、いまは会うことが、かえって彼女の苦しみを増すだけだと思った。

「野良犬に嚙《か》まれたようなものだと思って、あまり心を痛めぬよう努めることだな。いい折りをみて、よく云い聴かせてやってくれ」

佐野はそう云って卯三郎と別れた。

途々《みちみち》も、たぎり立つ胸を抑えかねた。屯所を出がけに、意味ありげな嘲弄《ちょうろう》を浴びせてきた大石の声が、耳の底から噴き上るように鳴っていた。

彼はよほど屯所へ戻って、大石を斬り捨てようかと思った。いく度か、町辻《まちつじ》で立ちどまったほどである。だが、そうなれば当然、彼自身も斬死《きりじに》をすることになる。明日の守護職への嘆願を控えて、万一にもそんなことから同志に迷惑が及ぶようなことがあってはならなかった。

佐野は歩きながら、思わず血の色が消えるほど、強く唇を嚙みしめていた。

四

つぎの日、佐野ら十人は揃って水乃江を出た。

下立売の守護職屋敷は、そこから数町の距離である。打合わせてきた通り、緊急の御願いであるからと、神保内蔵之助《じんぼくらのすけ》、外島義直《としまよしなお》の両藩老のいずれかに御意得《ぎょい》たいと申入れたが、神保も外島も不在であった。やむなく、用人諏訪常吉《すわつねよし》に会って、嘆願書を差出し、新選組への斡旋《あっせん》方を依頼した。

諏訪は尠《すく》なからず驚き、且《かつ》当惑したようであった。新選組は藩公松平容保の支配下であるから、守護職屋敷へ離脱の願い書を提出することも、理屈のうえでは通らぬこともないが、これまでに前例がない。直属の上司である近藤局長を差しおいて、いわば直訴である。

しかも離脱の理由が、藩主容保の周旋で直参に取立てたのが迷惑だからというのでは、考えようによっては、容保に反抗しているようにも取れないことはない。

諏訪ははじめのうち、重役の留守を理由に嘆願書を受取るのを拒んだが、佐野たちがあくまで承知しないので、しぶしぶ折れて預かるだけは預かった。だが、それ以上のことは、重役の意向を聴いたうえでなければ、一切返答しかねると突っぱねたので、佐野たちも仕方なく、

「それでは明日、御重役御在邸の刻限に、あらためて御返答をうけたまわりに参上いたしますが、いつごろならよろしゅうございますか」

と訊くと、諏訪は少し考えてから、

「午《うま》の刻（正午）前なれば」

と答えた。

しかし、佐野たちが明日の再訪を約して帰ってゆくや、諏訪は藩士の一人にその後を尾《つ》けさせた。やがて戻って来た藩士は、彼らが高台寺の月真院へ入ったことを報告した。離脱の目的が、伊東派への合流にあることは、それで明白であった。

諏訪が七条堀川の新選組屯所へ使者を走らせて、この顛末を知らせてやると、

間もなく、近藤みずから守護職屋敷へ乗り込んできた。眉間《みけん》に太い縦皺《たてじわ》を刻み、大きな口を一文字に引き結んで、すでに彼はただならぬ形相であった。

「みだりに離脱を企てるさえ不埒《ふらち》なのに、当御屋敷へお直《じき》に願い出るなどとは、筋道をわきまえぬ重々の不届です。見過しはなりません」

恰度《ちょうど》、黒谷《くろだに》の藩邸から帰った家老の外島義直に、近藤は気色ばんだ語気で云った。

外島はしばらく考えていたが、やがて腕組を解いて、独り言のように呟《つぶや》いた。

「どうするかな」

「もちろん、斬らねばなりません。ここで厳しくやらねば、隊内動揺の因《もと》にもなりかねません。土方君などは、直ちに月真院に斬込みをかけて、伊東一派を殲滅《せんめつ》すると敦圉《いきま》いているくらいです」

「この者どもを斬ることが、かえって隊内の動揺を招くことになりはせんかな」

いまでは時代の流れは怒濤《どとう》の勢いである。片々たる暴力で、堰《せ》き止め切れるようなものではなくなっていると云いかけて、外島は口をつぐんだ。

近藤といえども、そのくらいのことが見えていない筈はないのだった。わかっていても、もうどうしようもない気持なのだ。ここで利口に立廻るにしては、近藤らはあまりに深く佐幕運動にはまり込んでしまっている。首まで泥沼に漬っているようなものであった。狂い藻掻《もが》くのが精一杯で、ほかの余裕などあるわけがなかった。そうして、それは会津藩士である外島自身の姿でもあるのだった。

「局のことは、近藤が責任を持っています。お任せ願います」

近藤は抑えつけるような語気で云い切って、外島と自分の間に置かれてある嘆願書に、灼《や》けるような視線を落した。

一応、嘆願の形式はとってある。だが、近藤には行間から、彼らの笑いが聴えるようであった。

潰《つぶ》れかかって明日をも知れない幕府の直参などに、けし粒ほどの値打でもあるのか。御大層ぶった子供だましの空証文を有難がって、有頂天になっている阿呆《あほう》どもに用はない。もう時代はわれわれのものなのだ——と、嘆願書は近藤とその同志を嘲笑《ちょうしょう》していた。尠なくとも、近藤にはそう思えた。

彼らの離脱よりも、彼らが直参大御番組の格式を嗤いものにしている気配が、近藤には許せなかった。彼は武州調布の百姓の悴《せがれ》である。旗本大御番頭は奇蹟《きせき》に等しい栄誉であった。それを侮辱する者は、たとえ何者たりとも生かしてはおけなかった。

近藤は別室で諏訪常吉と二刻ちかくも密談を重ねて、夕方になって屯所へ帰ると、土方歳三に刺客の人選を命じた。

土方は沖田総司、原田左之助、大石鍬次郎を自室に招いて、ひそかに指示するところがあり、さらに槍術《そうじゅつ》にすぐれた隊士数名に、明日の禁足待機を密命した。

明けて六月十四日。

朝から小糠《こぬか》を撒《ま》くような霧雨が煙っていたが、風が死んでいて蒸し暑い日であった。

佐野七五三之助ら十人は、約束通り午の刻に東堀川の水乃江を出た。みんな意気旺《さか》んで、歩きながら、しきりに明るい笑い声が洩《も》れた。

昨日、守護職屋敷から高台寺へまわって、伊東に諏訪との応接を報告し、服部、藤堂、毛内らの同志らと酒を汲みかわして、談論風発に時のすぎるのを忘れたのである。

今日は是が非でも藩老に会って、嘆願の趣旨斡旋を許諾させる。もし、相手があくまで言を左右にして曖昧《あいまい》な態度をとるようなら、一方的に離脱を宣言して辞去するまでである。そうして、その足で一同が月真院へ入り、同志と合流することに、昨日の会合で打合せができていた。

いずれにしても、今日から彼等も御陵衛士として、同志のもとへ帰れるのである。虎の尾を踏む思いで、敵中に残留していた心労も終った。天下の形勢は決定的に彼等に有利である。心が弾み立つのも当然であった。

ただ、佐野だけが口数もすくなく、顔の色も冴えなかった。時折り、ふっと彼だけの別の想いにとらわれているような、沈んだ暗い眼の色になった。

「どうしました。佐野君。元気がないようだが」

昨夜も伊東が気づいて、そう訊いたほどである。

「いや、別に……」

と、佐野は眼の奥にちらりと冷えた微笑を覗《のぞ》かせて、はにかむように口ごもったが、伊東が説明を待つようにじっと彼を見つめているのに気づくと、表情のない低い声で、呟くように云い足した。

「ただちょっと、野良犬に嚙まれた女のことを考えていただけです」

「それは災難でしたな。傷はひどいのですか」

「はあ……。それに心の弱い女ですから、自分から怪我に負けてしまいそうなのが、少々気がかりです」

伊東は春香を知らない。佐野の言葉を文字通り受けとって、その話はそれで終った。

相変らず暗い顔をしている佐野を見て、茨木司がそれを思い出した。

「どうした、また昨日の話の婦人のことか」

と茨木が訊くと、佐野は細雨で紗《しゃ》を張ったような町並の遠くに眼をやって、

「うむ。今夜あたり見舞って来ようと思っている」

と、低く答えた。

五

守護職屋敷へ着いた一同は、すぐひと間に通された。昨日とは打って変った叮《てい》重《ちょう》な扱いであった。

待つほどもなく諏訪常吉があらわれたが、諏訪の態度にも打ち解けた親しみが感じられた。

「御家老外島様がお会いなさるとのことで、先程までお待ち申していたのですが、御老中板倉周防守《すおうのかみ》様より火急のお召があり、今しがた二条城へ御登城になりました。下城まで、しばらくお待ち願いたい」

という口上である。

佐野たちが承知すると、時分どきであるからと、中食《ちゆうじき》が運ばれた。

申《さる》の刻（午後四時）すぎには、御退屈しのぎにと酒肴《しゆこう》の饗応《きようおう》があり、酉《とり》の下刻（午後七時）に夕食、それが終ると、また酒が出た。

老中に呼ばれて登城したのでは、時間がかかりそうだと、佐野たちも察してはいた。

会津藩は崩壊寸前の幕府を支えている唯《ただ》一本の柱である。老中はすでに、独力で政治的な裁断をする能力を失っていて、内政も外交も対朝廷問題も、ことごとく藩主容保に相談しなければ、決断がつかない始末である。容保は京都守護職であると同時に、事実上、幕府の政事総裁的な役割を負わされてしまっていた。しかも、容保は病身で黒谷の藩邸に引籠りがちだから、連絡折衝の任にあたる重役の繁忙は、とうてい他藩の比ではなかった。

しかし、それにしても外島の帰りが遅すぎる。しびれを切らした佐野たちは、接待に出た女中に諏訪を呼んでもらった。

「もう戌《いぬ》の刻（八時）も過ぎましたが、いつまでお待ち申してもいられません。外島様が御用繁多なれば、神保様にお目にかかりたい」

「神保様は本日、黒谷の御館へお詰で、当屋敷へはお越しがありません。ただいま御城中へ使いを立てましたゆえ、いましばらく御待ちください」

というのが、諏訪の答えであった。

「どうしたものだろうな」

茨木司が一同の顔を見まわして訊ねると、

「仕方がない。もう少し待ってみましょう。せっかく今まで待ったのだから、会わずに帰るのも残念だ」

と、富永十郎が云った。

富永はあまり酒が強くない。首筋まで赧《あか》くなって、両手を後ろざまに畳についた姿勢が、気懶《けだる》そうであった。

「御待ち遠でござった。ただ今、御帰邸になりました」

と、諏訪が部屋へ入ってきたのは、それから更に一刻あまり経ってからであった。すでに亥《い》の刻（十時）をだいぶ廻っていた。

ほっとして居ずまいを匡《ただ》す一同に、諏訪がさりげなく言葉をつづけて云った。

「多人数にては話が承わりにくいので、茨木、佐野、富永、中村五郎の四氏に、御一同の代表として別間でお目にかかるとのことです。御諒承《りようしよう》ください」

「よろしいかな」

と、茨木が一同を見廻したが、もちろん、誰も反対する者はなかった。そこで、指名された四人は、六人の同志をその部屋にとどめて、席を立って諏訪に従った。

それから、小半時も経たぬうちに、六人のいる広間の外の廊下で足音がした。佐野たちを待って酒を飲んでいた彼等が、仲間が戻ってきたのかと、なにげなく振り向いたときにはすでに遅かった。

廊下からだけでなく、右からも左からも襖が引き払われて、二十人あまりの武装した会津藩士が雪崩《なだ》れ込み、あっという間に、六人はおびただしい槍衾《やりぶすま》に囲まれて、抵抗の自由を奪われてしまっていた。

一方、佐野たちは広間とは遠く隔たった奥のひと間に案内された。八畳ほどの小間である。

上座に外島のために席が設けられてあったので、四人はそれに対して、入口の障子際にならんで座をしめた。

「暫時《ざんじ》お控えください」

と云いのこして諏訪は去ったが、外島はなかなかあらわれない。

中庭が近いので、木々の繁みを洗う雨の音だけが、森閑とした室内に籠って聴えた。

「ひどい降りになったな」

と、佐野が呟いた。島原までの雨の道程《みちのり》が、ふと脳裡《のうり》に浮んだのである。

「外島様のお陰で、帰りは濡《ぬ》れ鼠じゃ」

茨木が苦笑いをし、正坐《せいざ》しているのが辛《つら》い様子の富永が、膝をさすりながら、

「まったく気の長い御重役じゃ。酒がはいると、俺は眠うなるので、どうも……」

と、云いかけたときである。

不意に、背後で裂帛《れっぱく》の気合が走った。ちがった声が五六人、同時であった。富永の声が途切れ、四人がほとんど同時に、苦悶《くもん》のうめきを洩らした。

四人は障子越しに繰り出された四本の槍《やり》に背中を突き抜かれて、瞬時にして虫の息となったが、千段巻《せんだんまき》まで血に染った手槍を構えて躍り込んできた原田左之助たちは、血の海のなかで手足を痙攣《けいれん》させているだけの四人を、なおもたて続けに突き刺した。

大石鍬次郎だけは抜身を提げていたが、飛び込んでくるなり、うつ伏せに倒れている佐野の後頭部に斬りつけた。血と脳漿《のうしょう》が噴き上げてあたりに飛散した。

「もうよかろう」

やがて廊下から声をかけたのは沖田総司であった。彼は下げ緒の襷がけで、いつでも働らける身構えでそこに立っていた。

大石は沖田に黙礼して、穴のあいた佐野の血まみれの背中を、唇を歪《ゆが》めて見下していたが、

「たあいのない死にざまだな」

と云いながら、血溜《ちだま》りのなかに左半分を沈めて、横向きになっている佐野の顔を、腰をかがめるようにして蹴った。

佐野の右手が、眼にもとまらぬ速さで、斜めに空を走ったのはその瞬間であった。彼の手がいつ脇差にかかり、それを抜き上げたのか、大石にはわからなかった。

「わっ！」

悲鳴をあげて大石は刀をとり落し、両手で顔を覆ってのけ反った。その指のあいだから、血が噴水のようにほとばしった。

佐野の一撃は、大石の顎から鼻梁《びりょう》を斜めに走って、額の生え際まで斬り割っていた。

驚いた原田左之助が駆け寄りざまに、手槍を佐野の背中に、垂直に突き立てた。

槍は背中から胸板をぶち抜き、穂先が深ぶかと畳に通った。

しかし、実際にはその必要はなかったと云っていい。佐野は最初のひと突きで、心臓まで貫かれて、すでに息はなかったのである。だから、大石への反撃は、一念凝った心魂のはたらきで、常識では説明がつかない。

四人のうちで佐野だけが懐中に辞世の歌を秘めていた。

二張の弓引かまじとものゝふの
　ただひと筋に思ひきる太刀

というのがそれである。

午の刻から亥の刻過ぎまで、十時間あまりも暗殺が実行に移されなかったのは、黒谷の松平容保がしぶったからである。しかし、近藤も意地になって、頑として譲らない。なかに挟まれた守護職屋敷では、両者の妥協点を得るために、黒谷と新選組屯所に交互に使者を走らせて、右往左往していたのであった。暗殺を主謀者四名に限ったのは、その結果であった。それも厳秘に附すという条件がついていた。

お陰で松本俊蔵ら六名は死を免かれて、守護職屋敷から一旦《いったん》新選組に引渡され、即日隊を追放されるにとどまった。

佐野、茨木、富永、中村の惨殺死体は、密封した早桶《はやおけ》に納めて守護職屋敷から新選組屯所に護送された。

近藤は四個の棺《ひつぎ》の前に隊士全員を集めて、

「佐野ら四君は、会津中将様の御思召《おぼしめし》もあったので、既往を水に流して帰隊を許した。然《しか》るところ、四君は深く一旦の変節を恥じ、ふたたび同志諸君にまみえるのは武士の面目が許さぬからと、自刃して見事な最期を遂げた。まことに士道天晴《あっぱ》れの者である」

と、真相を糊塗《こと》したばかりか、自から祭主となって、新選組葬と云ってもいいほどの盛大な葬儀を行い、仏光寺《ぶっこうじ》大宮の光縁寺《こうえんじ》に埋葬した。事件を秘匿する松平容保の意向から出た擬装で、内心近藤らは甚だ不本意だったに違いない。

この偽瞞《ぎまん》は、佐野が辞世歌を遺していたこともあって、当時広く信じられた。佐野の歌はもちろん旧作で、平素から肌につけていたものであったが、解釈のしようによっては、近藤の話を裏づけているようにも、取れなくはなかったからである。

伊東甲子太郎ほどの器量人も、深くは疑わなかった。流石《さすが》に彼は近藤派の宣伝を鵜呑《うの》みに信じたのではなかったが、佐野たちが間際になって離脱に失敗して、切腹したのだと解釈した。たぶん、詰腹を切らされたのだろうとは思った。だが、だまし打ちのように、守護職屋敷内で、惨殺されたのだとは、想像が及ばなかったのである。

もし、伊東がこの事件の真相を知るか、尠なくとも、もう少し強い疑惑を抱いていたら、五か月後に不用意に近藤の招きに応じて、油小路の路上で、無残な最期を遂げることはなかったであろう。伊東にとっても運命の岐《わか》れ道であったといえる。

佐野が憤死した二日後の六月十六日の未明、島原に遊女の自殺があった。輪違屋の物置部屋で、梁《はり》にしごきを吊って、春香がくびれ死んでいるのを、朝になって朋輩《ほうばい》が発見したのである。

読み書きができないので遺書はなかったが、因州から輪違屋へ連れられてきたときの、田舎じみた他所《よそ》行きを着て、膝を手拭《てぬぐい》で堅く縛り合わせていた。故郷へでも旅立つような初々しさが、その死後の姿から、ひっそりと舞い立つようであった。

恰度、佐野七五三之助ら四人の、盛大な見せかけの葬儀が、その暗殺者たちによって行なわれる日のことであった。

この日も朝から蒸し暑いうえに、しとどの雨で、光縁寺に集まる隊士たちは、祭壇の脇に威儀を正して居ならぶ近藤ら幹部をぬすみ見しながら、低声《こごえ》でぶつぶつ愚痴る者が多かった。

『幕末の暗殺者』（角川文庫）に収録。

近藤《こんどう》勇《いさみ》と科学《かがく》

直木三十五

すぐ前に居た一人が突《つん》のめされたように、たたっと、よろめいて、双手で頭を抱えると、倒れてしまった。

「伏《ふ》せっ、伏せっ、伏せっ」

土方《ひじかた》は、つづけざまに、こう怒鳴《どな》って、大地《だいち》へ伏してしまった。

「畜生、やられた」

土方の頭の上で、人間の声というよりも、死神の叫びのような絶叫をしたので、振向くと、口から血の泡を流しながら渋沢が、槍《やり》を捨てて、鎧《よろい》の紐《ひも》を引きちぎろうとしていた。

「何《ど》うした？」

渋沢は、眼球を剝出《むきだ》して、顔中を痙攣《けいれん》させながら、膝《ひざ》を突いて、土方へ倒れかかった。土方が避けたので、打伏しに転《ころ》がると、動かなくなった。

「撃たれたらしいが、何処《どこ》を——」

と、思ったが見当がつかなかった。

「顔で無いと——鎧《よろい》を射抜く筈《はず》は無《ど》いと——」

土方は、洋式鉄砲の威力が何の位のものか、この戦争が最初の経験であった。味方のフランス式伝習隊の兵を見ると、旗本のへっぴり侍ばかりで薩摩《さつま》のイギリス仕込みだって、これと同じだろう。

（いよいよ斬込《きりこ》みとなったなら鉄砲なんか何の役に——）

と、思っていたが、半町の距離で、この程度の威力を発揮するとしたなら、研究しておく必要があると思った。

そして、右手で、肩を摑《つか》んで真向《まむ》けに転がすと、半分眼を開いて血に塗《まみ》れた口を、大きく開けて死んでいたが、顔には、何処も傷が無かった。

（鎧の胴を通すかしら）

土方が、胴をみると、小さい穴があいていた。丁度、肺の所だった。

顔を上げると、御香《ごこう》ノ宮《みや》の白い塀の上に、硝煙が、噴出しては、風に散り、散っては、噴き出し、それと同時に、凄《すさ》まじい音が、森に空に、家々に反響していた。

いつの間に進んだのか、五六人の兵が、往来に倒れていた。両側の民家の軒下の何処にも、四五人ずつ、槍を提げて、突立っていた。そして、土方が、何か指図をしたら、動こうと、じっとこっちを眺めていた。

頭の上を、近く、遠く、びゅーん、と音立てて、弾丸《たま》がひっきり無しに飛んでいた。周囲の兵は、皆地に伏して、頭を持上げて、坂上の敵を睨《にら》んでいたが、誰も立つものは無かった。

一人が、槍をもって、甲《かぶと》をつけた頭を持上げながら、腹這《ば》いに進んでいた。その後方から、竹胴に、白袴《しろばかま》をつけ、鉢巻をしたのが、同じように、少しずつ、前進していた。

「危いぞ」

銃声は聞えていたが、外から、耳へ入るので無く、耳の底のどっかで、唸《うな》っているように感じた。前方の地に、小さい土煙が、いくつも上った。

「あっ」

と、叫んだ声がしたので、振向くと、一人が、額から、血を噴き出させて、がくりと前へ倒れてしまった。

御香ノ宮の塀に、硝煙の中から、ちらちら敵兵の姿が見えてきた。土方は、その姿が眼に入ると共に

「おのれ」

と、叫んで、憤怒《ふんぬ》が、血管の中を、熱く逆流した。その瞬間、七八人の兵が
「出たっ、芋侍《いもざむらい》っ」

と、いう叫びと共に、憑《つ》かれた獣《けだもの》のように、走り出した。真中の一人が、よろめいた。先頭のが、槍を片手でさし上げて、何か叫びながら、少し走ると、倒れてしまった。

二人が、元のように地に伏した。

「馬鹿っ、出るなと云うに」

土方が叫んだ時、残りの者が、皆倒れてしまった。

「退却っ、このまま、這って退却っ」

土方は、このまま日が暮れたら、全滅すると思った。

「退却っ」

鋭い声がしたので、その方を見ると、近藤勇《いさみ》の倅《せがれ》、周平が、白い鉢巻をして、土方を睨んでいた。

「犬死してはならぬ」

土方が、睨み返して怒鳴った。

「射すくめられて戦えぬなら、いっそ戦へ出ん方がよろしい」

周平は、こう叫ぶと
「進め」

片手を突いて立上ると、右手の槍を高くさし上げて
「かかれ」

と、叫んだ。軒下の兵が、走り出した。両側から、二三十人ずつも、往来へ、雪崩《なだ》れ出した。銃声が激しくなって森を白煙で隠す位になると、倒れる者、よろめく者、逃げて入る者、伏せる者、みるみる内に、七八人しかいなくなった。

「周平っ」

土方は、近藤勇が、大阪で疵《きず》養生をしていていないからその間に、周平を殺しては、困ると思った。そして、立上りかけると、周平がよろめいて、膝をついた。

「だからっ」

土方は、大声に叫んで立つと同時に、びゅーんと、耳を掠《かす》めた。その音と一緒に、折敷になって
「誰か、周平っ」

と、叫んだ。一人が、周平の手をとって肩へかけようとしていたが、二人共、

倒れてしまった。

「誰かっ」

一人も、周平の所へ行く者が無かった。

二

「もっと伏して」

敵の前で、尻を敵に見せて、這いながら退却する事は、新撰組の面目として出来る事でなかった。人々は、後方へ後方へと、すさり始めた。

(危かった)

一人は、今、自分が伏していた所へ、弾丸がきて、土煙の上ったのを見ると、周章《あわ》てて四つ這いに、引下った。

「周章てるなっ、見苦しいっ」

一人が、後方から、尻を突いて叫んだ。

「見苦しい。お互様だ」

一人は、隣の人に

「俺の甲《かぶと》は、明珍《みようちん》の制作で、先祖伝来物だが、これでも、弾丸は通るかのう」

首を伏せて、鎧の袖を合せ乍《なが》ら、こう聞いたので
「さあ」

と、答えた刹那《せつな》、明珍の甲をつけた男は、甲の上から、両手で、頭をかかえて、唇を歪《ゆが》めた。

「やられたかっ」

男の顔を見ると、苦痛で、顔中をしかめていた。

最後の列の兵は、素早く、軒下へ飛込んで、軒下づたいに逃出した。一人が、敵へ尻を向けて、大急ぎに、四つん這いに這い乍ら、逃出すと、二人、三人、と、周章てて、這い出した。

「見苦しいぞ、磯子、鈴木っ」

軒下の兵が、軒下を伝って逃げ乍ら、敵に尻を向けて這っている兵へ、怒鳴《どな》った。兵は、黙って、もっと急いで、手足を動かした。

御香ノ宮の敵は、新撰組の退却するのを見ると、塀から、次々に乗越えて、槍をもって進んできた。

「止まれっ」

土方が叫んだ。

「出たっ」

「出たっ」

口々に叫んで立上った。塀の上に、又白煙が、いくつも、横に並んで、森の中へ消えて行った。十四五人が、鬨《とき》を上げて、走り上ると、敵は、周章てて、塀の中へ、隠くれてしまった。そして、銃声が、硝煙が、激しくなった。

「伏せっ。長追いすなっ」

走って行った七八人の半分は、軒下へ逃込み、半分は倒れて、よろめきつつ、這って逃げてきた。

「卑怯《ひきょう》なっ」

と、一人が、赤くなった眼で、敵を睨んだ。

「味方の鉄砲隊は？」

「ここは、新撰組一手で戦うと云ったから、墨染の方へ廻ったらしい」

「使を出して――」

「馬鹿っ、鉄砲隊に、あれだけ威張っておいて、今更頼みに行けるか」

人々は、怒りと、無念さと、屈辱とに、逆上しながら、じりじり這って退いた。

正月元日だった。吹き下してくる風が、凍っていて、時々、顔へ砂をぶっかけた。硝煙の臭が、流れてきた。

鎧が、考えていたよりも重いし、這うのに、草摺《くさずり》が邪魔になった。袴をつけている人は、平絹の、仙台平《せんだいひら》のいい袴を土まみれにしていたし、黒縮緬の羽織に、紐《ひも》をかけ、竹胴をつけている人は、水たまりに袖を汚していた。

組の者の外に、誰も見てはいなかったが、敵の前で、這っているのを、自分で、苦笑し、侮蔑《ぶべつ》し——だが

(次の戦いで)

と、思って、慰めていた。土方が

「上村、貴公、鉄砲が打てるか」

と聞いた。

「打てませぬ」

「竜公、貴様は？」

「あんな物位、すぐに——」

土方は大声で

「組に、鉄砲の打てる者はいるか」

と、這い乍ら叫んだ。

「三匁玉《もんめだま》なら」

遠くで答えた。

「スナイドルか、ジーベルじゃ」

「毛唐の鉄砲は、打てん」

「誰もないか」

誰も答えなかった。

三

誰も、物を云わなかった。敗兵が、その中を、走り抜けようとして、倒れると

「馬鹿っ」

突倒したり、なぐったりした。

「何をっ」

起上ると、睨みつけたが、新撰組の旗印をみると、すぐ、走ってしまった。

「もうこれきりか」

前と、後ろとに「撰」と大書した四角い旗を立てていたが、その旗へ集った人々は、八十人しか無かった。二百五十人余で、伏見の代官役所から打って出、百七十人、御香ノ宮で、一槍も合さずに討たれたのだった。

それから、橋本で退却して、夜戦に、いくらか戦ったが、誰も鉄砲の音がすると、出て行か無くなってしまった。

枚方《ひらかた》へくると、敗兵が、堤《どて》の上に、下の蘆《あし》の間に、家の中に、隊伍《たいご》も、整頓もなく騒いでいた。大小の舟が、幾十艘《そう》となく、繋《つな》がれていたが、すぐ一杯になって、次々に下って行った。

舟番場の所には、槍が閃《ひらめ》いていて、大勢の人が、何か叫び乍ら、兵を押したり、なぐったり、突いたり、槍を閃かしたりしていた。

堤の上を川沿いに、よろよろと、黒くつながり乍ら、下級の兵が落ちて行っていた。

「除《の》けっ」

「新撰組だっ」

人々は、喧騒《けんそう》の渦巻いている中を、堤から降りた。支配方らしいのが

「舟か」

「八十人」

「大伝馬二艘」

人々は、後から来た新撰組が、優待されるのを羨《うらや》ましそうに、黙ってみていた。小舟から伝馬へ乗りうつると
「未だ入れる。おい、そこの」

と、支配方が、手招きした。旗本らしいのが、五六人、蒼い顔をして、御叩頭《おじぎ》しながら走ってきた。

「御免下さい」

「狭くて退屈ですが」

土方に御叩頭をした。

「船頭っ、早く出せ」

土方が怒鳴った。

一人が鎧を脱いで
「こんな物っ」

と、叫んで、川の中へ投げ込んだ。誰も、頭髪を乱して、蒼白な、土まみれの顔で、眼を血走らせていた。

「いかがに成りましょうか」

旗本の一人が聞いた。

「判らん」

一人は、川水で、顔を洗った。疵所《きず》を手当しかける者や
「食べ物」

と云って
「水でもくらえ」

と云われる者や――一人が又、鎧を脱ぎすてて、川の中へ投げ込んだ。二三人が、船頭に合せて、槍を、棹《さお》の代りにして、舟を押出していた。旗本は、一固まりになって、小さく、無言で俯《うつむ》いていた。

「御旗本か」

「はい」

「何か手柄したか」

「中々、鉄砲が――」

「鉄砲が、恐ろしいか」

「貴下方のように、胆が勝《すぐ》れていませんので、つい――」

土方が
「鉄砲は、胆を選り好みしないよ」

「あはははは」

と、大声で笑った。

川堤には、引っきり無しに、敗兵が、走ったり、歩いたり、肩にすがったり、跛を引いたり――ある者は何の武器も持たず、ある者は、槍を杖《つえ》に――川の方を眺め乍ら、つづいて居た。

微《かす》かに、大砲の音が、時々響いてきた。

四

天満《てんま》橋《ばし》も、高麗橋《こうらいばし》も、思案橋《しあんばし》も、舟の着く所は、悉《ことごと》く、舟だった。船頭の叫びと、人々の周章《あわ》てた声と、手足と、荷物と、怒りと、喧嘩《けんか》とで充満していた。
新撰組の人々は、槍で、手で、他の舟を押除けながら、石垣の方へ、近づけた。
町人の女房が、子供が、男が、老人が、風呂敷包を背に、行李を肩に
「岩田屋の船頭はん、何処やあ」

とか

「この子、しっかり、手もってんか、はぐれたら、知らんし」

とか、叫び乍ら、自分の舟へ、人混の中を押合って降りていた。そして、舟から上る人と、下りる人とが、ぶつかり合った。

「上り舟や、客はないか」

と、船頭が叫んだ。それを、橋の上から

「木津迄《まで》なんぼや」

と、手をあげていた。そういう喧騒《けんそう》を、橋に、肱《ひじ》をついて、呆然《ぼうぜん》と見下ろしている人もあった。

「あら、新撰組や、新撰組も、負けはったらしいな」

「近藤さんや、あの人が」

「あら、土方やがな。近藤さんは、墨染で、鉄砲で打たれた人で、御城で、養生してはんがな」

町の中も、車と人とで一杯だった。夕方か、明日、薩長の兵が乱入してくるという噂が立っていた。

新撰組の人々は、町人も武士も突除けて、小走りに、城へ急いだ。高麗橋口へかかると、馬上の人が、徒歩の人が、激しく出入していた。いつも、右側に、袴をつけて、番所の中に忝《かしこ》まっている番人が、一人もいなかった。

石段を走り上って、中の丸へ入ると、鎧をつけた人が立っていた。一人が、その側を通りがしらに
「鎧は役に立たぬ」

と、云った。その男は、何を云われたか判らぬらしく、新撰組を見送っていた。

百畳敷の前へきた時、土方が
「ここで待てっ」

と、叫んだ。そして、旗本を見ると
「未だついてきたのか」

「はい」

「貴公ら、早く江戸へ戻れ」

「はい」

旗本はそう答え乍ら、衰弱的な眼で、土方を見上げた。

戻る道――それは、何《ど》う成っているか判らなかった。戻っても、何うなるかを江戸にいて、鎧まで金に代えていた旗本であった。軍用金をいくらか貰って、よ

うよう息をついできた人であった。

(新撰組の人達は、一人でも、暮らして行ける人だから――)

と、考えていた。

「貴隊へ御加えの程を――」

土方は、返事をしないで入って行った。

「御勝手方は、何処だ。食事だ。食事だ」

と、二三人が云った。

「手前が、心得ております。只今、話してきます」

旗本の一人が走出すと、残りの人々も
「暫く、おまち下さい」

と云って、走って行った。

五

近藤勇は、黒縮緬の羽織、着物で、着流しのまま坐っていた。

「敗けたか」

口許に、微かな笑《えみ》を見せて、じっと、土方の顔をみた。

「見事――総敗軍」

「何うして」

「手も足も出ぬ。鉄砲だ」

「鉄砲？」

「うん」

「鉄砲に、手も足も出んとは？」

「貴公は、三匁と、五匁位より知らん。あいつは、五十間せいぜい六十間で当てるのはむずかしいが、洋式鉄砲は、二三町位で利く。一刀流も、無念流も無い。鎧も、甲も、ぷすりぷすりだ」

「躾《しつ》けられんか。銃口《つつぐち》を見て何の辺を覗っているか――」

「あはははは」

土方は、大笑いして
「蛤《はまぐり》御門の時より、一段の進歩だ。それに味方の伝習隊が役に立たぬ」

「味方の鉄砲が役に立たぬに、敵の鉄砲が」

「シャスポーを、フランス式は使用しているが、何んでも幕府に金の無い為、安物を買ったとかで、銃身の何《ど》っかが曲った廃銃まであるという噂もあった」

「有りそうな事だ。そして、誰が討死した」

「うむ――周平が、山崎が、藤堂が――」

「皆、鉄砲でか」

「うむ」

近藤は、暫く、黙っていたが
「何んとか、法の無いものか？　俺は、あると思えるが――」

と、云うと、自分の肩の鉄砲疵の事を思い出した。

(これは、不意討だった。前に、覗っている奴が見つかったなら、撃《う》たれはしまい。謙信は、鉄砲ぐるみ、兵を斬った事さえある)

土方は、懐の金入から、小さい円い玉を出して
「これが、弾丸だ。わしの前へ落ちた奴を、ほじくり出してきた。もう二寸の所で、やられる所だった」

近藤は、じろっと、見たまま、手に取ろうともしなかった。

下篇ノ一

「何うにか、成るだろう」

開陽丸の甲板の手擦りに凭《もた》れて、岩田金千代が、友人の顔を見た。

「御前は呑気《のんき》だよ」

空は晴上っていた。波は平《たいら》だった。そこに見える陸地に戦争があって、その戦争に、一昨日まで、従っていたとは思えなかった。

金千代は、枚方《ひらかた》で、新撰組の舟に、うまく乗れたし、城中から逃げる時にも、将軍が、天満橋から、茅舟《かやぶね》で、天保山《てんぽざん》へ落ちたとすぐ聞いて、馬を飛ばしたが、間に合って、この舟に乗る事が出来た。同じように、馬でくると云っていた友人は遅れたらしいが
(彼奴《あいつ》は、紀州へ落ちただろう、然《しか》し、紀州だって、敵か味方か、判りはしない。彦根だって、藤堂だって、敵になったのだから――何んて、俺は、運のいい男だろう)

と、思うと

（何とかなるだろう）

と、自信がもてた。

「大阪城の御金蔵には、三千両しか無かったそうだし、江戸は君——あの通りだろう」

江戸では、小栗上野介《おぐりこうずけのすけ》が、軍用金の調達に奔走したが、フランスから借入れる外、方法がつかなかった、そして、二人の貰った軍用金とて、少額なものであった。

「人気は悪いし——これで、負け戦《いくさ》になったら。今までさえ食え無いのが、何うなるだろう」

「そんな事を心配していたって——」

金千代は、そう云ったが、江戸へ入ると、幸運が、逃げてしまいそうにも思えた。旗本の相当の人で、蚊帳《かや》の無い人があった。鎧をもっている人は稀《まれ》だった。百石百両という相場で、旗本の株を町人に譲って、隠居する人が、多かった。それで、堪えきれ無くなって旗本から、将軍へ出した事があった。

「質主と申者《もうすもの》御座候、武器、衣類、大小、道具等右質屋へ預り其値半減、或は三分の一の金高を貸渡、利分は高利にて請取候、武家にても極難儀にて金子才覚仕候ても、貸呉候者御座無候節は」

という有様であった。そして、旗本はその中で、三味《しやみ》、手踊を習っていた。

「甲府へ立籠《たてこも》って――」

という声がした。二人が、振向くと、近藤と、土方とであった。二人は、丁寧に、御叩頭をした。

「八王子には千人同心が、少くとも二小隊は集る。菜葉服《なつぱ》が二大隊、これも御味方しよう。甲府城には、加藤駿河《するが》の手で、三千人、それに、旗本を加えて、五千人は立所に揃うであろう。これで、一戦しようで無いか」

「然し、京都での、新撰組の勢力とはちがうから、吾々の下へ集ってくるのが――」

「それは、相当の役所になって、公方《くぼう》の命令という事にしよう。もし、公方の命令で集らなかったら、それは是非もない事だ」

二人は、帆綱の上へ、腰かけて話していた。金千代が
「せめて、甲府でなりと、手痛く戦いたいですが、今の人数の中へ御加え下さいませんか」

近藤は、頷いた。水夫達は、一生懸命に働いていたが、敗兵達は甲板で、煙草

を喫ったり、笑ったりしていた。

二

近藤勇は、若年寄格。土方歳三が、寄合席。隊の名は、甲陽鎮撫隊。隊士一同、悉く、小十人格という事になった。

岩田金千代も、鈴木竜作も、裏金の陣笠《じんがさ》をもらって、新らしく入ってきた隊士に、戦争の経験談を話した。

「火縄銃の外、御前なんか、鉄砲を知らんだろう。長州征伐の負けたのも、その為だ。船来鉄砲には、第一に三つぼんど筒というのがある。それから、エンピール、スペンセル、こいつが恐い。三町位で、どんとくると、やられる」

「三町も遠くて、当るかい」

「当るように出来てる。伏見では、その為、新撰組が、七八百人やられたんだ」

二百八十人の隊は、二月二十七日の朝――霜の白い、新宿大木戸から、甲州街道を進んだ。二門の大砲が、馬の背につんであった。神奈川菜葉《なつぱ》隊が後からきて、それを撃つのであった。それから、いろいろの種類の鉄砲が、四十挺。

土方は、もっと集める、と云ったが、金も、品物も無かったし。隊長の近藤が、苦い顔をして

「土方、そんな鉄砲など――」

止めてばかりいた。

撒兵隊《さんぺいたい》、伝習隊、会津兵、旗本、新撰組、それからの寄せ集りで、宗家の為よりも、自分の為であった。入隊しないと、何《ど》うして暮して行けるか見当のつかない人が、沢山に加わっていた。

そして、新撰組は、その人々で、会津兵は東北弁ばかり、旗本は流行言葉――という風に、一団ずつになって、睨合っていた。

大木戸辺まで、町の人々が、隊の両側に、前後に、どよめきつつついてきた。大木戸の黒い門をくぐると

「御苦労さま」

「頼みます」

と、町人達が、一斉に叫んだ。隊士は

「大丈夫」

と、手を挙げて答えた。

三

府中近くなると、もう、人々が迎えにきている。土方も、近藤も可成り前、故郷を離れた切りだったから、新撰組の近藤、土方、若年寄という大役の近藤として、郷土の人々に逢うのは、誇《ほこり》であった。

「御酒と、火とを沢山。用意しておきましただ」

人々は、だんだん増してきて、近藤の馬の左右に、わいわい云いつつついてきた。府中へ入ると、大きい家には、幕が張ってあって、人々が、土下座をして二人を迎えた。一軒の家に

「近藤勇様、土方歳三様御宿所」

と、書いた新らしい立札が立っていた。その前で、二人は馬から降りた。隊士達は、人々に案内されて、寺に、大家に、それぞれ宿泊した。

空っ風に、鼻を赤くして、のりの悪い白粉《おしろい》を厚くつけた女が、町中を走り歩いた。若衆は、錆槍《さびやり》だの、棒だのをもって、役所の表に立った。太鼓が万一の為に用意されて、近藤の家の軒に釣るされた。百姓は、大砲の荷をなでながら

「これが、大筒ちゅうて、どんと打つと、二町も、でけえ丸が飛出すんだ」
と、包んである藁筒《わらづつ》の隙から、砲先《つつさき》をのぞき込んでいた。
金千代と、竜作とは、接待に出た酌婦へ、江戸の流行唄を教え乍ら、酒をのんでいた。
甲州街道に、
松の木植えて
何をまつまつ
便《た》より待つ
「あんちゅう、いい声だんべえ。この御侍は、よう」
と、酌婦は、金千代に凭れかかった。金千代は、左手で、女の肩を抱いて
「今度は、上方の流行唄だ」
宮さん宮さん
御馬の前で
ひらひらするのは何んじゃいな。
「誰だ」
隣りの部屋から、怒鳴《どな》った。金千代が、黙ると

「怪《け》しからんものを唄う。朝敵とは、何んじゃ」
会津兵が、襖《ふすま》を開けて.
「これっ」
金千代は、御叩頭して
「仕舞いまで唄を聞かんといかん」
あれは、芋兵《いもへい》を
征伐せよとの
葵《あおい》の御紋じゃ無いかいな
「たわけっ」
と、云って、会津兵が引込んだ。酌婦が、その後姿へ、歯を剝出した。
「御前今夜、どうじゃ」
酌婦は手を握り返して
「俺らも、甲府まで、くっついて行くべえかのう」
「よかんべえ」
竜作が
「雪だ」

と、いった。障子を開けると、ちらちらと降り出していた。
今宵も、雪に、しっぽりと、
卯酒でもこしらえて
六つ下りに戸を閉めて
二人の交す、四つの袖、
「ようよう、俺らあ、酔ったよ。金公《きんこう》、金的《きんてき》、もっとしっかり、抱いてくんしよ」
酌婦は、豚のような身体を、金千代に、すりつけた。

四

一人が
「早馬《はや》だ」
と、叫んだ。腹当へ、大きく「御用」と、朱書した馬に乗った侍が、雪の泥濘《でいねい》を蹴って走ってきた。
「留めろ」

近藤が叫んだ。二人の旗持が、旗を振って
「止まれ。止まれっ」

兵が二三人。大手を拡げて
「止まれえ」

「何故止める」

馬の手綱を引締めて、侍が、不安と、怒りに怒鳴った。

「甲陽鎮撫隊長、近藤勇だ。何処の早馬か」

「おおっ——これは、甲府御城代より、江戸表への早馬です」

「敵の様子を知らんか」

「それを知らせに行くんです」

「何処まできた」

「昨夜、下諏訪《しもすわ》へ入りました」

「下諏訪？——甲府まで幾里あるかな」

「十三里です」

「ここから、甲府までも、そんなものか？」

「ここからは十七里です」

「十七里か？」

近藤は、土方に
「急げば、間に合おう。敵に入られてはならぬ。土方、急ごう」

土方は、侍に
「敵兵の人勢《じんぜい》は？」

「五千とも、七千とも申します」

土方は、近藤をみて
「菜葉隊がつづかぬから、大砲の打ち方さえ判らない上に鉄砲がこの数では、とても、太刀打できんでないか」

「又、君は、鉄砲の事をいう――急げ、とにかく、急ごう」

早馬が去ると、一行は、八王子へ急いだ。そして、八王子の有志が、出迎えていた。

「無闇に、進んだとて仕方が無い。後続部隊も来ないのに――それに、四里も差があっては――」

と、その休息の時に、意見が出たし、第一日が暮れかかってこの雪道の笹子峠《ささご》を越せるもので無かった。それで、八王子へ泊った。酒と、女とが、府中と同じように出てきた。千人同心が、三四百人は、加勢するという話であった。

「勝沼で食止めて、一泡吹かしてから、甲府へ追込む事にしよう。それまでには、加勢も加わろう。今夜にも、菜葉隊は、くるかもしれぬ」

人々は、酒を飲むと、そういう風に考えた。金千代と、竜作とは昨夜の如く、流行唄を唄っていた。

五

次の日は大月で泊った。四日に、笹子の険を越えたが、眼下に展開しているのは、甲府盆地である。最初の村が、駒飼《こまし》で、ここから甲府へ六里、日が暮れてしまった。村人に聞くと、敵は、昨日甲府へ入ったと云った。

泥の半乾きになった道を、近藤と、土方とが、結城兵二三を連れて、防禦《ぼうぎょ》陣地の選定に廻った。そして、柏尾《かしお》にいい所を見つけた。其処は、敵の来襲を一目に見下ろせて、味方が隠れるのに都合のいい所であった。

その夜中から村人を狩集めて、隊士が手伝って、村外れに小さい、歪《くぼ》んだ所をこしらえた。二三人が押したら、すぐ潰《つぶ》れそうな所であったが、甲陽鎮撫が、防いた。蛤御門の戦の時に、禦陣地に関所の無いのは、格式にかかわるという風に考えていた。

「この所一つあれば、十人で千人の敵へ当たる事ができる。蛤御門の戦の時に、長州兵が、三尺の木戸一つに支えられて、小半時入れなかった」

近藤は、この関所で、太刀を振るって、敵を斬っている自分の姿を想像した、何う不利に考えても、自分が一人で、守っていても、敵に蹂躙《じゅうりん》されそうにもなかった。

風呂敷、米俵の類を集めて、土俵、土嚢《どのう》を造った。隊士も、百姓も、土を掘って米俵へつめては、篝火《かがりび》の燃えている下へ、いくつも積上げた。力のある者は、石を転がしたり、抱上げたりして、土俵の間へ石を置いた。そして二尺高い堡塁が、半町余りの所に、点々として、木と木の間へ出来上った。

金千代と、竜作とは、炊事方になって、村の中から、女、子供に差図して、兵糧を運ばせた。沢庵《たくあん》と、握飯が、すぐ冷えて人々は、昨日までの、女と、酒とを思出した。

夜半から、又、雪がちらちらしかけた。人々は、菰《むし》蓆《ろ》を頭からかぶったり、近くの家の中へ入ったり、篝火を取巻いたりして、初めて経験する戦争の前夜を、不安と、興奮とで明かした。

六

山裾の小川沿いに、正面の街道から、田の畝《あぜ》づたいに、敵が近づいてきた。だん袋を履《は》いて、陣笠をかむり、兵児帯《へこおび》に、刀を差して、肩から白い包を背負った兵であった。

四五丁の所で、右へ走ったり、左右に展開したりして、横列になった。そして小走りに進み乍ら、銃を構えた。隊長が、何かいうと、折敷いて、銃を肩へつけた。近藤が

「馬鹿なっ」

と、呟いて微笑した。そして、側の兵に

「撃ってみろ」

と云った、兵は、すぐ射撃した。近藤は、飛出す弾丸を見ようとしていたが、ばあーんと、音が、木魂《こだま》しただけで弾丸の飛ぶ筋が見えなかった。

（慣れたら、見えるだろう）

と、思った。

「もう一発」

「隊長殿、ここからだと、遠すぎますよ」

「黙って打て」

勇は、白いものが、眼を掠《かす》めたように感じた。

（あれが、弾丸の道だ。研究して見えぬ事は無い）

と思った。

前面の野、林、道に、一斉に白煙が、濛々《もうもう》と立ち込めた瞬間、銃声が、山へ素晴らしく反響して、轟《とどろ》き渡った。と、同時に、ぶすっという音がして、土俵へ弾丸が当ったらしかった。近藤は、振向いて、何処へ当ったか見ようとしたが、判らなかった。びゅーん、と耳を掠めた。

白煙が、一杯に、低く這ったり、流れたりして、兵も、土地も林も判らなくなった。その煙の下から、敵が、又前進しかけた。土方が、大声で
「撃てっ」

と叫んだ。

「大砲っ」

「大砲、何してるかっ」

兵が、怒鳴った。後方の大砲方は、身体をかがめて、大砲を覗いたり、周章てて、砲口を上下させたりしていた。一人が、向鉢巻をして

「判った」

と、叫んで

「除《の》けっ、微塵《みじん》になるぞっ」

口火をつけた。兵は、耳の、があーンと鳴るのを感じた。空気が裂けたような

音がした。その瞬間、すぐ前の木が、二つに折れて、白い骨を現したかと思うと、

土煙が、土俵の前で、四五尺も立昇った。

味方の弾丸は、前方の煙の中へ落ちて、土煙を上げた。

(今に、破裂する)

と、兵も、近藤も、土方も、じっと凝視《みつ》めていた。だが、破裂しなかった。

「口火を切ってない」

一人が、周章てて、弾丸の口火をつけて、押込んだ。銃声と、砲声とが、入り

乱れてきた。兵の後方で、土煙が噴出した。山鳴がして、兵の頭へ、雨のように

降ってきた。七八人の兵が、堡塁の所へ、しゃがんでしまった。

四十挺の鉄砲方の外の人々は、槍と、刀とを構えて、堡塁から、顔だけ出して

いた。一人が堡塁へのしかかるように、身体を寄せて敵の前進を眺めていた。

（成る程、遠くまで届くものだな）

近藤は、立木の背後で、散兵線を作って、整然として、少しずつ前進してくる敵に、軽蔑と、感心とを混合して、眺めていた。

七

近藤は、刀へ手をかけて、弾丸の隙をねらっているように――実際、近藤は、びゅーんと、絶間なく飛んでくる弾丸に、激怒と、堪えきれぬうるささとを感じていた。一寸《ちょっと》した隙さえあったなら、その音の中の隙をくぐって、斬崩す事ができると考えていた。

「くそっ」

誰かが、こう叫ぶ声がすると、大きい身体と、白刃とが近藤の眼の隅に閃いた。

（やったな）

と、一足踏出した途端、その男は、刀を頭上に振上げたまま、よろめきよろめき二三歩進んだ。そして、地の凹《へこ》みに足をとられて、立木へ倒れかかって、やっと、左手で、木に縋《すが》って支えた。

（負傷したな）

と、近藤は思った。

（鈴田だ）

その男が、立木へ手をかけて俯《うつむ》いた横顔をみて思った。その途端鈴田の凭れている木の枝が、べきんと、裂《さ》き折れて、大きい枝が、鈴田の頭、すれすれにぶら下った。

「鈴田っ」

鈴田の脚元に、小さい土煙が立った。鈴田は、刀を杖に、よろめきつつ、二三歩引返すと、倒れてしまった。

敵の兵は、未だ一町余の下にいた。そして、立木の蔭、田の畔《あぜ》、百姓家の壁に隠れて、白い煙を、上げているだけであった。

近藤は、墨染で、肩を撃たれた事を思出した。小さい、あんな鼻糞のようなものが、一つ当ると、死ぬなど、考えられなかった。二十年、三十年と研究練磨してきた天然理心流の奥伝よりも鋭く人を倒す弾丸――小さい円い丸《たま》――それが、百姓兵の、芋侍にもたれて、三日、五日稽古すると、こうして、近藤が、この木の蔭にいても、何《ど》うする事も——手も足も出無いように——

（馬鹿らしい）

と、思ったが、同時に、恐怖に似たものと、絶望とを感じた。土方は、堡塁の所から、首だけ出して、何か叫んでいた。

「あっ、敵が、敵が——」

一人が叫んで、立上った。兵の首が、一斉に、その方を振向いた。山の側面に、ちらちら敵の白襷が見えて、ぽつぽつと、白煙が立ち、小さい音がした。近藤は前には立木があるが、後方に援護物が無いと思うと
「退却っ、あすこまで——」

と、叫んで、一番に走り出した。ぴゅーんと、音がすると、一寸首をすくめた。

八

「出たら、撃たれるったら」

金千代が竜作の頭を押えた。

「然し、誰も撃たれてやしない」

「そりゃ、引込んでいるからだ」

「近づかないで、戦争するなんて、戦争じゃない。薩長の奴らは、命が惜しいもんだから、なるべく、近寄らずに威嚇《おど》かそうとしている、彼等——」

と、云った時、昨夜、総がかりで作った関門に、煙が立って、炸裂した音が轟くと、門は傾いて、片方の柱が半分無くなっていた。人々は
「あっ」

と、叫んで、半分起上りかけた。初めて、大砲の恐ろしい威力を見、自分らが十人で、百人を支えうると感じた所が、眼に見えない力で、へし折られたのを見ると、すぐ次の瞬間、自分らの命も、もっともろく、消えるだろうと思った。

「退却」

という声が聞えた。

「退却、金千代っ」

竜作が立上った。

「退却?」

金千代が竜作の顔を見て、立上ろうとすると、近藤が走ってきた。

「退却ですか」

金千代が突立った。近藤が、頷いて金千代の顔をみると額から血が噴出して、たらたらと、頰から、唇へかかった。金千代は
「ああ——当った——やられた」
と、呟いて、眼を閉じた。竜作が
「やられた、弾丸《たま》に当った」
近藤は、自分の撃たれた時には、判らなかったが、すぐ眼の前で、他人の撃たれるのを見ると、すぐ
（準備を仕直して、もう一戦だ。このままでは戦えぬ）
と思った。口惜しさと、焦燥と、憤怒とで眼は輝いていたが
「土方っ、退却っ」
と、怒鳴って、手を振った。刀をさしているのが、馬鹿馬鹿しいようだった。二三十年無駄にしたような気になった。土方の方が俺より利口だと思った。
一寸振向くと、敵は、未だ、隠れたままで射撃していた。そして空に耳許に、頭上に、弾丸の唸りが響いていて、立木へ、土地へ、砂嚢へ、ぶすっぶすっと時々弾丸が当った。
（こんな物で、死ぬ？——そんな）

と、思って金千代を見ると、口を開けて、両手をだらりと、友人の膝の両側へ垂れていた。

「捨てておけ、馬鹿っ」

近藤は、弾丸に当って死んだ奴に、反感をもった。何うかしていやがると思った。

金千代は額から全身へ、灼《あつ》い細いものが突刺したと感じると、すぐ、半分意識が無くなった。その半分の意識で

(俺はとうとう弾丸という奴をくったな)

と思った。

(だが、斬られるよりは痛くない。暗い、暗い、――竜作、もっと大きい声で――暗くて、大地が下へ落ちて行く、もっと、しっかり俺の手を握りしめてくれ――咽喉が渇いた――竜作――黙っていないで何か云ってくれ。俺は死ぬらしい――)

竜作は立とうとして、すぐ腹這いになった。そして、誰も見ていないのが判ると、そのまま四つ這で、周章てて、凹地《くぼち》の所まで走った。

勇は、後方に繋いであった馬の所へ行って、手綱を解いていた。丁度その時、

谷干城《たにかんじょう》と、片岡健吉とが、先頭に刀を振って、走出してきた所であった。二三人の味方が、その方へ走っていた。勇は行こうかとも思ったが、何んだか馬鹿らしかった。というよりも撃たれたような気がした。

（今夜考えてみよう。俺は三十余年、剣術を稽古した。その俺より、百姓の鉄砲の方が効能がある。これは考え無くてはならぬ事だ）

勇は馬に乗った。そして真先に退却すると同時に、甲陽鎮撫隊は総崩れになって、吾勝ちに山を走り登りかけた。

竜作は、躓《つまず》いたり、滑ったりしながら、なるべく街道へ一直線に到着しようと、手を、頬を、笹にいばらに傷つけつつ、掻《か》き上った。

（江戸へ逃げて行って――何うにかなるだろう。何うにも成らなかったら、鉄砲にうたれてやらあ、切腹するよりも楽《らく》らしい。金千代は、楽そうな顔をして、死んでいやがった。然し、妙な得物だ。もう、武士は駄目になった）

眼を上げると、近藤の姿も、土方の姿も無かった。

甲《こう》州《しゅう》鎮《ちん》撫《ぶ》隊《たい》

国枝史郎

滝と池

「綺麗《きれい》な水ですねえ」

と、つい数日前に、この植甚《うえじん》の家へ住込みになった、わたりの留吉《とめきち》は、池の水を見ながら、親方の植甚へ云った。

「これが俺《おれ》んとこの金箱さ」

と、石に腰をかけ、煙管《きせる》をくわえながら、矢張り池の水を見ていた植甚は、会心の笑いという、あの笑いかたをしたが、

「この水のために、俺んとこの植木は精がよくなるのさ」

「まるで珠《たま》でも融かしたようですねえ。明礬水《みようばんすい》といっていいか黄金水《おうごんすい》といっていいか」

「まあ黄金水だなア」

「滝も立派ですねえ。第一、幅が広いや」

「箱根の白糸滝になぞらえて作ったやつよ」

可成り広い池の対岸《むこうがわ》に、自然石《じねんせき》を畳んで、幅二間、高さ四間ほどの岩組とし、そこへ、幅さだけの滝を落としているのであって、滝壺《たきつぼ》からは、霧のような飛沫《しぶき》が立っていたが、池の水は平坦《たいら》に澄返り、濃い紫陽花《あじさい》のような色に澱《よど》んでいた。

留吉は、詮索《せんさく》好きらしい眼付で、滝を見たが、

「でもねえ、親方、この庭の作りからすれば、あの滝、少し幅が広過ぎやアしませんかね」

「無駄事云うな」

と、植甚は、厭《いや》な顔をし、

「俺、ほんとは、手前の眼付、気に入らねえんだぜ」

「何故《なぜ》ね」

「女も欲しけりゃア金も欲しいっていうような眼付していやがるからよ」

「ほいほい。……あたりやした。……だがねえ親方、こんなご時世に、金なんか持っていたって仕方ありませんね」

「何故よ」

「脱走武士なんかがやって来て、軍用金だといって、引攫《ひっさら》って行ってしまうじゃアありませんか。……親方ア金持だというからそこんところを余程うまくやらね

えと。……」

「うるせえ。仕事に精出しな」

劇《はげ》しく詈合《ののしりあ》う声が聞え、太刀音が聞え、続いて女の悲鳴が聞えたのは、この日の夜であった。

沖田総司《おきたそうじ》は、枕元の刀を摑み、夜具を刎退《はねの》け、病《やまい》で衰弱しきっている体を立上らせ、縁へ出、雨戸を窃《そっ》と開けて見た。とりこにしてある沢山の植木——朴《ほう》や楓《かえで》が、林のように茂っている庭の向うが、往来《みち》になっていて、そこで、数人の者が斬合っていた。あッという間に一人が斬仆《きりたお》され、斬った身長《せい》の高い、肩幅の広い男が、次の瞬間に、右手の方へ逃げ、それを追って数人の者が、走るのが見えた。静かになった。

「浪人どもの斬合いだな」

と総司は呟き、雨戸を閉じようとした。すると足下から
「もしえ」

という女の声が聞えて来た。さすがに驚いて、総司は足下を見た。縁に寄添い、一人の女が、うずくまっていた。

「誰だ」

「は、はい、通りがかりの者でございますが……不意の斬合《きりあい》で……ここへ逃込みましたが……お願いでございます……どうぞ暫くお隠匿《かくまい》……」

「うむ。……しかし、もう斬合いは終えたらしいが……」

「いえ……まだ彼方《むこう》で……恐ろしくて恐ろしくて……」

「そうか。……では……」

と云って、総司は体を開くようにした。

二人は部屋へ這入った。夜具が敷かれてあり、枕元に、粉薬だの煎薬《せんじぐすり》などが置いてあるのを見ると、女は、ちょっと眉をひそめたが、総司が、その夜具の上へ崩れるように坐り、はげしく咳《せき》入ると、すぐ背後《うしろ》へ廻《まわ》り、背を撫《な》でた。

「忝《かたじ》けない」

「いえ」

行燈《あんどん》の光で見える総司の顔色は、蒼《あお》いというより土気色であった。でも、新選組の中で、土方歳三《ひじかたとしぞう》と共に、美貌《びぼう》を謳《うた》われただけあって、窶《やつ》れ果ててはいたが、それが却《かえ》って「病める花弁《はなびら》」のような魅力となってはいた。それに、年がまだ二十六歳だったので、初々《ういうい》しくさえあり、池田屋斬込みの際、咯血《かっけつ》しいしい、時には昏倒《こんとう》しながら、十数人を斬ったという、精悍《せいかん》なところなどは見られなかった。

女は、背を撫でながら、肩ごしに、総司の横顔を見詰めていた。眉《まゆ》は円く優しかったが、眼も鼻も口も大ぶりの、パッと人眼につく、美しい女であった。でも、その眼が、剃刀《かみそり》のように鋭く光っているのは何《ど》うしたのであろう。やがて総司は、女に介抱されながら、床の上へ寝かされた。女は、夜具の襟を、総司の頤《あご》の辺まで掛けてやり、襟から、人形の首かのように覗《のぞ》いている総司の顔を見ながら、枕元に坐っていた。慶応《けいおう》四年二月の夜風が、ここ千駄ケ谷《せんだがや》の植木屋、植甚の庭の植木にあたって、春の音信《おとずれ》を告げているのを、窓ごしに耳にしながら、坐っていた。

夢の中の人々

「お千代！」

と不意に、眠った筈の総司が叫んだ。女は驚いたように、細い襟足を延ばし、男の顔を覗込《のぞきこ》んだ。

「お千代、たっしゃかえ！　たっしゃでいておくれ！」

と又総司は叫んだ。でも、その後から、苦しそうな寝息が洩れた。眠りながらの言葉だったのである。女はニッと笑った。遠くの方から、半鐘の音が聞えて来た。脱走の浪人などが、放火したのかもしれない。女はソロソロと、神経質に、部屋の中を見廻してから、懐中《ふところ》へ手を入れた。短刀の柄頭《つかがしら》らしい物が、水色の半襟の間から覗いた。

「済まん、細木永之丞君！」

と又、眠っている総司は叫んだ。

「命令だったからじゃ、済まん」

女は眼を据え、肩を縮め、放心したように口を開け、総司を見詰めた。

「済まんと云っているよ。……それじゃア何か理由《わけ》が……然《そ》うでなくても、この子供っぽい、可愛らしい顔を見ては。……」

尚、総司の寝顔を見守るのであった。

幾日か経った。お力——それは、沖田総司に、隠匿《かくま》われた女であるが、植甚の職人、留吉を相手に、植甚の庭で、話していた。

「苅込ってむずかしいものね」

「そりゃア貴女……」

「鋏《はさみ》づかい随分器用ね」

「これで生活《くって》ているんでさア」

「ずいぶん年季入れたの」

「へい」

木蘭は、その大輪の花を、空に向かって捧《ささ》げているし、海棠《かいどう》の花は、悩める美女に譬《たと》えられている、なまめかしい色を、木蓮《もくれん》の、白い花の間に鏤《ちりば》めているし、花木の間には、苔《こけ》のむした奇石《いし》が、無造作に置かれてあるし、いつの間に潜込んで来たのか、鷦鳥《みそさざえ》が、こそこそ木の根元や、石の裾を彷徨《さまよ》っていた。そうして木間越しには、例の池と滝とが、大量の水を湛《たた》えたり、落としたりしていた。

鳥羽、伏見で敗れた将軍家が、江戸城で謹慎していることだの、上野山内に、彰義隊《しょうぎたい》が立籠っていることだの、薩長の兵が、有栖川宮様《ありすがわのみやさま》を征東大総督に奉《あおぎたてまつ》仰り、西郷吉之助《きちのすけ》を大参謀とし、東海道から、江戸へ征込《せめこ》んで来ることだのという、血腥《ちなまぐさ》い事件も、ここ植甚の庭にいれば、他事《よそごと》のようにしか感じられないほど、閑寂であった。

「姐《ねえ》さん、よくご精が出ますね」

と、印袢纏《しるしばんてん》に、向鉢巻《むこうはちまき》をした留吉は、松の枝へ、一鋏《ひとはさ》みパチリと入れながら云った。

お力は、簪《かんざし》で、髪の根元をゴシゴシ引掻《ひっか》いていたが、

「何よ」

「沖田さんのご介抱によく毎日……」

「生命《いのち》の恩人だものね」

「そりゃアまあ」

「あの晩かくまっていただかなかったら、斬合いの側杖《そばづえ》から、妾《あたし》ア殺されていたかもしれないんだものね」

「そりゃアまあ……」

「それに沖田さんて人、可愛らしい人さ」

「ヘッ、ヘッ、そっちの方が本音だ」

「かも知れないわね」

「あっしなんか何《ど》んなもので」

「木の端《はし》くれぐらいのものさ」

パチリ！　と留吉は、切らずともよい、可成り大事な枝を、自棄《やけ》で、つい切って了《しま》い、

「ほいほい、木の端くれか、……と、うっかり木の端くれを切ったが、こいつ親方に叱られそうだぞ。……と、いうようなことはお預けとしておいて、木の端くれだなんて云わずに、どうですい、この留吉へも、……」

お力は返事もしないで、木間を隙《すか》して、離座敷の方を眺めた。

その離座敷では、沖田総司と、近藤勇とが話していた。

勇が来訪《たずねてき》たので、お力は、座を外したのであった。

勇の説得

この離座敷へも、午後の春陽《ひ》は射して来ていて、柱の影を、畳へ長く引いていた。

「板垣退助が参謀となり、岩倉具定を総督とし、土州、因州《いんしゅう》、薩州《さつしゅう》の兵三千、大砲二十門を引いて、東山道軍と称し、木曾路から諏訪へ這入り、甲府を襲い、甲府城代佐藤駿河守殿を征《おさ》め、甲府城を乗取ろうとしているのじゃ。そこで我々新選組が、甲州鎮撫隊と名を改め、正式に幕府から任命され、駿河守殿を援《たす》け、甲府城を守る事になり、不日《ふじつ》出発する事になったのじゃが……」

と、色浅黒く、眼小さく、口一倍大きく、少い髪を総髪に結んでいる勇は、部屋の半分以上も射込んでいる陽に、白袴、黒紋付羽織の姿を焙《あぶ》らせながら、一息に云って来たが、俄に口を噤《つぐ》んで、当惑したように総司を見た。

総司は、背後《うしろ》に積重ねてある夜具へ体をもたせかけ、焦心《あせ》っている眼で、お力が持って来て、まだ瓶にも挿《さ》さず、縁側に置いてある椿《つばき》の花を見たり、舞込んで来た蝶《ちょう》が、欄間の扁額の縁へ止まったのを見たりしていたが、

「先生、勿論《もちろん》、私も従軍するのでしょうな。何時《いつ》出発なさるのです」

「君も行きたいだろうが、その体ではのう。……それで今度は辛抱して貰うことになっていて、それでわしが説得に来たという次第なのだが……ナニ、戦《いくさ》は今度ばかりでなく、これからもいくらもあるのだし、まして今度は戦は、味方が勝つにきまっておることではあり、だから君のような素晴らしい、剣道の天才の力を藉《か》りずとも……尤《もっと》も、我々の力で、甲府城を守り通すことが出来たら、莫大《ばくだい》な恩賞にあずかるという、有難い将軍家《うえさま》のご内意はあった。私や土方は、大名に取立てられることになっている。だから君も従軍したいだろうがいや……従軍しなくとも、従来《これまで》の君の功績からすれば、矢張り一万石や二万石の大名には確になれるし、私からも推薦して、決して功を没するようなことはしない。

……だから今度だけは断念してくれ。……それに、従軍しなくとも、君の名は、鎮撫隊の中へ加えておくのだから」

「いえ、先生、私は体は大丈夫なのです。……いえ、私は、決して、大名になりたいの、恩賞にあずかりたいのというのではありません。……私は、ただ、腕を揮《ふる》ってみたいのです。……ですから何うぞ是非従軍を。……それに今度の相手は、随分手答えのある連中だと思いますので。……それに新選組の人数は尠《すくな》し……そうです、先生、新選組は小人数の筈です。京都にいた頃は二百人以上もありました。それが鳥羽伏見二日の戦で、四十五人となり、江戸へ帰って来た現在では、僅か十九人……」

「いやいや」

と勇は忙しく手を振った。

「それがの、今度、松本先生のお骨折りで、隊士を募ったところ、二百人も集まって来た。いずれも誠忠な、剣道の達人ばかりだ。……それに、勝安房守《かつあわのかみ》様より下渡《さげわた》された五千両の軍用金で、銃器商大島屋善十郎から、鉄砲、大砲を買取り、鎮撫隊の隊士一同、一人のこらず所持しておる、大丈夫じゃ。……そればかりでなく、駿河守殿は、生粋の佐幕派、それに、城兵も多数居る。……人数にも兵器にも事欠かぬ。……だから君は充分ここで静養して……」

「先生、私の病気など何んでもないのです」

「それが然《そ》うでない。松本先生も仰せられた……」

「良順先生が……」

「そうだ、松本良順先生が仰せられたのだ。沖田だけは、従軍させては不可《いけ》ないと」

「………」

「松本先生には、君は、一方《ひとかた》ならないお世話になった筈だ」

「現在《ただいま》もお世話になっております」

「柳営の御殿医として、一代の名医であるばかりでなく、豪傑で、大親分の資を備えられた松本先生が、然う仰せられるのだ。君も、これには反対することは出来まい」

「はい」

総司は黙って俯向《うつむ》いて了った。

思出の人

総司は、良順の介抱によって、今日生存《いきなが》えているといってもよいのであった。はじめ総司は、他の新選組の、負傷した隊士と一緒に、横浜の、ドイツ人経営の病院に入れられて、治療させられたのであったが、良順は
「沖田は、怪我ではなくて病気なのだから」
と云って、浅草今戸の、自分の邸へ連れて来て療治したが
「この病気（肺病）は、こんな空気の悪い、陽のあたらない下町の病室などで療治していたでは治らない」
と云い、この千駄ケ谷の植甚の離れへ移し、薬は、自分の所から持たせてやり、時には、良順自身診察に来たりして、親切に手を尽くしているのであった。この良順に
「甲府への従軍は不可《いけな》い」
と云われては、総司としては、義理としても人情としても、それに反《そむ》くことは出来なかった。

総司が、従軍を断念したのを見ると、勇は流石《さすが》に気毒そうに云った。

「その代り、わしが君の分まで、この刀で、土州の奴等や薩州の奴等を叩斬るよ」

と云い、刀屋から、虎徹《こてつ》だと云って買わせられた、その実、宗貞の刀の柄を叩いてみせた。すると総司は却って不安そうに云った。

「しかし先生、これからの戦いは、刀では駄目でございます。火器、飛道具でなければ。……先生は、負傷しておられて、鳥羽、伏見の戦いにお出にならなかったから、お解りにならないことと思いますが、官軍の……いいえ、薩長の奴等の精鋭な大砲や小銃に撃捲《うちまく》られ、募兵は……新選組の私たちは散々な目に……」

この夜、燈火《ともしび》の下で、総司とお力とは、しめやかに話していた。従軍を断念したからか、総司の態度は却って沈着《おちつ》き、容貌《かお》なども穏やかになっていた。

「妾《わたくし》、あなた様から、お隠匿《かくまい》していただきました晩、あなた様、眠りながら、お千代、たっしゃかえ、たっしゃでいておくれと仰有《おっしゃ》いましたが、お千代様とおっしゃるお方は？」

と、お力は何気無さそうに訊いた。

「そんな寝言、云いましたかな」

と総司は俄に赧《あか》い顔をしたが、

「京都にいた頃、懇意にした娘だが……町医者の娘で……」

「ただご懇意に？」

とお力は、揶揄《やゆ》するような口調でいい、その癖、色気を含んだ眼で、怨ずるように総司を見た。

総司は当惑したような、狼狽《ろうばい》したような表情をしたが、

「ただ懇意にとは？……勿論……いや、併《しか》し、どう云ったらよいか……どっちみち、私は、これ迄に、一人の女しか知らないので」

お力は思わず吹出して了った。

「まああそのお若さで、一人しか女を。……でもお噂によれば、新選組の方々は、壬生《みぶ》におられた頃は、ずいぶんその方でも……」

「いや、それは、他の諸君は……わけても隊長の近藤殿などは……土方殿などになると、近藤殿以上で。……ただ私だけが、臆病《おくびょう》だったので……」

「これ迄に、二百人もお斬りになったというお噂のある貴郎《あなた》様が臆病……」

「いや、女にかけてはじゃ。人を斬る段になると私は強い！」

と、総司は、グッと肩を聳《そびや》かした。瘦《や》せている肩ではあったが、聳かすと、さすがに殺気が迸《ほとばし》った。

お力はヒヤリとしたようであったが、

「お千代さんという娘さんが、その一人の女の方なのでしょうね」

「左様」

と迂闊《うっか》り云ったが、総司は、周章てて

「いや……」

「いや？」

「矢っ張り左様じゃ」

「よっぽど可《よ》い娘さんだったんでございましょうね」

「うん」

と、ここでも迂闊り正直に云い、又、周章てて取消そうとしたが、自棄のように大胆になり、

「初心《うぶ》で、情が濃《こま》やかで……」

「神様のようで……」

「うん。……いや……それ程でもないが……親切で……」

「そのお方、只今は？」

「切れて了った！」

こう云った総司の声は、本当に咽《むせ》んでいた。

「切れて……まあ……でも……」

「近藤殿の命《めい》でのう」

「何時《いつ》？」

「江戸への帰途。……紀州沖で……富士山艦で、書面《ふみ》に認《したた》め……」

「左様ならって……」

「うん」

「可哀そうに」

「大丈夫たる者が、一婦人の色香に迷ったでは、将来、大事を誤ると、近藤殿に云われたので」

「お千代様、さぞ泣いたでございましょうねえ。……いずれ、返書《かえし》で、怨言《うらみごと》を……」

「返書《へんしょ》は無い」

「まあ、……何んとも？　……それでは、女の方では、あなた様が想っている程には……」

「莫迦《ばか》申せ！」

と、総司は、眼を怒らせて呶鳴《どな》った。

「お千代はそんな女ではない！　お千代は、失望して、恋いこがれて、病気になっているのじゃ！　……と、わしは思う。……病気になってのう」

総司は膝へ眼を落とし、しばらくは顔を上げなかった。部屋の中は静かで、何時の間に舞込んで来たものか、母指《おやゆび》ほどの蛾《が》が行燈の周囲《まわり》を飛巡り、時々紙へあたる音が、音といえば音であった。総司は、まだ顔を上げなかった。お力は、その様子を見守りながら、(何んて初心《うぶ》な、何んて生一本な、それにしても、こんな人に、そう迄想われているお千代という娘は、どんな女であろう？……幸福《しあわせ》な！）と思った。と共に、自分の心の奥へ、嫉妬《ねたましさ》の情の起こるのを、何うすることも出来なかった。

親友は討ったが

「あのう」

と、ややあってからお力は、探るような声で云った。

「細木永之丞というお方は、どういうお方なのでございますの？」

「ナニ、細木永之丞⁉　どうしてそのような名をご存知か」

と、総司は、さも驚いたように云った。

「矢張りお眠《よ》ったままで『済まん、細木永之丞君、命令だったからじゃ、済まん』と、仰有《おつしや》ったじゃアありませんか」

「ふうん」

と総司は、いよいよ驚いたように、

「さようなこと申しましたかな。ふうん。……いや、心に蟠《わだかまり》となっていることは、つい眠った時などに出るものと見えますのう。……細木永之丞というのは、わしの親友でな、同じ新選組の隊士なのじゃが、故あって、わしが討取った男じゃ」

「まア、どうして？……ご親友の上に、同じ新選組の同士を？」

「近藤殿の命令だったので……」

「近藤様にしてからが、同士の方を……」

「いや、規律に反《そむ》けば、同士であろうと隊士であろうと、斬って捨てねば……細木ばかりでなく、同じ隊士でも、幾人となく斬られたものじゃ。……近藤殿の以前の隊長、芹沢鴨殿でさえ――尤もこれは、何者に殺されたか不明ということにはなっているが、真実《まこと》は、土方殿が、近藤先生の命令によって、壬生の営所で、深夜寝首を掻《か》かれたくらいで。……だがわしは細木を斬るのは厭だったよ。永之丞は可《よ》い男でのう、気象もさっぱりしていたし、美男だったし……尤も夫れだから女に愛されて、その為め再々規律に反き、池田屋斬込みの大事の際にも、とうとう参加しなかった。これが斬られる原因なのだが、その上に彼が溺《おぼ》れていた女が、どうやら敵方――つまり、長州の隠密らしいというので……」

「まあ、隠密？」

「うむ。それで、味方の動静が敵方に筒抜けになっては堪らぬと、近藤殿が涙を呑んで、わしに斬ってくれというのだ。しかし私は『細木を斬ることばかりは出来ません。あれは私の親友ですから。……もし何うしても斬ると仰せられるなら、余人にお申付け下さい』と拒絶《ことわ》ったのじゃ。すると近藤殿は『親友に斬られて死んでこそ、細木も成仏出来るであろうから』と仰せられるのじゃ。そこで私も観念し、一夜、彼を、加茂河原へ連出し、先ず事情を話し『その女と別れろ、別れさえしたら、私が何んとか近藤殿にとりなして……』と云ったところ……」

ここで総司は眼をしばたたいた。

お力は唾《つば》を飲んだが、

「何と仰有いました？」

「別れられないと云うのだ」

「…………」

「そこで私《わし》は、では逃げてくれ、逃げて江戸へなり何処へなり行って、姿をかくしてくれと云うと、俺を卑怯者《ひきようもの》にするのかと云うのだ。……もう為方《しかた》がないから、では此処で腹を切ってくれ、私が介錯《かいしやく》するからと云うと、それでは、近藤殿から、斬れと云われたお前の役目が立つまいと云うのだ。私は当惑して、では何うしたらよいのかというと、お前と斬合ったでは、私に勝目は無いし、斬合おうとも思わない、私は向うを向いて歩いて行くから、背後《うしろ》から斬ってくれと云い、ズンズン歩いて行くのだ。月の光で、白く見える河原をなア。背後《うしろ》から何んと声をかけても、もう返辞をしないのだ。……そこで私は、……背後から只一刀で……首を！……綺麗に討《う》たれてくれたよ」

息を詰めて聞いていたお力は（それじゃア永之丞さんは、話合いの上でお討たれなされたのか。……では総司さんを怨《うら》むことはないわねえ）と思いながらも、矢張り涙は流れた。その涙を隠そうとして、窓の方を向いた。すると、その窓へ、

小石のあたる音がした。お力はハッとしたようであったが、

「蒸し蒸しするのね」

と独言のように云い、立って窓際へ行き、窓を開けた。暈《かさ》をかむった月に照らされて、身長《せい》の高い肩幅の広い男が、窓の外に立っていた。

お力は窃《そ》っと首を振ってみせ、すぐに窓を閉め、元の座へ帰って来た。

総司は俯向いていた。自分が斬った、不幸な友のことを追想しているらしい。

「沖田様」

とお力は、総司のそういう様子を見詰めながら、

「妾《わたし》を伺う覚召して？」

「何うとは？」

「嫌いだとか、好きだとか？」

「怖い」

「怖い？　まあ」

「親切な人とは思うが……何んとなく怖い！　……それにわしにはお千代というものがあるのだから……」

「お切れなされたくせに」

「強いられたからじゃ。……心では……」

「心では？」

「女房と思っておる。……それでもうお力殿には今後……」

「来ないように」

「済まぬが……」

「妾は参ります。……貴郎《あなた》様はお嫌いなさいましても、妾は、あなた様が好きでございますから。……それがお力という女の性《しょう》でございます」

（おや？）とお力は聞耳を立てた。

池へ落ちている滝の音が、その音色を変えたからであった。

（誰かが滝に打たれているようだよ）

然《そ》う、単調に聞えていた水音が、時々滞って聞えるのであった。

（可笑しいねえ）

良人《おっと》を慕って

お力が、総司の為の薬を貰って、浅草今戸の、松本良順の邸《やしき》を出たのは、それから数日後の、午後のことであった。門の外に、八重桜の老木があって、ふっくりとした総《ふさ》のような花を揉付《もみつ》けるようにつけていた。お力がその下まで来た時、

「松本良順先生のお邸はこちらでございましょうか」

という、女の声が聞えた。見れば、自分の前に、旅姿の娘が立っていた。

「左様で」

とお力は答えた。

「新選組の方々が、こちらさまに、お居でと承りましたが……」

「はい、近藤様や土方様や、新選組の方々が、最近までこちらで療治をお受けになっておられましたが、先日、皆様打揃って甲府の方へ——甲州鎮撫隊となられて、ご出立なさいました」

「まア、甲府の方へ！　それでは、沖田様も！　沖田総司様も⁉」

悲痛といってもよいような、然ういう娘の声を聞いて、お力は改めて、相手をつくづくと見た、娘は十八九で、面長の富士額の初々しい顔の持主で、長旅でもつづけて来たのか、甲斐絹《かいき》の脚絆には、塵埃《ほこり》が滲《にじ》んでいた。

「失礼ですが」

とお力は云った。

「あのう、お前様は？」

「はい、千代と申す者でございますが、京都から沖田様を訪ねて……」

「まあ、お前様がお千代さん……」

「ご存知で？」

「いえ」

と、あわてて打消したが、お力は（これが、総司さんが、眠った間も忘れないお千代という女なのか。……総司さんは、お千代は、恋患いで寝込んでいるだろうと仰有ったが、寝込んでいるどころか、東海道の長の道中を、清姫より執念深く追って来たよ。……どっちもどっちだねえ）と思うと同時に、ムラムラと嫉妬《しっと》の情が湧いて来た。それで、

「はい、沖田様も新選組の隊士、それも助勤というご身分、近藤様などとご一緒に、甲府へご出発なさいましたとも」

と云い切ると、お千代を掻遣《かいや》るようにして歩き出した。しかし五六間歩いた時、気になるので、振返って見た。お千代が、放心したような姿で、尚、松本家の門前に佇んでいるのが見えた。（態《ざま》ア見やがれ）と呟きながら、お力は歩き出した。でも矢張り気になるので、又振返って見た。一時に痩せたように見えるお千代が、

松本家から離れて、向うへトボトボと歩いて行く姿が見えた。（京都へ帰るなり、甲府へ追って行くなり、勝手にしやがれ。総司さんは妾一人の手で、介抱し通すってことさ）と呟くと、足早に歩き出した。

浅草から千駄ケ谷までは遠く、お力が、植甚の家付近へ迄帰って来た時には、夜になっていた。

「お力」

と呼びながら、身長《せい》の高い肩幅の広い男が、大榎《えのき》の裾《すそ》の、藪《やぶ》の蔭から、ノッソリと現われて来た。その声で解ったと見え、

「嘉十《かじゅう》さんかえ」

と云ってお力は足を止めた。

「うん。……お力、何を愚図愚図しているのだ」

「あせるもんじゃアないよ」

「ゆっくり過ぎらア」

「それで窓へ石なんか投げたんだね」

「悪いか」

「物には順序ってものがあるよ」

「惚れるにもか」

「何んだって！」

「お前の身分は何なんだい」

「長州の桂小五郎様に頼まれた……」

「隠密だろう」

「あい」

「そこで細木永之丞へ取入った」

「新選組の奴等の様子さぐるためにさ」

「ところが永之丞にオッ惚れやがった」

「莫迦お云い。……彼奴《あいつ》の口から新選組の内情《うちわ》聞いたばかりさ……池田屋の斬込へも、彼奴だけは行かせなかったよ」

「手柄なものか。……彼奴の方でも手前《てめえ》にオッ惚れて、ウダウダしていて、機会を誤ったというだけさ」

「そのため永之丞さん斬られたじゃないか。……新選組の奴等を一人でも減らしたなア妾の手柄さ」

「ところが手前、今度は永之丞を斬った沖田総司を殺すんだと云い出した」

「池田屋で人一倍長州のお武士《さむらい》さんを斬った総司、こいつを討ったら百両の褒美だと……」

「懸賞の金を目宛てにして、総司を討ちにかかったというのかい。体裁のいいことを云うな。そいつア俺の云うことだ。手前は、可愛い永之丞の敵を討とうと、それで総司を討ちにかかったのさ。……そんなことは何うでもいいとして、その手前が何処がよくて惚れたのか、総司に惚れて、討つは愚《おろか》、介抱にかかっているからにゃア、埒《らち》があかねえ。……お力、総司は俺が今夜斬るぜ！」

と、佐幕方の、目明《めあかし》文吉に対抗させるため、長州藩が利用している目明の、縄手の嘉十郎は云って、植甚の方へ歩きかけた。

女夜叉の本性

（この男ならやりかねない）

こう思ったお力は、嘉十郎の袂を摑んだ。

（剣技《わざ》にかけちゃア、新選組一だといわれている沖田さんだけれど、あの病気で衰弱している体で、嘉十郎に斬りかけられては敵《かな》う筈はない。……総司さんを討たれてなるものか！　……いっそ妾が此奴《こいつ》を！）

　と、肚《はら》を決め、

「嘉十郎さん、まア待っておくれ、お前が然う迄云うなら妾も決心して、今夜沖田さんの息の音とめるよ。……お前さんにしてからが然うじゃアないか、あの晩、二人でここへ来てさ、通りかかった脱走武士たちへ喧嘩を売りつけ、一人を叩っ斬ったのを見て、妾は植甚の庭へ駆込み、喧嘩の側杖から避けたと云って、沖田さんに隠匿《かくま》われ、そいつを縁に沖田さんへ接近《ちかづ》いたのも、お前と最初からの相談ずく、そこ迄二人で仕組んで来たものを、今になってお前さんに沖田さんを殺され、功を奪われたんじゃア、妾にしては立瀬が無く、お前さんにしたって、後口が悪かろう。……ねえ、沖田さんを仕止めるの、妾に譲っておくれよ。そうして懸賞の金は山分けにしようじゃアないか」

　憎くない婦《おんな》からのこの仕向けであった。四十五歳の、分別のある嘉十郎ではあったが、

「そりゃアお前がその気なら……」

「委せておくれかえ。それじゃア妾は今夜沖田さんを、こんな塩梅《あんばい》に……」

　と、右の手を懐中《ふところ》へ入れ、いつも持っている匕首《あいくち》を抜き

「グッと一突きに！」

と嘉十郎の脾腹《ひばら》へ突込み……

「わッ」

「殺すのさ！」

と、嘉十郎を蹴仆《けたお》し、地面をノタウツのを足で抑え、止《とど》めを刺し、

「厭だよ、血だらけになったよ。これじゃア総司さんの側へ行けやアしない」

と呟いたが、庭へ駆込むと、池の端へ行き、手足を洗出した。途端に滝の中から腕が現われ、グッとお力の腕を摑み、

「矢張りお前も然うだったのか。お力坊、眼が高いなア」

と、水を分けて、留吉が、姿を現わした。

「只者じゃアねえと思ったが、矢っ張り滝壺の中の小判を狙っていたのかい。俺も然うさ。植甚へ住込んだのも、植甚は大金持、そればかりでなく、徳川様のお歴々にご贔屓《ひいき》を受け、松本良順なんていう御殿医にまで、お引立てを受けていて、然ういう人達の金を預って隠しているという噂《うわさ》、ようしきた、そいつを盗み出してやろうとの目算からだったが、植甚の爺《おやじ》、うまい所へ隠したものよ、滝のかかっている岩組の背後《うしろ》を洞《ほこら》にこしらえ、そこへ隠して置くんだからなア。これじゃ

ア脱走武士が徴発に来ようと、薩長の奴等が江戸へ征込《せめこ》んで来て、焼打ちにかけようと安全だ。……と思っている植甚の鼻をあかせ、俺アこれ迄にちょいちょい此処へ潜込んで、今日までに千両近い小判を揚げたからにゃア、俺の方が上手だろう——と思っているとお前が現われた。偉《えれ》え！　眼が高《たけ》え！　小判の隠場ア此処と眼をつけたんだからなア。……よし来た、そうなりゃアお互い相棒《あいづれ》で行こう。……が相棒になるからにゃア……」

お力は、（然うだったのかい。滝の背後に金が隠してあるのかい、妾が、体の血粘《ちのり》洗おうと来たのを、そんなように独合点しやがったのかい。……然うと聞いちゃ、まんざら慾の無い妾じゃアなし……ようし、その意《つもり》で。……）

例の匕首でグッと！

「ウ、ウ、ウ——」

動かなくなった留吉の体を、池の中へ転がし込んだが、

（人二人殺したからにゃア、いくら何んでも此処にはいられない。行きがけの駄賃に、……云うことを諾《き》かない総司さんを……そうして、矢っ張り懸賞の金にありつこうよ）と、

離座敷の方へ小走って行き、雨戸を窃《そ》っと開け、座敷へ這入った。総司は、や

や健康を恢復《かいふく》し、艶《つや》も出た美貌を行燈に照らし、子供のように無邪気に眠っていた。

お力は、行燈の灯を吹消した。

片がついた

鎮撫隊より一日早く、甲府城へ這入った、板垣退助の率いた東山道軍は、勝沼まで来ていた近藤勇たちの、甲州鎮撫隊を、大砲や小銃で攻撃し、笹子《ささご》峠を越えて逃げる隊士たちを追撃した。三月六日のことである。

沖田総司を尋ねて、ここまで来たお千代は、峠の道側《みちばた》の、草むらの中に立って、呆然《ぼうぜん》としていた。あちこちから、鉄砲の音や、鬨《とき》の声が聞え、谷や山の斜面や、林の中から、煙硝の煙が立昇ったり、眼前の木立の幹や葉へ、小銃の弾があたったりしていた。そうして、鎮撫隊士が、逃下る姿が見えた。隊士たちは、口々に云っていた。

「敵《かな》わん、飛道具には敵わん！——精鋭の飛道具には」と。——

一人の隊士が肩に負傷し、よろめきよろめき逃げて来た。お千代は走寄り、取《とり》縋《すが》るようにして訊いた。

「沖田総司様は、……討死にしましたか？……それとも……」

「ナニ、沖田総司？」

と、その隊士は、不審そうにお千代を見たが、

「いや、沖田総司なら……」

しかしその時、流弾が、隊士の胸を貫いた。隊士は斃《たお》れた。お千代は仰天し、走寄って介抱したが、もう絶命《ことき》れていた。

(妾ア何処までも総司様の生死を確める)

と、お千代は、疲労と不安とで、今にも気絶しそうな心持の中で思った。

(そうして、総司様の前で、総司様から下された、縁切りのお手紙をズタズタに裂いて、妾は云ってあげる「いいえ、妾は、総司様の女房でございます」って)

そのお千代が、下総流山の、近藤勇たちの屯所の門前へ姿を現わしたのは、四月三日のことであった。近藤勇や土方歳三などが、脱走兵鎮撫の命を受け、幕府から、この地へ派遣されたと聞き、恋人の総司もその中にいるものと思い、訪ねて来たのであった。しばらく門前に躊躇《ちゅうちょ》していると、門内から、二人の供を従え騎馬で、近藤勇が現われた。

「近藤様！」

と叫んで、お千代は、馬の前へ走出し、

「沖田様は!?」

「お千代か！」

と勇は、さもさも驚いたように云った。

「沖田か、沖田は江戸に居る。千駄ケ谷の植木屋植甚という者の離座敷で養生いたしておる。……詳しいことも聞きたし、話しもしたいが、わしは是から、越ケ谷《こしがや》の、官軍の屯所へ呼ばれて出頭するので、ゆっくり話しておれぬ。……わしの帰るまで、屯所内《ここ》で休んでおるがよい。知己《しりあい》の土方が居る」

と云いすてると、馬を進めた。

四月十一日、江戸城が開き、官軍が続々ご府内へ入込んで来た頃、沖田総司は、臨終の床に在った。枕元には、植甚や、その家族の者が並んで、静まり返っていた。過ぐる晩、お力がやって来て切りかかったのを防いだ時、大咯血をし、それが基で、総司の病気は頓《とみ》に悪化したのであった。近藤勇が、官軍の手で、越ケ谷から板橋に送られ、其処《そこ》で斬られたということなども、総司の死を、精神的に早めたのでもあった。不幸なお千代が、やっと植甚の家を探しあてて、訪ねて来たのは、この日であった。植甚の人達は、以前からお千代のことは聞いて知っていた。それと知ると、お千代を直ぐに総司の枕元へ進《つ》れて来た。

「沖田様!」

とお千代は、もう眼も見えないらしい、総司に取縋り、耳に口を寄せて呼んだ。

「お千代でございます! 京都から訪ねて参った、お前の女房、お千代でございます!」

その声が心に通ったとみえて、総司の視線がお千代の顔へ止まった。

「お千代!……わしの女房!……然うだ!」

しかしその顔に俄に憎悪の表情が浮かび、

「おのれ、お力イ——ッ」

と云った。それが最後の言葉であった。

翌月の十五日に始まったのが、上野の彰義隊の戦いであった。徳川幕府二百六十年の恩誼《おんぎ》に報いようと、旗本の士が、官軍に抗しての戦いで、順逆の道には背いた行為ではあったが、義理人情から云えば、悲しい理の戦いでもあった。しかし、大勢《たいせい》は予め知れていて、彰義隊の敗れることには疑い無かった。江戸の人々は、一日も早く、世間が平和になるようにと希望《のぞ》みながら、家根へ上ったり、門口に立ったりして、上野の方を眺めていた。長州の兵は、根津と谷中《やなか》から、上野の背面を攻めていた。その戦いぶりを見ようとして、権現様側に集まっていた群集の中に、お力もいた。髪を綺麗に結び、新しい衣裳《いしょう》を着ていた。沖田総司を殺しそこなった晩、これも行きがけの駄賃に、池の中へ潜込み、盗み出した幾十枚かの小判が、まだ身に付いているらしく、様子が長閑《のどか》そうであった。島原の太夫《たゆう》から宮川町の女郎《おやま》、それから、隠密稼ぎまでしたという、本能そのもののようなこの女は、もう今では、細木永之丞のことも沖田総司のことも念頭に無いらしく、群集の中の若い男へ、万遍なく秋波を送っていた。しかしその時、背後から

「こいつがお力だ」

という聞覚えのある声がしたので、驚いて振返って見た。植甚が群集の中に立って睨んでいた。

あッと思った時、一人の娘が、植甚の横手から、自分の方へ走寄って来た。

「沖田さんの敵《かたき》！……妾《わたし》の怨み！」

「お千代！」

お力は、匕首を、自分の鳩尾《みずおち》へ刺通したお千代の手を両手で握ったが、

「ああ……お前さんに殺されるなら……妾にゃア……怨みは云えないねえ」

と云い、ガックリとなった。

上野山内から、伽藍《がらん》の焼落ちる黒煙が見えた。幕府という古い制度の、最後の堡塁《とりで》であった彰義隊の本営が、壊滅される印の黒煙でもあった。

「片がついた」

と植甚は、お千代を介抱しながら、黒煙を仰ぎ、感慨深そうに云った。

(何も彼も是《これ》で片がついた)

流《ながれ》山《やま》の朝《あさ》

子母沢寛

きた。

一

近藤は、房楊子《ふさようじ》を啣《くわ》えたまま、庭下駄を突っかけて、母屋の前の井戸端へ出てきた。

井戸端には、幾抱えもあるような大きな欅《けやき》が、四月はじめの青々と晴れた空に、思い切り枝を張って、それからずっと見渡す限り、利根《とね》川に沿った初夏の平野を見せていた。

下総流山《しもうさながれやま》のはずれ、五平新田の大百姓の庭先き。欅の向うに筑波《つくば》山が、朝のまぶしい陽を受けて麓《ふもと》をぼかしてほのかに霞《かす》んでいる。

野の果てには、ところどころに若葉の雑木林、その林の間々に、この夜更けから、ぐるりと新田一帯を取り囲んでじっとしている彦根藩の兵の姿が、ちらちらと見えて、焚火《たきび》をしているのであろう、紫色《むらさき》の煙がゆらゆらと其処此処《そこここ》に立ち登っている。

近藤は、まるでこんな事などに気づいてさえいないような静かな顔をして、暫《しばら》くじっと、無造作に手拭《てぬぐい》を下げたまま、四辺の景色を見ていたが、やがて、跳釣瓶《はねつるべ》に手をかけて、盥《たらい》へなみなみと水を汲んだ。玉をこぼすような水が盥をあふれて、きらきらと陽にうつる。

「先生ッ！」

母屋につづいた白壁の土蔵の間から刀の柄《つか》を白木綿でぐるぐる巻きにして、陣羽織に草鞋《わらじ》をつけ、鉢金をかぶった若い侍が、転がるように飛び出して来た。

「おお」

近藤は、水へつけた手拭をそのままに、

「戦《いくさ》は止めたようだな」

といった。

「は、相馬君が先生の名札を持参して、お言葉通り談判を取り決めました。間もなく、先方からも軍使が来る筈《はず》ですから、実は、度々御寝所へ伺いましたが」

「すまん、ぱちぱちいう鉄砲の音で夜中に眼をさましたので、あれから二度寝入りをしてなア、遂《つ》いうかうかと寝過して終《しま》ったのだ」

「はア。しかし軍使が参るのにもう時刻もないで御座いましょう。どうぞお仕度を」

「はッはッ。よしよし。だが、お前はどうしてそんないかめしい恰好《かっこう》をしているのだ。戦《いくさ》はお終いではないか、もう平服にしなさい。それでは未練らしくてみっともない」

「でも――」

「相馬は？」

「軍器の引渡しに兵五名と再び向うの本陣へ参っています」

「よろし」

「砲三門、ミュンヘル銃百十八挺《ちょう》」

「ふッふッ。いよいよ、わしも素手《すで》だなア」

「は？」

「官兵は、何処の藩かねえ」

「主として彦根、土州も加わってほぼ三百位です」

「先鋒《せんぽう》は？」

「薩州《さつしゅう》の有馬藤太とか申して居りました」

「そうか」

と、近藤は、口をゆすいでやがて顔を洗った。

着物の両肌をぬいでいた。左の肩に、京の伏見で民家の中から元の同志に射撃された親指が根元まで突き通る位の深い大きな傷痕があった。

近藤は、凍るような冷たい水で、背《せな》を拭きながら、

「野村君、どうやら、この辺で、京この方最後まで、わしの傍にいてくれた君ともお別れらしいなア」

「え？」

「わッはッは。まア万事は夕刻までに定まるさ」

野村理三郎は、刀の柄を握ったまま、ほッと深い溜息《ためいき》をついた。眼のふちは、真赤で膨《は》れぼったくなっていた。

「あちらで休んだがいいよ。わしも、着物を着て出て行くから――砲を渡して終えば最後へ残った五名の兵も、会津へ土方《ひじかた》の後を追う約束だから、ここには、君と相馬とわしの三人だ。その君達も――まア後で、後で」

野村は、黙ってうなずいてその場を去った。

近藤は、傷のために左腕がいくらか不自由なのであろう。背中を拭き難《に》くそうにしていたが、

「静かな朝だなア。土方奴、今頃は何《ど》の辺まで行ったろう」

水車の廻《まわ》っている音がしている。

「新選組の近藤勇も、これでいよいよ来るところまで来て終った。三百の局中が天下の大勢に逆い、刃《やいば》をつらねて、徳川のために苦闘した京のその日その日も、今となっては一片の夢。血を啜《すす》った盟友土方歳三さえわしを離れて、今、近藤の懐中に残る壮士僅《わず》かに二名。はっはっは、僅かに二名。だが、わしは、これでさばさばしたのだ。わしは、はじめて本当のわしにかえったのだ。武州多摩一介無名の壮士、これが本当の近藤勇の姿なのだ」

遠くで馬の嘶《いなな》きがした。

二

母屋から、若い娘が、ちらりと顔を出したが、あわてて井戸端へ飛んで出て来た。

「まア、先生、何時《いつ》の間にお眼ざめでござりました。さ、わたくしが、お背中をお拭きしましょう」

近藤は眼を細めてにっこりした。

「お秋さん、いつもいつも済まんですなア、どうも左が不自由なもんですからね」

「本当に――おいたわしい」

この家の娘お秋、まだ十八、九であろう。ぱっちりとした黒眼勝ち、下ぶくれの可愛らしい娘であった。

「ゆうべは吃驚《びっくり》されたでしょう」

近藤は、背中を拭いて貰《もら》いながら、

「刀の音や鉄砲玉には馴《な》れっこのわしさえ吃驚したんだから――しかし、もう大丈夫ですよ」

「はい。本当に驚ろきました。土方先生がああして、進軍進軍とおっしゃりましたので、みなさまあの大騒ぎでござりましたが、先生が、お叱りなされたので、何事もなくて、本当によろしゅうございました。ほんとうに、あのお方達はあのように乱暴故、どのような戦さになるかと、父も心配いたしました」

「いやア、あの人達の戦さをしようというのは正しいのです。近藤は臆病《おくびょう》ですからなア。はっはっはっ。それで、みんな腹を立てて、わしを離れて、ああして何処かへ行って終いましたよ。近藤は一人ぼっちになりましたが、まア戦さが無くて何によりでした。相馬があの通り落ち着いた奴ですから先方へ行ってうまく取り決めたのでしょう。わしは、土方だのみんなが居なくなって、相馬を軍使に出してやると、全く、十年この方はじめての安心をしましてなア。まアよかった、これでいいのだ、こう思うと、さアもう眠くって眠くって、意地にも我慢にも眼を開いていられない。まだ、鉄砲の音がぱちぱちしている中に、ぐっすりと二度寝をして、こんなに、いいお天気なのも知らずに、すっかり寝坊をして終いましたよ」

お秋は、水を汲んで、手拭を洗っては、背中から腕、胸と前まで拭いてやっていた。

「お秋さん、三月からまる一月《ひと》近く、思えばいろいろとお世話になりましたなア」

お秋は、何んと答えていいかわからなかった。ただ、何んとなく瞼《まぶた》が熱くなった。

「近藤は、これで案外な意地っ張りでしてねえ。去る戌《いぬ》年に同志と共に木曾《きそ》路を京へ上ってこの方、ただ、意地ばかりで今日まで通して来たのですよ。でも、元もと、わしは百姓の子です。侍らしい顔をして、侍らしい暮しをして、侍らしく天下国家を論じて戦っていても、やはり、わしの血は百姓の血、ややともすれば、生れ故郷へ隠れて朝夕を、野を友に、森を友に暮したい、こんな気がしたものですよ。そして、それが、わしが若年寄格などというものになってから一そうひどくなりましてなア。わしは、侍になった事を後悔した、幾度《いくたび》大小を捨てようかと思い立った。しかしいかんですよ。わしは、何時の間にか、わしだけのわしでは無くなっていましたよ。わしの体もわしの気持も、わしだけではどうにも出来なくなっていましたよ。仮令《かりに》同志を振り捨て、ただ一人となって故郷へかくれても、もう世の中は、わしを百姓のせがれ、一介の土民としては許してくれない。何処まで行っても、わしはわしです。今もなお、わしはわしに戻られないことを知ってはいるが、それでもわしは、ただ一人になって、はじめてほッとしたのです。あの土方ねえ」

「はい」

とお秋は涙を拭った。近藤の声が少し慄《ふる》えていたのが、針を刺すように若い娘の胸に感じられたであろう。

「何んだ、愚痴っぽい」

近藤は、自分でそんな事を思いながらも、どうしても、何にか話さずにはいられなかった。

「あれは、わしとは、竹馬の友であり、今日まで、わしとは一つのものを二つにわけ合って食べて来たのです」

「よく存じて居ります」

「だが、ああしてゆうべ、わしとは別れました。土方は不意の敵の襲撃にこたえて戦さをしようというのですが、わしは、もう戦うことは忌やになっているのです。味方には充分に弾丸《たま》もない、それよりは、既に敵に不意を襲われたそれだけで戦さの運は定まっている、近藤ともあるものが敵に機先を制されて、これを受けて立つ、そんな事は出来ない、わしは、甲州へ行った時も、すでに制されたのを知って戦うのは忌やだと言った。しかし、土方がきかなかった――果してこの戦さも敗けでした。ふッふッふッ、世にも哀れな敗戦でした」

お秋は、背を拭き終って、しずかに両袖を通してやった。

三

近藤は、黙って、手を通してから、眼は、遥かな敵陣の煙を見ていたけれども、心は全く別な事を考えていた。

「わしは京へ上ってこの方、いつも土方に押されていた、それが、今年江戸へ引き揚げて来てから、はっきりとわかったのだ。土方は、わしに副長として忠実に仕えていたが、わしよりは人間が数段の上にあったのです。智慧《ちえ》もある才覚もある、刀《とう》をとっての腕も、或はわしの上かも知れぬ、部下を統率し、公辺との交渉も、悉《ことごと》く土方はわしの上だ。わしは、局長として彼の上にあったが、実力の相違は、いつも彼に敗け、彼に押され、彼の方寸に従わざるを得なかった。わしに、これまで、かつてそんな考えを持たせずに、或は土方もそれは無意識だったのかも知れぬが——わしは、京にあって、局長として如何なる我儘《わがまま》でも通る絶対の立場にありながら、何んとなく不自由な、何んとなく狭ッ苦しい、何んとなく息苦しい、言わば圧迫を感じていたのです。わしは、時々、そんな妙な窮屈を感じたので、何んの為だろうと、深く考えては見たけれども、どうしてもわからなかった。それが今朝、本当に、はっきりとわしにはわかったのだ。わしは、下の土方に事毎に敗ける、土方以下の人物だったのです。だから、ゆうべ、ああして土方と別れ別れになった。三十年の盟友と袂《たもと》をわかって、わしは泣かねばならぬ筈でしょう。泣くのが本当です。それをわしはほっとした。そして、泣くべきわしが、はじめて、そこに己れを見出し、自由なうれしさを味わい、何にかこう小鳥が籠を放されたような心地がして、本当に安心して、こんなに眠って終ったのです。わしは、心の中の敵、親しければ親しいだけに、深く喰《く》い込んでいた敵と離れたという事をはっきり知ったうれしさに、外《そと》の敵などはもう眼中にない。どうでもいいのだ。近藤が全く自由な一人の近藤として、生きる事も死ぬ事も出来るうれしさ——本日までわしは度々同志に叛《そむ》かれ去られた。その度にわしは腹を立て、或は悲しみ、淋しがった。深い穴の中へ引き込まれて行くような気さえした。それが、一番力とした一番親しい土方に去られてわしは喜んでいる。おかしいでしょう——はッはッはッ、これアお秋さんにはわからんでしょうな。くだらん事をおしゃべりして終いましたなア。今、野村の話では、敵の軍使が来るそうですから、その前に、御飯をいただいて、着物でも着かえていましょうかな」

「はい——然《そう》様致しましょう。御飯の用意は出来て居りますから」

「有難う、お父さんは？」

「鉄砲が鳴り出してから土蔵の穴蔵に入っているんですよ。今朝あたしが、もう大丈夫だといっても、出て参りません。母も」

「はッはッそうですか。馴れッこのわしや土方さえ、ゆうべは不意討ちであんなにあわてたのですから、お父さんやお母さんの驚ろかれるのは尤《もっと》もです。あなたのそうしていられるのが不思議な位ですなあ」

「あたしも、夜明けまでは恐い恐いと思ってましたが、夜が明けたらすっかり元気づいて、途端に、今朝からはどなたもいられないのだと思うと急に先生のお膳のことなどを考えまして」

「すまんかったですなア」

言いながら、近藤は、ふと、野の畦道《あぜみち》を通って来る、五人の兵を引きつれた相馬主計の姿を見つけた。

兵は、五人とも、洋服に草鞋をつけ立派な陣羽織を被《き》て、鉢巻をしていたし、相馬も、白地に墨絵の竜をかいた陣羽織に、鉢金をいただいて、真ッ先きに立っていた。

「相馬！」

近藤は思わず叫んだ。

「あッ！」

みんな一斉に声を出して、夢中でこっちへ駈《か》けて来た。

「五人は何故すぐに逃げんのだろう」

近藤は眉《まゆ》を寄せた。

相馬は、転げるように、青草をふみにじって傍へ来た。

「先生ッ！」

「おお、相馬」

と、近藤は興奮したが、

「泣くな、武州の壮士相馬主計、この期《ご》に及んで泣く奴があるか」

「は」

「わしはな、今朝のような晴々としたのびのびとしたいい気持の日は七、八年ぶりなのだ。わしは、大きな声で叫びつづけたい程にうれしいのだ。え、相馬、決して近藤敗け惜しみではないぞ。わしは、ただうれしい、何んとなくうれしい、新選組の局長でもない、若年寄格の近藤でもない、きょうこそ素裸の、自由な近藤勇を、近藤自身が沁々《しみじみ》と味わっているんだ。近藤は一人だ、自由だ――泣く奴があるか」

「先生！」

「泣くなというに」

四

近藤は、母屋の土間の上り端《はな》へ腰をかけて、頻《しき》りに、文書類を焼き棄てていた。紋付に袴をつけ、うしろからお秋が、頻りに総髪の髷《まげ》をなでつけてやっていた。

「有難う有難う、お秋さん、もうよろしいですよ。近藤どうおしゃれをして見たところで、あなた、婿《むこ》にしては下さらんでしょう。はッはッはッ」

みんな黙っていた。土間には、相馬も野村も、五人の兵も、じっとうつ向いて突ッ立っていた。相馬と野村はすでに平服に着かえて白い鼻緒の草履をはいていた。

紙を焼く煙は、一ぱいに煤《すす》ぼけた母屋に溢《あふ》れて、紅い焰《ほのお》がちょろちょろと小さく燃えた。

近藤は、袴の間から、時計を出して見て、

「軍使が見えるまでに、まだ一字間《じかん》あるな」

とひとり言をいった。そして、急に、きっとして、

「小島君ッ！」

と陣羽織の兵の一番先きにいる小肥りの若い侍へ、

「君達はどうして立ち去らんのです？」

「はい」

と小島は、それだけ言って、相馬の方を見て一寸、頭を下げた。相馬はうなずいて、

「先刻来、私もいろいろに申しましたが、五君は、是非、先生の最後までお供を申したい、どうしてもいかんとの仰せならば、腹を切るというのです」

「切腹？　いかん、そんな事は無意味だ。わしと一緒に行かんければ切腹するとは、どんな理屈になるのかな」

「土方先生から堅く申しつかっているというのです」

「何、土方？」

と近藤は眼を見張った。

「は」

と小島は口を開いた。

「昨夜、土方先生は、近藤は言い出したらきかん男、本当はお気の弱いお方なのだが、意地っ張りでいられるから、こうして、敵を前にして争っていたのでは、

双方、遂に刀を抜くような事になる。京以来今日まで自分の言う事は大小何んによらず用いてくれたが、甲州の敗戦この方、めっきり自分の説は用いてくれなくなった。それで――」

「待てっ！」

と近藤は、

「土方が、そんな事を言ったか、甲州この方と？」

「は」

「そうだ、わしは、甲州の敗け戦《いくさ》以来、新選組局長としてのわし以外に、本当のわし、百姓の近藤勇のある事を忘れていたのに気づいて来たのだ」

「は」

みんなには、その意味がよくわからないようであった。

「ああ、わしは、今度こそは土方に勝ってやった、しかし――」

とじっと小島を見詰めて、

「何んの為に君達をここへ残したのだ」

「は。それは」

と小島は、きっとして、

「万一の場合は、先生を引っ担《かつ》いでも、会津までお連れ申せ。ここで死なせてはならん、犬死になるからと――」

「何、ここで死んでは犬死だと？」

「は」

「何故だ、何故だ。一百姓の近藤が、何処で死のうと、犬死という事があるものか」

「は」

近藤は、余り自分の興奮しそうになった事に気がついて、

「ふっふっふっふ」

と、苦笑をして、それっ切り黙って終った。

「それで、土方先生が、特に、五人の諸君へ隊中の良い陣羽織を選り抜いて、この面目にかけても目的を果たせといって下さったのだそうです」

相馬が、然様《そう》言ったが、近藤は、気をかえたように、

「お秋さん、今朝の味噌汁《みそしる》はうまかったですなア。あなたは、朝のお汁が上手だから、あなたの婿さんになる人は仕合せだ、それにあなたは、お年に似ずしっかりしているし、お綺麗《きれい》だし――わしの娘は五つですが、とても、あなたのように

は成れんでしょう。わしは京からかえって、娘にたった一度より逢《あ》いません。しかし、その方が、わしも娘も仕合せでしょう。わしが一介の百姓であるように、娘も故郷へかえって、百姓の娘として成長するのが一番いいのです。生《なま》じ、羽織袴のわしを深く覚えている事は不幸でしょう」

お秋も、相馬も、野村も、顔を上げなかった。

近藤は、突然、

「はッはッはッ」

と甲高く笑い出して、

「賊魁近藤勇、遂に兵七名を率いて官に降るかッ――だが、相馬、考えると痛快だな。彼奴らが、血眼で探し求め追い廻していたこの近藤が、手向いでもする事か、兵器を悉く引渡してきょとんとして降参するなんてのは――さんざやっつけでもしてやる気が、相手が余りにも哀れ過ぎて、ふッふッふ、気《き》脱《ぬ》けのする事だろう。三百の兵で、捕えたのがたった一人、ふッふッ、態《ざま》ア見やがれだなア」

五

薩藩の有馬藤太が、軍使として馬で、近藤のところを訪ねたのは、もう昼近い頃であった。足軽の外に空馬を一頭曳《ひ》き鉄砲を担いだ兵が五人随《つ》いていた。有馬は洋服へ陣羽織を着て縮緬《ちりめん》の太い兵子帯《へこおび》を前へ結んで、長いが無反《むぞり》の刀をさしていた。

近藤は、

「これはこれは」

と、まるで友人でも迎えるような気軽さで出迎えた。

「どうぞ、そのまま、そのままでお通り下さい」

近藤は有馬へ土足のままの上座をすすめた。

「御家来衆もどうぞ」

有馬は、

「おはんらは、表で待っとれ」

そう言って、にっこりして、

「昨夜からはきづめでごわす。足がほてって成らん。脱がせて貰いたい」

有馬は、手早く草鞋を脱いで、

「おい、馬へ水やれよ」

そう外へ吸鳴《どな》って、近藤のうしろへついて奥へ通った。

縁側へ向いた座敷であった。暖い陽がさして、まぶしい位であった。

「こら、おはじめて」

と有馬は、上座へ胡坐《あぐら》したが、叮嚀《ていねい》にお辞儀して、

「さっき、相馬どんからきいたが、おはん、おかげで戦さにならんで何よりでごわした。もうお互に、戦さは飽きやんしたの」

「は、全く」

と近藤は、

「で、私は、何処へお供すればよろしいのですかな」

「え？」

と有馬は驚いた。

「おお、大久保どん、そげんお覚悟か」

「はッはッ。私の覚悟はあのミュンヘル銃がお話した筈です」

「いや、天晴れでごわす。武士は誰しも、そげんありたい」

「いやアお恥かしい」

と、近藤は一寸《ちょっと》うつ向いた。

「私は、こちらにどんな事があるかも知れんのに僅かにあれだけの御家来よりおつれなさらぬあなたの立派さに感じました。有馬さん。さっき、相馬の持参した、大久保大和という名札は、あれは偽名です。実は――」

「はっはっはっ」

と有馬は制した。

「わかっとりますよ、大久保どん。おはんが、大久保大和などという名も知らん侍だったら、おいどんも、こんな小人数では来おらんでごわしょう。おいは、おはんが、新選組の――」

「え！　近藤勇と御承知で――」

「近藤どん。近藤どんと知ったればこそ、斯様《かよう》な小人数で出向いて来たんでごわすよ。わっはっは。さっき、おはんの顔を見た時、ひょっと、近藤どんと呼び度《と》うなって弱り申した」

　近藤は、

「そうでしたか――ああ、然様《そう》でしたか。この大久保大和と名乗ったわしを、近藤と御承知で」

「おお、近藤どん、おはんの気持はよくわかっとります。しかし、時勢でごわす、何事も時の勢いというもんには勝て申さん。幕府のために骨を砕いての御苦労は、おいは涙が出るように思い申す。働いて働いて、その果てが、賊などとおはんも口惜しいでごわしょう。だが、これも仕方がごわせん。男児為すべきを為して終る、また本懐ではごわせんか」

「有馬さん」

「近藤どん」

と二人は、感激の声を放った。

「はっはっはっ。しかし、今度ア、おいどもはすっかりおはんにやられ申したわい」

「どうしてでござろう？」

「来たって見ればこの通りでごわしょう。おいどもは、粕壁《かすかべ》から、俄《にわ》かに利根川を渡って、三百人がぞろぞろとこの流山へ来て、鉄砲ぶっ放して、結局は、おはん一人――わっはっはっ。これア算盤《そろばん》が持てんでごわすよ」

「はっはっはっ」

「おはんの智慧には勝《かな》わん。一人残らず居らんなら、敵は敗北ということもごわすが、こうして悠々としておいででごわすからの。注意をこちらに向け置かせて、見事に兵を移し居った。はっはっ、勝わん、勝わん、官兵三百、ただおはんの胸三寸に翻弄《ほんろう》され申した」

近藤は、どきっとした。

「やはり土方だ。所詮《しょせん》、何処かで死なねばならぬこの俺に、こうしたところで、こう思わせて死なせてくれる気だったのか——俺はやはり土方以下だ」

近藤は、たった今までも、解放されたようなうれしさから、また不思議な暗いところへ突き落されたような気になった。

「だが、これからはもう俺だ。俺が、どんな死に方をするか、それは自由な俺の勝手だ、勝手だ」

近藤は、不思議な表情をした。

有馬はそれを察したか、

「とにかく、おはんとおいで、此処で何にを談じたところで始まり申さん。粕壁に、東山道総督内参謀祖式金八郎どんなごわすから、万事、そこで談じ申そう。

おはんの、馬を一頭、別に曳き申した、お用に立て申す」

「は。それはそれは――」

　有馬は、

「近藤どん、おはん、惜しい御仁でごわす。世の中は変り申す。だが、日本人の魂までは変り申さん。おはん、日本魂のために折角自重するよう、おいから切にお頼み申すぞ」

　近藤は、ただ、じっと有馬をみていた。

六

　近藤は、別室に退いて、また着物を着かえていた。相馬は、京都以来、その勤めの大きな一つとして、常に保管していた近藤の小さな行李《こうり》を開いて、引出した着物を、近藤のうしろから掛けてやっていた。

　亀綾の袷《あわせ》に、黒木綿の羽織、小倉の袴。近藤は、袷を着ながら、

「相馬」

といって、

「近藤は、この着物を見ると、本当に、生れ代ったような気がするよ」

「は」

「わしが、あの山師の清河八郎に引かれて、京へ上った六年前にこの着物を着て、家《うち》のものに別れたのだ。わしの妻が、自分で縫った着物だ。わしは、京で新選組として手柄を樹てる度に、いろいろ人に言われたが、この着物より無かった時代は、わしは、まだまだ本当のわしであった。お前、知っているなア、池田屋一件の時に、わしを旗本にしてやるとのお話があった。あの話のあった日、丁度この着物を洗い張りに出していたのが戻って来て、わしの部屋にあった。わしは、一応考えますといって下って来て、この着物を見ると、もう考えるも何にもなかったのだ。わしは、ただ新選組隊長近藤勇でいい、直参のなんのというのはわしには合わない、わしは百姓の子だと、世の栄達に迷いかけた心が、はっきりと眼を開いて、わしは、すぐに辞退したのだ。わしは、何にかある度に、この妻の縫った着物を見て来た。が、土方には、見る何物もなかったのであろう。あれは、新選組の副長となると共に、俺はもう昔の俺ではない、俺は新しい土方歳三だ、俺には過去の俺はない、ただ、未来の俺があるばかりだと、一切故郷の事も、故郷の人達の事も、一介の土方だった時代の友達の事も口にせずして、今日に及んだ。

だが、わしは、事あれば、故郷を思い、己れを思いしたのだが、やはり、土方の考えているような事になるより外になかったのだ。わしは若年寄格となった。甲府城を乗取れば十万石を賜るとの御内意さえあった、しかし別に、それをうれしいとは思っていなかった。仮令《たとい》うれしいと思う事があってもその心の裏にはいつも、本当の自分を離れ、本当の近藤勇の失われて行く淋しさが顔を出していたのだ。わしは、この亀綾の着物にあこがれていた。わしは、今、新選組局長としての近藤勇を終るに当って、この着物を着得る事がうれしい。これを着て、近藤は近藤となって、安心した。しずかな近藤勇となって、行くところへ行き、還るところへ還ればいいのだ」

近藤の顔は、六年傍《そば》近くあった相馬主計がはじめて見るおだやかなしずかな顔である。眉を八字に寄せ、ぐっと口を結んで、腕を組んだ局長の風貌より知らずに別れ去った人々に、このお姿を一眼でもいいから見せてやりたいような気持がした。みんな恐い局長として、鋭い局長として、恐れ憎み崇ったものさえあった。

「あんな奴らは、真の先生を見れなかったんだ」

そう思った。

近藤は着物を着て終うと傍らの手箱から、金と短銃を取り出した。

「相馬。お前は、最後までよくこの近藤を慕《した》ってくれた。謝するに言葉もない。が、本日の近藤は、その心に謝するさえ出来なくなっている見る通りの近藤である。この短銃は、肥後守様より拝領の品、元込め六連発だ。お前へ記念の為に進ずる」

「記念の為と？」

「まア何にも言うな、黙って取って置いてくれ。それから――」

と、隅の方にじっとうつ向いている野村を振り返った。

「野村、お前にも相馬と同じ言葉を繰り返すだけだ。殊に、相馬は同じ武州の生れだが、お前は大阪の浪士、わしとは薄縁なのだが、よく今日まで仕えてくれた。さ、お前にも記念として」

近藤は、脇差をぬくと、すっと突き出して、

「お前たち二人は、わしが、有馬さんと出発したら、後始末をして、今夜の中に出発して、会津へ土方の後を追うがいい。小島以下の五名も一緒に」

二人とも答えなかった。

その頃、お秋は、茶を捧げて、有馬の前にいた。

「おたずね申し上げまする」

「何んでごわすか」

有馬は物やわらかい態度であった。

「近藤先生は、粕壁へ行かれて、それからどうなるので御座りましょう」

お秋の眼は真剣であった。有馬は、ちらりとこれを見たが、俄かに笑い出して、

「はッはッ。何アに、すぐにも談じ合って、おかえりでごわしょう」

「ここへ？」

「さア、それはおいにはわからんよ。近藤どんの気のむく儘《まま》でごわすからのう」

「若し、賊軍などと言われて、お咎《とが》めでも蒙《こうむ》るような事は御座りますまいか」

「そげん事はなか」

「本当でしょうか」

「おはんのような優しい女子に嘘言うてどうなるぞ。はッはッはッ」

「御切腹とか」

「そげん事なか」

「又は牢へ——」

有馬は、急に烈しくわざと咳《せ》き込んで、その話をきかぬようにした。

それから、お秋が何にを言っても、もう、そっぽを向いて答えてはくれなかっ

た。お秋は、仕方なく、座敷を出て、近藤の方へ来た。

頻りに、表で馬がいななく。

近藤は、もう立っていた。

「おお、お秋さん、待っていたのだよ」

と、すッと、時計を引き出した。

「これは、あなたへ記念だ。いいですか、形見じゃアないよ。わしは都合によっては、粕壁から江戸へ戻るかも知れませんからね」

「あの——先生、一寸、お話がございます。裏まで」

「はッはッ。有馬さんをそういつまでも待たせても置けませんよ。あなたのおッしゃる事はわしにはちゃんと解かっている。秋さん、今日は四月三日ですなア。近藤が四月三日にこの家を出て行ったのだと、時々思い出して下さいよ。はッはッ——ところで、その時計はですね。こうして、このねじを捲《ま》くのです」

近藤は時計のうしろの蓋を開けて、竜頭《りゅうず》のところに下っている小さな鍵《かぎ》をとると、ぎゅう、ぎゅうと、時計を捲いて見せて、

「一日に、一度、こうして捲くのです。さア、今が、丁度、三字、八ッ半ですなア。毎日、三字にはこうして捲いて、思い出して下さるんだなア。では——」

近藤は、さッと、部屋を出て行った。

七

陣羽織の有馬と、故郷を出る時の木綿の着物になった近藤とが、やがて馬の轡《くつわ》を並べて、越ケ谷への道を進んでいた。利根川が見えて、帯のような平らな道が、何処までもつづいていた。

道の両側の若葉には、七ッ下りのゆるやかな陽が流れて、道ばたには、いろいろな野花が咲いていた。

「しずかないいお天気ですねえ、有馬さん」

近藤は、本当にしみじみと四辺を見ながらこう言った。

「はア」

と有馬は、じっと近藤を見て、

「近藤どん、おはん、気丈のう」

「は？」

「さっき、あの家で、馬へしがみついて離れなんだあのやさしい娘、それにあのいつまでもいつまでも馬の後を泣きながら追うた二人の若侍、それを大声叱咤《しった》するおはんの心中。おいはまだ痛《いたま》しゅうて泣きじゃくりが止み申さん」

「はッはッはッ――しかし、どう慕われたところで」

と、近藤は言葉を切って、

「野辺《のべ》から先きの供はさせられませんからなア」

「うむ？」

「有馬さん、野辺から先きは、ただ一人に定まっていますよ」

有馬は、はッとしたようであった。

「近藤どん、おはん、もう、そこまで、考えとるんでごわすか」

「はッはッ。所詮は、賊将近藤勇ですよ、有馬さん」

「うーむ」

と、有馬は、もう言葉は出なかった。

「しかし有馬さん、近藤は、昨夜来、非常に気持が爽《さわ》やかになって居りましてなア。今までの近藤ではない、あなた方の知らない近藤、本当の百姓の子の近藤にこの心が立ち返ったのです」

「え？」

有馬にはわからなかった。近藤は——そうだ、これは俺の外には恐らくは誰にもわかるまい——と思った。

「意地も我慢もない。ただの人間近藤勇になっているのです。誰かが今のお前の一番惜しいものはときいたら、私は自分の命だと答えるでしょう。だが一方では、こうした真の自分になって死ねるという事は、仕合せと思います。この肉体は新選組局長として、官兵の諸氏からずたずた斬りにされる程憎まれ、またきッと、そうした扱いを受ける事でしょうが、この心、この私の今の武士ではない心には、何人《なんぴと》も一指をも触れる事は出来ないのですからなア。あなた方のように、先祖代々の武士と生まれた人は、武士としての心より外に持つ事も味わう事も御存知がない。そのあなた方武士の、ちッとも知らない心境で、その心をしっかりと抱いて死ぬ事は、私の心は永久に壊されずにすむ——はッはッはッ、くだらん事、有馬さん。私は、さッき、一寸の暇に、辞世を書きました。御覧下さいますか」

「拝見申そう」

有馬は、馬の首を寄せた。

近藤は、ふところから、懐紙へ書いた詩稿を出した。

「百姓出で、無学ですからお恥かしいのですが——」

「いや、近藤どん、有馬藤太、おはんのような立派な武士の辞世の詠を、第一に拝見申す、面目でごわす」

「恐縮です」

有馬は渡された詩を、まじまじと見ていた。そして、やがて、

「孤軍援ヲ絶ツテ俘囚《ふしゆう》ヲ作ル、顧テ君恩ヲ念《おも》ヘバ涙更ニ流ル――一片ノ丹衷、能《よ》ク節ニ殉ズ――」

有馬の力強い太い声は、野から野へ響いた。しかも、詩の半にして声は涙に代って、

「近藤どん、おいは、おいは――武士が忌やになり申したッ」

がッぱと、鞍へ伏せて終った。

近藤は、はじめて、湧くように涙が出て来た。

その涙の眼の底を、お秋の初々しい姿がしきりに行ったり来たりした。


『新選組三部作　新選組物語』（中公文庫）に収録。

歳《とし》三《ぞう》の写《しゃ》真《しん》

草森紳一

一　雪風

江差《えさし》の空は、まだ荒れていた。

檜山《ひやま》番所の玄関口からその山門まで、数日ひきもきらずに降りつづいた雪が左右にかきわけられ、細い隧道《すいどう》をなし、冷たい壁を作っていた。歳三《としぞう》は細目をあけて天を仰いだ。雪が、空を飛ぶ虫の群のように舞っている。

それは、地上に積った雪が、寒風にしゃくりあげられて、空に旋舞しているのだった。やや猫背に歩む歳三の背よりも、はるかに高くかきあげられた雪のてっぺんのあたりが、風に削られて、白い煙となって飛び、彼の行手を遮《さえぎ》った。

「風がおさまれば、副総裁は上陸するらしい」という報《しら》せがはいったのは、ほんのすこし前だった。

歳三は、山門のところまで来ると、そのまま降りずに腰をおろした。その下からは急な石段になっていて、江差港を眼下におさめることができた。

この小高い丘陵にある番所のあたりは、まだ雪が舞っていて、その風をまともに受けると、息がつまりそうになった。お昼ごろまでは一寸先も見えなかった海が、蒼黒《そうこく》の色を浮かばせて拡がり、暗雲のたれこめた空にも、時々青空が覗《のぞ》き、沖にはやや傾きかけた開陽《かいよう》艦が、蛇体《じゃたい》のごとき白濤《はくとう》に責めまくられていた。

だんぶくろの尻に、雪が冷たくしみわたってくる。それは、冷たいというより、痛いという感じであったが、その痺《しび》れるような痛さが過ぎると、感覚を失って、心地良い眠気が催《もよお》してきた。このような経験は生れ故郷である三多摩《たま》の石田《いしだ》村でも、冬は底冷えがするという新選組の屯所《とんしょ》のあった京都でも、味わうことのなかったものだ。

蝦夷《えぞ》の地は、歳三の性格や体質に合っているように思えた。

明治元年十月二十二日。仙台の東名《とうな》浜《はま》から蝦夷を目指して、抜錨《ばつびょう》した脱走艦隊は噴火湾の鷲《わし》ノ木《き》に上陸した。そこで歳三は、大鳥圭介《おおとりけいすけ》の本隊と分れて、別動隊の指揮をとり、鹿部《しかべ》、川汲《かっくみ》、湯《ゆ》の川《かわ》と戦って、五稜郭《ごりょうかく》に入り、続いて松前《まつまえ》藩攻略の総督となって、木古内《きこない》、知内《しりうち》、福島《ふくしま》、ついに松前城を陥《おと》し、さらに新城《しんじょう》の館《たて》に移った藩兵を追って、十一月の十六日、日本海側の江差までやってきた。

その間、一ヶ月とたっていない。雪だるまのように、蝦夷の南海岸を駈《か》けまわった。雪氷に凍《い》てた平地も固雪《かたゆき》に埋った急嶮《きゅうしゅん》の峠も、ただの坂のように転がった。

それは、蝦夷の寒風に、自分の肉体を乗せたのだとも言えた。府兵や松前の藩兵が弱すぎたこともあったが、自分の作戦が特別冴《さ》えていたわけではない。ただ寒風にまたがって、前へ前へと闇雲に進んだにすぎないと、歳三は思っていた。

はじめて甲板から蝦夷の姿を眺めた時、空になだれるような暴雪が眼前に拡がり、つき刺すような寒気で、足ががくがくと慄《ふる》えた。どうしようもなく身が縮こまっていくのがわかり、いかんいかんと自分に言いきかせたが、どうにもならなかった。

こんなことは、これまでどんな修羅場でもなかったことだった。しかし横つらを突然殴られたあとのように、この時、なにかしら、ほっと身の軽くなるのを逆に感じたのも、事実だった。

近藤勇《こんどういさみ》に先立たれた「土方歳三《ひじかたとしぞう》」は、死に場所を求めて闘っているという噂があった。それは、とんだ寝言《ねごと》さ。青白い顔が鬼火のように雪原に燃えていると、文学的言辞を弄《ろう》するものもいた。とんだ思い入れだ。死ぬ時は死ぬ。ただそれだけのこと。と、歳三は心に呟《つぶや》いてみる。

仙台へたどりついた時、京以来の同志はわずか十数名だった。榎本釜次郎《えのもとかまじろう》は、桑名《くわな》、板倉《いたくら》、唐津《からつ》の旧藩主についてくる家来をまとめて新選組に押しつけた。その有象無象の侍どもの処置を兼ねて、生えぬきの新選組隊士の結束を崩そうとしたのだが、流山《ながれやま》で近藤勇と別れて以来、歳三の心の中には、「新選組」へのこだわりは、とうに消えていた。
奥羽《おうう》を転戦中も、いらだちはなかった。ただ、戦うために戦い、北へ北へと進むことに自分を律していた。それでよしと思っていたが、しかし、かゆみのような、不安が、どこか意識の奥に、溶けずに残っているのを感じていた。

鷲ノ木の海岸に上陸した時、目のあたりがねばねばして、前方がかすんだ。それは寒気で睫毛《まつげ》が氷って、下のまぶたに貼りついてしまったため、と知った時、歳三は思わず大声を出して、ひとり笑ってしまったが、これこそ、この凍《い》てる風土こそ、今の俺が求めていたものだと合点《がってん》した。その合点のままに、蝦夷の寒風に乗って、この江差まで来てしまった。

歳三は、山門の石段に坐《すわ》って、じっと物思いにふけっていた。「それでも、なにかが足りない」「なにかがずれているのだ」と思った。消えた筈《はず》の意識のかゆみが、やはり残っているのを感じた。

黒い海から、視界を真下の民家に落すと、ひっそりと息を殺して、その中でじっとしている江差の人々の心を表すような、高く雪をかぶった屋根屋根が、身を寄せあっていた。

二　暗礁

膝《ひざ》まですっぽりかぶった黒い皮の長靴《ちょうか》のあちこちに、雪片《せっぺん》が氷結してこびりついているのに、ふと歳三は気がついた。一尺九寸五分、脇差堀川国広を抜き、その峯《みね》を使って叩《たた》き落そうとした時、

「土方さん」

と声がかかった。歳三は、雪焼けして赤く剝《は》げている顔をあげ、ゆっくり首をまわして振り返ると、遊撃隊長の人見《ひとみ》勝太郎《かつたろう》が、股《また》を開いて立っていた。雪に目をやられて、顔が思うように動かせなくなっていた。

「いや君か、どうしたんだ」

「どうしたもこうしたもありません、みてください、開陽艦が沈むんです」と人見勝太郎は、いらだたしげに言った。

「知っているさ。しかし、しかたないじゃないか」

「平気なんですか、土方さんは。こんなに鈍い人とは思わなかったなあ」

「しかたがないのが、鈍いのなら、鈍いのだろうさ」

その答をきくと、舌打ちするようにして、人見勝太郎は、歳三の横にどかんと

坐った。腹立たしければ、パッと立ち上るのが普通だが、坐ったのでおかしかった。立っている時、腹が立ったので、あとは坐るしかないのだろう、とも歳三はすぐに思った。「人見も松岡《まつおか》と同じことを言う」とさらに思う。一聯隊《れんたい》の松岡四郎次郎は、二股《ふたまた》間道から攻め進み、館城を陥したあと、江差へ入ったが、そこで坐礁《ざしょう》して波浪《はろう》に弄《いたぶ》られている開陽艦を見た。この思いもよらぬ事態に顔色を失った彼は、先着の土方歳三のもとへ「どうする、どうする」と駈けよって来た。駈けよるというよりも、腰まで埋まる雪の中、左右に大きく手を振って泳ぐようにやってくるのを番所の入り口で、歳三は迎えた。松岡は、あわてているので、時々雪の中に顔をつっこんだりした。顔中《かおじゅう》雪にまみれたまま、払おうともせず、その白い顔から赤い舌をペロリと出したあと、あえぐように「どうする、どうする」と松岡はせきこんだ。

「あなたがあわてても、どうにもならないでしょう」と歳三は答えた。「あなたって人は、なんと！」と松岡は声をあらげて頭を振り、歳三を睨《にら》みつけた時、その髪の雪がガサッと落ちた。その松岡は、今、小舟を漕《こ》いで、榎本釜次郎を開陽艦へ出迎えにいっているはずだった。

開陽艦が、脱走の幕軍兵士たちの心の支《ささ》えになっていることは、歳三も知らないわけでないが、物を旗印にするのは、もろいものだと思った。新選組の「誠」のしるしや、「尽忠報国」の合言葉は、簡単には壊《こわ》れない。一度心にしみこむと、自分では忘れたつもりでいても、ヤケドのように残っている。これもやりきれないが、物はすぐに壊れる。

榎本は、オランダへ行って自分がつくって来た開陽艦の威力を内外に宣伝しすぎた。これさえあれば、向うところ敵なしの印象を兵士たちに与えすぎた。この後始末を榎本がどうつけるか、これは見物《みもの》だと他人事のように歳三は思った。

江差に開陽艦が入港し、松前の藩兵が熊石《くまいし》へ逃げ、もはや無人であるという急使の報を受けたのは、十一月の十五日。塩吹《しおふき》、木の子《きこ》村の海岸沿いを、深い雪の中に身を沈めながら進軍していた時のことだ。来てみると、開陽艦は暗礁にのりあげ、上陸していると思った榎本釜次郎の姿はない。まだ嵐の海の掌の中で酔漢のように踊っている軍艦の中だ、ということであった。

額兵隊の星恂太郎《ほしじゆんたろう》などは、「嗚呼《ああ》、天、吾輩《わがはい》を亡《ほろぼ》する兆《きざし》」かと、髪をかきむしって長嘆息した。風呂《ふろ》にはいらず、頭を洗っていないせいか、その時、白いフケが彼の黒い髪から、緋羅紗《ひらしゃ》の軍服の肩のあたりに雪の如く舞い落ちた。

「ほら、星さん、雪だよ」と歳三は注意した。ほんものの雪は降りつづいていたわけだから、彼は反射的に空を仰いだが、すぐに冗談だとわかって、からかわないでくださいという意味のことを仙台なまりで抗議した。

いったん掻《か》きだした頭はかゆくなるのが慣いだから、しきりと長髪の中に手をつっこんではボリボリとやり、「暗夜に燈を失するごとし」などと、雪に煙る海上の開陽艦を眺めては、絶望論を吐いていた。隊長が、こんな調子だから、その部下たちは、もう戦争に負けたような重苦しい顔になっていた。

三日目になるというのに、榎本はまだ上陸していなかった。危険で下船できない、というより、榎本が未練がましく、だだっ子のようにくっついて離れないのだと、歳三には思えた。陸海総司令官の位置にある榎本が、すぐ側にいるのだから、つぎの作戦の打合わせをしなければならず、独断専行するわけにもいかない。彼の上陸を待って、いたずらに日数《ひかず》を消費していった。

そういう時、松前から、捷報《しようほう》をきいた軍監の人見勝太郎が、新選組の相馬《そうま》主計《かずえ》を伴って、江差に着いたのである。

「土方さんよ、榎本てえ男は、ほんとに馬鹿か利巧か、さっぱりわからん」

人見は、石段につもった雪を軍靴で踏みつぶしながら言った。

「榎本さんが、暴風雪をものともせず松前にとつぜん上陸してきたのは、十四日の夕方でしたよ。城で、酒を飲みかわしながら、どういう訳でここへとつぜん来たかを尋ねたんですが、やたらこれから江差に行く江差に行く、というのだから、驚いてしまった」

理由は、はっきりしている。陸海軍総指揮の立場に榎本がいると言っても、彼の心は海軍にある。その海軍は上陸以来、なんらめぼしい活躍をひとつとしてやっていない。彼の海軍の軍人としての血肉が躍《おど》ってじっとしていられなくなったというより、面子《めんつ》にかかわると思ったにちがいない。歳三は、「これでは、先を競って川汲峠で斬りあいになりそうになった野村《のむら》や春日《かすが》を笑うわけにもいかないな。先陣争いと同じではないか。塩吹村のあたりで、江差を開陽が抜いたときいた時は、榎本も子供みたいな男だなと、俺は思わず笑ってしまったよ。その時、腰を折らんばかりに笑ったので、おかげで雪を鼻先に喰《くら》ってしまったのさ」と言った。

「笑いごとでないですよ、土方さん」

歳三は、人見の憤慨を聴きながら、黒皮の長靴にへばりついた氷を刀の峯で削ったり叩いたりしていたが、それも一通り終ったので、脇差の国広を鞘《さや》におさめると、刃は酷寒に痺《しび》れてか、ズーンと鈍重《どんちょう》な音をたてた。

「結構、しゃれもんだな」

人見は、はじめて笑顔を見せて言った。

「こんなのが、しゃれといっていいのかな、軍律にあるだろう、武器手入レ悪《あ》シキ時ハ晒《さらし》（首）、靴も武器のうちさ。そういえば罰則に先陣争い無用というのはなかったかね。榎本は、血迷ってすっかり忘れたと見える。その天罰で江差の海に裏切られたのさ、おかしなものだね。ところで、その時、榎本は、江差へ行くのに、どんな理屈をつけたのかね」

と話の接《つ》ぎ穂を向けると、勝太郎はふたたび顔をしかめ、吐きだすように言った。

松前における榎本との会話の模様を、のちに人見が明治三十六年と大正三年に、二度にわたって史談会で語っている。その速記録から引くと、つぎのようになる。

人見「（此夜《この》大雪でござりまして）僅《わず》かな敵を討ちに江差《えさし》へ出掛て行くは、鶏を割《さ》くに牛刀を用ゆる如きもので、危険ではないか」

榎本「畢竟《ひっきょう》気休めの為《た》め。江差へ連れて行き大砲の二、三発も打たせる積《つもり》だ」

これは明治三十六年の談話だが、つぎの大正三年のでは、同じ内容ながら比喩《たとえ》や言辞《レトリック》が、かなり大袈裟《おおげさ》になっている。

人見「此暴風雪を侵《おか》して江差へ危険の航海をする必要、何《いず》くに在《あ》るや」
榎本「それは誠に尤《もっと》もな次第であるが、海軍下級のやつばら今日迄《まで》一戦もせず一砲も発せず、平定の功は陸軍而已《のみ》にて奏したる故、不満の状あり、畢竟それ等を慰撫《いぶ》する為めに拠《よりどこ》ろなき策略に外《ほか》ならず。江差方面の松前の残兵に対し一回大砲を発射せしむれば、気休めになり、事足れり」

「あれほど言ったのになあ。江差は陥落したというので、それっと駈けつけてみると、ざまあない」

と人見は、やや激昂《げっこう》した。

「ひとがいいんだよ、榎本さんてえ人は。すこし、羨《うらや》ましいくらいだ」と歳三は引きとった。

「いや、めっぽうもない。ひでえぞんぜえなひとじゃないかえ」と人見は、急に江戸の御家人の口調になって、うっちゃるような言いかたをした。

ひとむかし前の歳三なら、人見の意見に同調しただろう。海軍の兵士の不満を鎮《しず》めるため、あえて暴風雪の猛《たけ》る海にでるということ、いくら軍艦の性能に自信があると言っても、言語道断である。その結果、虎の子の開陽をおしゃかにしてしまうなどということ、それは、将帥《しょうすい》としての資格を自ら否定するも同じ。として冷ややかに榎本を見下したにちがいない。

その上、榎本は、あまりにも開陽の力を宣伝しすぎた。宣伝も戦術戦略のうちだが、それが今や裏目になっている。しかし歳三は、ただのひとのよさとしか榎本の失態に対して見えてこぬことに、自分でもやや驚いていた。

ただ、榎本のひとのよさは、裏目にでても、それを繕《つくろ》う才能をもっていると、歳三は見抜いていた。その軽請合《かるうけあ》いのひとのよさそのものには、偽りはない。だから、よく繕われた時、人の心は繕われた新しい方向に目をひきよせられて、さきの失態を忘れてしまうのだろう。なによりも彼には、開陽艦を敵には示威として用い、味方にはたのもしがらせる天賦の宣伝の才があった。

それが、沈没したいま、悪宣伝となって逆転し、敵味方の士気にあたえる影響は大きいのだが、彼の才略はそれをどうひっくり返すか、みものだ、と歳三は思った。

三　スループ

「おや、梯子《はしご》が船からおりたようだ」と人見勝太郎は、立ちあがった。

歳三も、立ちあがって、首から胸にかけて吊した双眼鏡をもちあげて、目にあてがった。

知らぬ間に、あたりの風はやみ、雪も舞わなくなっていた。空は、しかし、なお鈍《にび》色の暗雲を敷きつめていて、今にももう一荒れきそうな気配であった。

まもなくスループ（端舟）がおろされ、水兵が二人おりたあと、榎本らしき男が、背を向けて梯子伝いにゆっくり降りてくるのが、小さく見える。

スループに着いたとたん、ぐらっと揺れて、軍服の八の字髭《ひげ》の男が、両手を宙に泳がして、バランスをとっているのが、双眼鏡のまるいレンズの中に映った。

つづいて松岡四郎次郎らしき男が、ぷりぷりした足どりで、乗船し、二人が真中に坐ると、水夫は櫂《かい》を漕《こ》ぎだした。

つづいて歳三は、開陽の全体にレンズを合わせた。

特徴のある三本マストの白い帆は、ずたずたに裂《さ》きちぎられ、海上には、まだ風があるのか、左右前後から破れた帆布を引っぱりあって、ふくらんだり、ひっこんだりしていた。中央のマストのてっぺんに翻っていたはずの日の丸の旗は、おろしたのか、風にさらわれたのか、見当らなかった。

さらに歳三は、左へ双眼鏡をずらした。

小さなかごめ島が浮び、その中に立つ神社の赤い鳥居が見える。その上を海雀《うみすずめ》の群が狂おしげに飛び交《か》っていたが、彼方に見えるはずの奥尻《おくじり》島の形影は、模糊《もこ》として曇り空にさえぎられ、認めることができなかった。

歳三は、双眼鏡から手を離すと、

「人見君、写真というものを撮ったことがあるかね」

ぼそっと質問した。けげんな顔をしながら人見は、

「ええ、ありますとも。伊庭《いば》君と一緒に横浜の評判な写真師下岡蓮杖《しもおかれんじょう》のところで撮りましたよ。それがどうかしましたか」

「いや、べつに。うむっ、伊庭《いば》八郎《はちろう》ね。君は遊撃隊の仲間だったな。あの若旦那《わかだんな》とも、ずいぶんと逢《あ》っていない。箱根の戦いで腕を一本切り落したとは、榎本からはきいていたが、どうしてるかな。懐しい」

「おや、伊庭を知ってるんですか」

新選組の仲間が、まだ江戸の試衛館《しえいかん》道場でごろごろしていたころ、すこしぐれ

気味の、心形刀流《しんぎょうとう》の伊庭道場の跡とりと目されている八郎が、しきりと出はいりしていたことを話した。

人見や伊庭の属していた遊撃隊は、旗本の二、三男を中心に組織され、鳥羽伏《とば》見の戦いでは、新選組と同様に敗北を喫した。

江戸へ戻って、まもなくして脱走をはかったが、箱根の戦いで小田原藩の日和見にあって敗れた。その時、伊庭八郎は、重傷を負っている。その彼を仏蘭西《フランス》公使館に預け、人見勝太郎ら残党は、船で奥羽へやってきた。が、奥羽列藩同盟の破綻《はたん》後は、榎本釜次郎らに従って新選組などとともに蝦夷へ渡ったのであった。

人見勝太郎は、急に思いだしたように、唸《うな》るような声をだして言った。

「おっ、そうだ。あの開陽艦は、傷も癒《い》えた伊庭が乗っている三嘉保丸《みかほ》を鎖でひっぱって、品川《しながわ》をでたそうじゃありませんか」

いまいましげに、人見は江差沖で浮き沈みしている開陽をこの野郎とばかりに指さした。銚子《ちょうし》沖の大暴風雨で、開陽艦につながれた鎖は切れ、三嘉保丸は沈んだ。命拾いはしたものの、伊庭はまたしても、江戸を脱走しそこなった。

「でも伊庭はかならずやってきますよ。あいつは、しつこいから」

そうかも知れぬと思いながら、歳三は、

「ところで、伊庭の若旦那は、片腕がなくなってから、写真を撮ったのかな」と尋ねた。

「そうですとも。匿《かく》れていた仏蘭西公使館をこっそり抜けだして、やめろやめろと言うのに撮ったんです。彼が撮っておくといってきかないものだから」

どうして、写真のことなぞ、話しはじめたのだろうと、歳三は思った。この双眼鏡のせいだと思った。これは、もともと歳三のものではない。林董三郎《はやしとうざぶろう》から貰《もら》い受けたものだった。それが、しかし写真とどう関係があるというのか。

双眼鏡をまたもちあげて海を覗くと、開陽から、無数の縄梯子とスループがおり、乗艦の兵たちが、撤退の作業を開始しているのが見えた。最初に降りた榎本と松岡をのせるスループは、岸辺に近づきつつあった。

人見勝太郎は、海岸の辺まで行ってみると言って、そばを離れようとした。

「俺は、ここで待つ」と言ったあと、別れぎわに、

「君、撮った写真をいま持っているのか」と歳三は追うようにしてきいた。おかしなことをきく人だという顔をして「おふくろへ江戸を出る時、形見がわりにおいてきましたよ」

人見は笑って答えた。

「やっぱし双眼鏡と写真は関係があるサ」

歳三は、ようやく思いあたる気がした。

四　蛮勇

蝦夷へやってくる少し前、歳三は幕医の松本良順《まつもとりようじゆん》に仙台の東名浜近くの小料理屋で逢った。その時、「写真の一枚や二枚、撮っておいても損はあるまい。おいらにくれろ」と言われた。

それは、彼一流のやさしさの表現であるとはわかっていたが、「写真は嫌いなんです」と答えると、「へなちょこめが」と叱声《しつせい》が戻ってきた。

「命がとられるなどと私が信じていると思わないでくださいよ」と抗弁すれば、「それが、しみったれてるというのサ」と良順は吠《ほ》えた。

命なんかいつでも棄てているから、写真なんかこわくなんぞない、というつもりだろうが「そうはいかねえ」と良順はまくしたてた。

命が惜しくなきゃ、「たかが写真ぐれえ撮られたって、べつに悪くはあるめえ」というのが、彼の論法であった。

「命は棄ててると言っても、足をテッポウで撃たれて、怪我でもすりゃ、たちまち顔を歪《ゆが》めて痛がり、どうせおいらの世話になる。だから、とんちきだと言うのサ」。口はいよいよ汚くなる。

宇都宮《うつのみや》城攻防戦で足を負傷し、会津若松《あいづわかまつ》で数ヶ月療養を余儀なくされた時のことを言っているので、歳三はお手あげだった。

言葉に窮して、近藤のことを言ったのが、なおいけなかった。「あおびょうたん！」と来た。写真を撮ることを近藤勇にすすめたのは、この俺さまだと言うわけだ。

いかめしい顔《つら》をして眉《まゆ》ひとつ動かさず、肩を怒らして、こちこちに緊張して、写真機の前に坐っていた近藤勇などは、情けなくて、口惜しくて、見てなどいられなかったと抗弁すれば、「どじのおたんちん」と来た。

良順に言わせれば、かえって人間の歪んだ姿が、正直にでて、それこそが写真だと言うのだ。写真機の前に歪んだ自分を晒《さら》せる人間こそ、それを笑っている奴より、よほど勇気があるというのだ。

この人と話をしていると、怒られているのか、からかわれているのか、いつもわからなくなる。

三つ四つしか齢《とし》はちがわぬはずだったが、三十も違う男に怒られている気がした。

御説はごもっともなれど、あのべったり白粉《おしろい》を塗ったくるのだけは、どうにかならないものか、近藤などこの世に生きてきた甲斐《かい》がないほど哀れでならなかったと口答えすれば、「へちゃむくれ！」と罵声《ばせい》が飛んできた。白粉を塗ったくられて撮られた日本最初の男こそ、この良順様だというのだから、藪蛇《やぶへび》であった。

松本良順は、日本の写真界の夜明けを飾った一人に数えられている。幕府派遣の医学練習生として、長崎で蘭医ポンペから教えを受けていた時、一緒に「紙写しの法」を研究している。安政《あんせい》四、五年のころである。西洋では、ダゲレオタイプの時代が終り、何枚でも紙とりのできる湿板の時代にはいっていた。

そのころ、たまたま大坂から長崎へ巡業にやってきた角力《すもう》を良順が見にいった時、英国人が桟敷席《さじきせき》から、その勝負をしきりと写そうとしていた。その距離では無理だと言って近づき、一方では「西洋料理を食わしてやる」と力士を誘って、彼に撮影させた。かわりに湿板術の技法を彼から学んでいる。

その時、この英国人が、良順の姿を撮った。進んで被写体になったわけで、それは甲冑《かっちゅう》に長刀を携えた立像だった。足もとは駒下駄に足袋をはいていた。

まさしく外人の喜びそうないでたちで、良順の気前のよさを示すエピソードだが、のちにロンドンでは、日本人の珍しい姿として売りさばかれた。その写真を買った日本人のロンドン留学生から、良順のもとへ送られてきたのを見て、仰天《ぎょうてん》した。

良順のもとには、この英国人の長崎市内の撮影行に三十日もついてまわって、たちまち技術を修得した福岡藩士の前田玄造《まえだげんぞう》や、のちに営業写真師として名をあげる上野彦馬《うえのひこま》、明治天皇を撮ることになる内田九一《うちだくいち》が出はいりしていた。良順に白粉を塗ったのは、そのうちの上野彦馬である。

「彦馬ってのは、ひでえやつでね。ある晴れた日、興福寺《こうふくじ》の境内へひっぱっていかれた。白布を用意してきてそれをサーッと張り、椅子までもってきていて、それに坐らせる。いいかげんに坐っていると、そばへやってきて、肩や顔をぐいっと真直ぐにする。しゃちほこばって、どぎまぎしてしまうのサ」

「おや、先生でも、へどもどするのですか」

と歳三は言った。

「あたぼうよ。そいつが、尋常というものサ。へどもどしても、お前さんみてえに、写さない前から毛嫌いしないだけのことサ」

三脚が目の前にガシャッと据えられる。その上には大きな箱がのせられている。

その真中に一つ目のレンズがついている。その一つ目と、物も言わずに対峙《たいじ》しているのは、たいした骨の折れるものだと、良順は言った。

「骨が折れても、人に胸を貸すのが、先生の道楽なんだから、文句も言えない」

歳三は、お返しとばかりにずばりと言い切った。良順は、じろり歳三に鋭い目をむけたあと、すぐに羊のような目に戻し、

「この彦馬は、とぼけたやつサ。手に蘭書などをもちやがってね、先《マ》ヅ玉鏡筥《ギョクキョウバ》子《コ》、及ビ玻璃板筥子《ハリイタバコ》ヲ取リ出シ、爾後《ソレヨリ》撮影鏡器ヲ三弗《フウト》多ノ処ニ置キ、肖像若《モ》シクハ地景ヲ写スノ度《タビ》ニ随ヒ、玉鏡《ギョクキョウ》ノ一《イチ》ヲ以《モッ》テ、撮影鏡器ニ装置ス、などというふうに、いちいち大声をだして、読むのサ、そして翻訳がつっかえると、先生、ここはどういう意味です、などと訊きにきやがるんだから、くさってしまう」

あげくのはてに、彦馬は、懐中から支那おしろいをとりだすや、いやだいやだと、大きな男根の亀頭のような坊主頭を左右にふって拒むあわれな良順の顔いっぱいに、真白く塗りつけてしまった。

「先生！　どうかお静かに。向うの本にそうすべしと、書いてあるんだから、しかたがありませんや」と有無《うむ》も言わせない。「写真使いってのは、強引だね。いつもは、無口な男なんだが、あの器械をいったんもつと、気が狂ったみたいにな

るのサ」。良順は思いだし笑いするように言った。興福寺の屋根の上にのぼらされて、五分間もそこに立ちっぱなしだったとも、良順は嬉《うれ》しそうに言った。

この男は、なにものだろうと歳三は、思った。これだけ、外国の知識に対し、おそれることもなく貪欲《どんよく》なのに、彼はこの時代遅れの旧幕府軍の敗け戦《いくさ》を応援している。良順は、また言った。

「ほら、お前さんのいう近藤勇を撮ったのは、きっと内田九一だろうよ。こいつも長崎の者でね、親父がコレラで亡くなって、親類で世話するものがないというので、十三の時においらが引きとったのさ。妹のほうは医者の吉雄圭斎《よしおけいさい》が、めんどうを見た。いつだって彦馬といっしょにやっていたようだ。白粉を塗ったくれば、写真の調子がよくなるてえなことは、彦馬の入れ知恵だろうよ」

たしかに近藤勇を撮ったのは、内田九一という若い写真師であった。大坂城の近くで開業しているとかで、三つ揃いの背広などを着こんで、きざな男だった。あれは、慶応《けいおう》元年、西本願寺に新選組が屯所を移したころで、近藤がえらく尊敬していた松本良順にはじめて逢ったのも、この寺であった。

撮影は、寺の内庭で行われた。九一は西洋のハットなどをかぶり、背広の下に着こんだ白いチョッキのポケットに指を二本ほどチョンとつっこんだまま、横《おう》着《ちゃく》にも、もう一つのあいた手で、例の白粉を近藤の顔へ乱暴に塗ったくりはじめた。

塗ったくられるたびに、動くまいと頑張る近藤の首も動いた。が、不本意とばかりに顔をぐいと力をいれてすぐもとへ戻した。近藤は赤子《あかご》のようだった。

それは、ちょうど新選組が、伊東甲子太郎《いとうかしたろう》を参謀に迎えたころであった。新選組は大きな曲り角にさしかかっていた。

政治づいている近藤勇批判が、内部でもおこっていたころで、歳三は、この大仕掛けな記念撮影には、にがりきっていた。すこしは隊員の手前も考えろと思った。事実、甲子太郎の息のかかった連中は、この風景をあからさまに冷笑していた。

あれは、良順のさしがねだったのかと、いまになってようやく気がついた。たしか、あのにやけた男は、大坂の天満《てんま》からわざわざ出張してきたと言っていた。

良順は、

「へん、九一も大胆じゃあねえか。その名も聞くだに恐ろしき新選組のまっただなかに飛びこんで、親玉の顔に白粉を塗ったくったとはねえ」とすこし芝居がかって言ったあと、こう続けた。

「だが、九一は、内心ふるえていたろうよ。歳三、おめえが、あいつをきざだというのも、ありゃみせかけサ。洋服など着やがってとお前さんなんぞは思うだろうが、ありゃ侍えの鎧兜《よろいかぶと》と同じことサ。人間、かっこをつけてこそ、勇気もでる。写真もとれる」

なるほど、と歳三は思った。しかし、撮るものはそうだとしても、撮られるものの心ばえはどうなのだろう。近藤勇は、撮影の間中、かたくなに両手を袖《そで》の中に隠していた。手を見せて撮れば、あとで大きくはれると、真剣に思いこんでいた。良順は、歳三の惑いを見すかすように、

「近藤は、たいした奴サ。白粉をすりつけられても、我慢できるってのは、勇気があらぁ。九一の勇気は蛮勇なれど、近藤のは、ほんものサ」

言葉をどさりと投げつけてくる。

五　困　惑

この間、ずっと二人のやりとりを、面白いのか面白くないのかわからないような顔をして、ぼそっと壁によりかかって聞きいっていたのが、まだ二十そこそこ、英国帰りの林董三郎、のちの外務大臣、日英同盟の立役者林董《はやしただす》であった。

松本良順の実弟である。良順の姉の娘が、榎本釜次郎の妻である。二人にとって榎本は甥《おい》にあたる。品川を幕艦が脱走したさい、開陽艦に同乗して仙台の松島湾にはいり、林董はここで実兄とひさしぶりに逢ったのである。

「こいつはね、なぜ蝦夷へ行くかときいたら、なんだかわからないが、なにやらありそうで面白そうだから、としか答えないのサ。歳三のように、ヒタスラ幕府ノ、倒ルル時ニ当リ、武臣ノ為メニ忠死スル者ナキヲ恥ズレバナリ、などという大義名分などは、まだまだ幼くてもてないのサ。からかって言うわけじゃない、勝算アルニ非ズ、と戦う男は、大好きサ。でも、こいつのように青くさい理由がないのも、ずいぶんと気にいっている」

董三郎は、困惑した表情できいていた。

歳三も、武臣ノ、為メニ忠死スル者ナキヲ恥ズレバナリとどこかで言ったのは、たしかだったが、それはあくまでも、大義名分で、俺の心はとっくにそんなものに縛られていないと心で思ったが、抗弁してもむだだと思い、黙って聴き流していた。

「おいらも、こいつも榎本が嫌いでね。嫌いでもこいつは、ちゃっかり船に乗せてもらって、蝦夷へ行くってんだからおかしいや」

良順は、榎本と意見があわず、外国船にのって江戸へ戻ることになっていた。

「おい、歳三さんよ、お前さん、写真にとられなきゃだめだよ」

「また写真ですか」

「ああ、写真サ。まだボトガラヒーってのは、撮るほうも撮られるほうも、辛抱が必要だが、いまにこいつは、人間のからだやこころよりも早い鉄砲になる。撮られる奴も知らねえうちに撮られ、撮っているやつも自分がなにを撮ったかわからないような化けものになる。うけあっていい。お前さんの頭は、敏捷《びんしょう》すぎて、いまのぬるい写真はお気に召すめえが、どうせ死ぬ気だろう、撮っておきよ」

そのころ仙台には、まだ写真館はなかった。これから向う蝦夷の箱館には、きっとあるだろう。アメリカやロシア、フランス、イギリスの船がはいっているところだ。各国の領事館もある。写真の撮れる相手は、きっと見つかる、と彼は言った。

「異人にですか」と歳三。良順は、

「文句はあるめえ。もとよりボトガラヒーってのは異人の魔法じゃあないかえ。歳三さんよ、お前さんの着ているだんぶくろにしたって、あちらのものじゃなかったかえ」と言い、「近藤は、一度もだんぶくろを着ないで死んでいったが、写真は撮ったサ。あんたは、洋服を着なさるが、写真は撮らない。これは、おかしい。そうではないかえ。多分、箱館《はこだて》には、田本研造《たもとけんぞう》という紀州生れの男がいるはずだ。こいつは、吉雄圭斎のところで小使いをしていた男だが、医者の見習いをやめて写真をやりてえと言ってた。安政六年だったかに箱館へふらりと行ってしまったが、おいらの睨むところじゃ、きっと写真をやってる。こいつに逢ってごらん」

土方は、黙っていた。心は、タモト、タモトと憶《おぼ》えようとしていた。べつに不快ではなかった。

しかしそばにいる林董三郎は、ひとりまくしたてる兄良順の弁舌を、しつこいなあといぶかしげに見つめ、「僕だって、イギリスで撮りましたよ。あんなもの。兄さん、べつに土方さんは、写真を撮らないと大上段に構えているわけじゃないでしょう。兄さんの言葉が、土方さんを大上段に構えているようにもっていこうとしている」と弁護した。

土方は、薄笑いした。そうだともいえ、そうでもないと言えた。

「ふん、こいつも、半理屈をこくようになった」と笑い、脇においてあった風呂敷包みを、どさっと董三郎のほうに投げだし、「もっていきな」と良順は言った。

董三郎が結び目を解くと、ピストルと双眼鏡が中からでてきた。

「こいつあ、ドクトル・シーボルトの双眼望遠鏡」

「こいつあ、将軍家茂《いえもち》公より賜わりし葵《あおい》金紋の皮袋に入りたる短銃」

良順は、いちいち指さしながら説明した。董三郎は、ふんふんとさしてありがたくもなさそうに身を壁に傾けたまま、皮袋からピストルの中身を抜きだして、気のなさそうにいじくっていたが、ふっと思いついたように、

「この双眼望遠鏡のほうは、土方さんのほうが役立ちそうですね」

と言って、歳三のほうへ畳の上を滑らせて送ってきた。

歳三はいいんですか、というふうに良順の顔を見たが、「ふーん」と大きく鼻を鳴らした。

歳三が、江差港で坐礁《ざしょう》した開陽艦の光景を眺めていた双眼鏡は、董三郎から譲り受けたものであった。

さきほどから「なにかが違っている」としきりに考えていることと、仙台の東名浜の小料理屋で良順と語りあった「写真」のことが、どう結びついているのかも、よく解けてはこなかったが、どこか深いところで結びついているようにも思えた。

「良順め、俺を半理屈にさせやがったな」と歳三は自嘲《じちょう》した。

「ともかく田本研造という男をさがして逢ってみよう」

と思った。俺が求めていたものは、この蝦夷の寒冷の中に身も心も封じこみ、その風土の中を駈けずりまわること、それのみでなかったことが、この江差で開陽艦の沈みかかっている光景を見ているうちに、はっきりしてきたと、歳三は思い、胸にさがった双眼鏡を防寒手袋で撫でてみた。

五稜郭に入城してから、松前城攻略が日をおかず決行された。箱館の市街は素通りしただけだった。もし、田本研造なる男が、良順の言うように写真をやっているとするなら、蝦夷三都のうち、松前でも江差でもなく、箱館だろう。箱館へ戻るまで、この命があったなら、その田本をさがして見ようと思った。

六　氷　柱

風はまた強くなり、大粒の雪が斜めに点粒《てんりゅう》をつくり、視界を閉ざしはじめた。番所に戻ろうと、歳三が廻れ右しかけた時、石段の下のほうで、人のざわめきがした。

下を覗くと、まず先頭に松岡四郎次郎が狭い急な石段を上って来る。その次にいるのは、どうやら榎本である。そのうしろにいるのは、開陽の艦長沢太郎左衛《さわたろうざえ》門《もん》だ。中島三郎助《なかじまさぶろうすけ》もいる。星恂太郎《ほしじゅんたろう》、永井蠖進斎《ながいかくしんさい》、それに人見も続いて登ってくる。

滑るのか、みなゆっくり登ってくる。榎本などは、一段のぼるのにも、おそるおそる二歩もかけてあがり、滑らないように気をつけている。ここでひっくり返ったら、それこそ天地に身のおきどころがなくなる、という用心深さだった。

「ごくろうです」

歳三は、最初にあがってきた松岡に道をあけて挨拶《あいさつ》した。松岡は、すっかり気が滅入《めい》った顔をして、「かなわんよ」と小声で言った。その声がきこえたのか、「いや、まいった、まいり申した」と榎本釜次郎が、大声をはりあげて、歳三が声をかけるよりさきに、歩みよってきた。

「なにがまいったんです」

冷ややかに歳三は問うた。

「いや、もうご承知でしょう。ほら、あの始末です。ほう、ここは港がよう見える」

と振返って、手をかざした。しかし足もとには気をつかっていた。歳三は、その言葉に合わせず「菫三郎君は、乗っていなかったのですか」とだしぬけに訊いた。「えっ、菫三郎、ああ、あいつは五稜郭に置いてきました」。榎本はうろたえて答えた。

「榎本さん、髭が白いですよ」とまた歳三は言った。

「えっ」。彼はまたなにごとかと息をつまらせ、けげんな表情をし、サテなんだろうと考えよどんでいた。

榎本の自慢の髭に、雪が降りつもっていた。ようやくその重味に気がついたのか、榎本は八の字に指をていねいに動かして、髭の雪を拭《ぬぐ》ったあと、「いや、ご注意、感謝する」と急に細い声で目を伏せて言い、ぼっそり肩を落して、番所の玄関の方へ去った。

ああも、すぐにさびしい表情をされては、たまったものではない。みんなあれには、お手あげになる。しかし、才能は才能だ。だれにもああはできないとも思った。

人見が石段をのぼりきった時、「おい、なにかあったらしいな」と歳三は近よって囁《ささや》いた。「噂ですがね」と前置きし、物置き場らしい小屋のかげへ、人見は歳三をひっぱっていった。

「いのちとたのむ開陽が毀《こわ》れたからには、榎本は艦とともに死ぬと言って、だだをこねたらしいんだ」吐きだすように人見は言った。

そして、もう許せぬという風情で物置き場の軒下にぶらさがっている氷柱《つらら》の砲列を、一本一本、拳《こぶし》で叩き落していった。氷柱は落ちるたびに、下の雪の中へ、割れて散らずに、スポッスポッと刺さりこんだ。

「北海の波にこの手塩にかけて育てた愛児を残したまま去るにしのびぬ、と言うわけですよ。よく言うよ、榎本は。これは、ただの艦長の言葉だよ。開陽が、脱走軍全体にとってどういうものなのか、この人にはわかっていない。自分のものだと思っている。自分さえ死ねばすむと思っている」

「それから、どうした」

「開陽と我々の、どちらをとる気か。榎本さんの意見に賛同して、この北門を守らんと渡った我々をどうする、と松岡あたりはつめよったらしい。つめよったというより、こんなのはだだっ子に飴《あめ》をしゃぶらせるような殺し文句に過ぎん。が、ところがどうだ、はっと気がついたように、榎本和泉過《いずみあやま》ってござる、申訳ござらぬ、で、はい、おしまいさ。開陽が坐礁した責任など、けろりと忘れている」

「うむっ。開陽と一緒に死にたいと思ったのも、榎本の本心だろうが、心神喪失していた中で、死なんでくれと誰かが救いの言葉をかけてくれるのを待っていたのも本心だろう」と歳三は勝手に解説し、「死ぬ死ぬと泣きわめいているうちに、開陽の責任問題をそらしてしまおうという位の知恵も働いているだろうな。榎本が死なないとわかっただけでも、人はほっとするだろうからなあ」と呟いた。

「それが、ほんとだとすると、榎本はいやなやつですね」

「いやなやつだが、間抜けていて可愛いところのずいぶんとある男だともいえる。子供をみてみろ、みんなそういうところがある」

「そういうことが、みなわかっていて土方さんは、こんな人間の住むところじゃない寒いところへ、わざわざやってきたのですか」

「それは、そうさ。北門の警護、山野開拓のために蝦夷を幕臣にくれろと、いまさら言ったって、薩長《さっちょう》の官軍が許すはずがなかろう。榎本の声は、大きいから、みんなはすぐにでも実現するように錯覚してしまう。それに開陽というれっきとした現物を見せられているから、夢の軍艦だと思わない。開陽がつかいものにならなくなった今、もはや現実の軍艦でも夢の軍艦でもなくなったわけさ」

「さすがだなあ」

「いまさら誉められても困る。新選組のころ使った頭で、言っているだけさ。ほら、なにしろ俺は、写真機の前に立つのが、こわいという頭だからね。人見君のほうが形見の写真をとったほどだから、よっぽどましな頭になっている。もし、どうしても蝦夷を賜わって、北門の守護と開拓に当りたいというなら、日本の四海を暴れまわって、薩長の要衝を艦砲射撃して、いい条件でとりひきするというより手はないだろう。榎本は、これでは単純すぎると思っているらしい。仙台からくる途中でも、俺は言ったんだが、受けつけない。アメリカやイギリスが日本にやった手を、そっくり真似をするのさ。その時は、陸軍なんかいらないね」

「遊撃隊なぞは、さしずめお払い箱ですか」

「そうさ。俺の新選組だって同じなのさ」

「面白くもねえ」。人見は拳をつくって、また氷柱を打ち落した。

雪は、激しくなり、斜めの降りから、重く垂直に落ちはじめ、二人の前にすだれを作った。その雪の煙幕の中に、黒い影が浮んでいる。

「誰だ！」

人見は叫んだ。

「中島三郎助でござる」

物に動じない厳かな声が返ってきた。

「さきほどからお聞き申しておったが、熱心ゆえ、名乗りもあげられず、失礼仕った。お話その通りでござる」

と言うや、一礼して、その黒い影は静かに去っていった。

中島三郎助は、浦賀《うらが》同心の時、ペリー艦隊の応接をつとめ、長崎海軍訓練所の第一期生である。この時すでに四十八歳。開陽艦の機関長であり、つい今しがた上陸したばかりであった。

七　入札

開陽艦が、坐礁後十日あまりして、救援作業もむなしく、ついに江差の寒い海からその姿を全きに消した時、榎本釜次郎は男泣きして雪の浜に跪《ひざまず》いたといわれる。

それより先、土方歳三の率いる軍は江差を発って、熊石を攻略し、投降の松前兵を連れて戻り、福山を経由、二十五日には、箱館五稜郭へ戻った。駐屯《ちゅうとん》して残る江差の松岡の一聯隊と松前の人見の遊撃隊をのぞいて、ほとんどの諸隊が、五稜郭に凱陣《がいじん》した。

蝦夷から官軍勢力を放逐したいま、大島圭介の言葉をもってすれば、「徳川氏血統の一人を請《こ》い、島主と為さんと欲すれども、稟准《りんじゅん》の程も覚束なく、且《かつ》此脱走烏合《うごう》の衆にては、事も定まり難きゆえ、夫々《それぞれ》有志を立てずんばあるべからず」というわけで、そこで榎本が提案した方法は、幹部の決定を入札《いれふだ》（選挙）によって行うということであった。

新しがり屋の榎本らしいやりかたというより、開陽艦事件の負い目が、入札の法を選ばせたとも言えた。これさえあれば、新政府も手のだしようがあるまいと、その威力をあまりにも誇大宣伝してきた。また旧幕海軍の副総裁であったこともあり、この日まで脱走した兵士の総帥として、なんの疑問も抱かずに振舞ってきた。沈没した今、すべてが間の悪いものとなった。「入札」は、その「間の悪さ」からの脱出法だった。

寄せ集めの烏合《うごう》の衆といっても、諸隊の集合である。無記名入札といっても、べつに候補者をたてて演説会を開くわけでもないから、有権者の士官のほとんどは、自分たちの隊長を選ぶだろう。

兵士ひとり残らず選挙権をあたえても、選ぶ基準は同じになる。だが、この場合、諸隊の兵の数にむらがあるから、その法は選ばず士官以上にのみ入札させるなら、その開票結果は、ほとんど鷲ノ木上陸以来の幹部の顔ぶれと同じになる。

榎本の負い目ばかりでなく、榎本不信の声もあがっていたであろうから、この一見公平な入札の実行は、それをそらす意味でも、さらに一党の統率の上からも、重要であった。

これまでも、とかく内紛はあったが、自分たちが投票で選んだ以上、いままでより、摩擦もなく円滑にことはすすむだろう。ただ、不安があるとすれば、これまで総師としてのキャリアと人気があったとしても、直接の部下をもたぬ榎本に、ひょっとすればひょっとなって、投票が少ないかもしれぬ、ということであったろう。

入札結果は、榎本釜次郎一五〇票、松平太郎《まつだいらたろう》一一六票。三十四票の差で、めでたく彼は総裁となったが、暗い噂も流れた。

札を開いてみると、実は同じ八の字髭だが、温柔な荒井郁之助《あらいいくのすけ》が最高票で、しょげかえっている榎本に彼が総裁の席を譲ったという噂があり、また松平太郎が一番であったが、榎本の票とすりかえたという不穏な噂もあった。意外な支持票数の少なさと、噂の煙そのものは、その真相はともかくとしても、開陽で見せた彼の失態への批判だともいえた。

だが、いったん投票して選んでしまえば、なおもちつづける榎本否定は、そのます自己否定にもなる。ぽんと投げだされたこの「入札」という選挙の仕組みに、あっと驚き、これぞ文明の法と思いこんだものは、知らぬまに罠《わな》にかかっていた。

ははん、榎本はこういう手を打ってきたかと、歳三はおかしくなったが、この入札の件には反対する気にもなれず、幹部の会議でも、黙っていた。

いざ投票となると、なんともくすぐったいもので、もちろん自分にいれるわけにもいかず、歳三は総裁などにからきしなる気はないわけだから、白紙を投じようかと思ってはみたが、それも投票のうちと気づき、入札というのは、こわいものだと思った。

ともかく「榎本釜次郎」と書いて、投じたのだが、歳三にも七十三票はいっていた。

会計を担当している川村録四郎《かわむらろくしろう》が、蝶《ちょう》ネクタイをすこしいじくってから、おもむろに「では発表いたしますぞ」と票を読みあげていった時などは、なんとも神妙な気持であった。俺には一票もはいらないのではないか、などというらぬ心配さえ、結果などはどうでもよいはずの自分なのに、むくむくとおこってきたりして、こいつはとんだ悪場所にはまりこんだ、と思わぬわけにはいかなかった。

結局、陸軍奉行は大鳥圭介がなり、陸軍奉行並《なみ》として歳三が選ばれた。並では、悪いと思ったのか、箱館市中取締の役もくっついてきた。それは、鬼の「旧新選組副長土方歳三」という彼等の思い込みが、適任なりとしたのである。

人見勝太郎は、松前奉行。英船で、ようやく箱館にたどり着いた伊庭八郎は、歩兵頭《がしら》並であった。開陽の艦長だった沢太郎左衛門は、乗船の艦を失って、開拓奉行。その機関長であった中島三郎助も、同じように陸へあげられて、永井玄《ながいげん》蕃《ば》の下で箱館奉行並となった。

八　馬　橇

入札が終ってから、土方歳三は、なんとも後味が悪かった。しばらく戦《いくさ》もなかった。松本良順が逢って見ろとすすめた田本研造をさがしてみようと思いたったのは、その後味の悪さを振り切るためもあったかもしれぬ。

歳三は、立川主税《たちかわちから》と市村鉄之助《いちむらてつのすけ》の二人を従え、五稜郭をでた。外濠《そとぼり》の橋にかかると、下の流れは、固く氷結していて、うっすらとその上に雪をかぶっていた。空には太陽が皺《しわ》ばんで出ていたが、外気は、ガーンと身体を硬直させるような寒さであった。しみじみと寒さを味わうなどという余裕をあたえず、まるで歳三は一本の棒になったような妙な気持で、歩いていた。と、すこし橋から離れたところに、印半纏《しるしばんてん》を着て、手拭で頭をすっぽり覆《おお》った職人風情の男たちが、その凍った川に数人はいりこんでいるのに気がついた。氷に向って大きな鋸《のこぎり》を縦《たて》にいれ、ザリザリと耳に響く音をたてながら切っている。

「鉄之助、なにをしているか、きいてこい」

と歳三が命じると、すぐさま彼は欄干をひとまたぎするや、下にひらっと飛びおりた。

「危いぞ」と叫びながら、歳三はあわてて下を覗くと、すでに市村鉄之助は、飛びおりたさいについた両手をパチパチ合わせて叩きながら立ちあがっており、橋のほうを仰いで、「大丈夫ですよ」とにっこり、笑顔の合図を送ってきた。おまけとばかり、氷の上を跳びあがって見せた。

「若いなあ」と歳三は苦笑した。彼は、伏見奉行所で募兵した時の参加者で、甲州勝沼《かつぬま》の戦争以後、ずっと歳三に従っていた。まだ十六か七の少年だった。

鉄之助は、氷を切っている作業現場の方へ、つかつかと近づいていった。そして、その頭領らしい男と、なにやら話をはじめた。五稜郭の中には、町のものは、無断ではいれないことになっていた。

一方、歳三は、小橋を渡りきると、こんどは土堤《どて》沿いに歩いて、氷切りの現場のほうへ立川主税とともに急ぎ足で進んだ。踏みならされた雪の上を歩くと、歳三の長靴は、ズクッズクッと音をたてた。そばへ近づくと、それに気づいた鉄之助が、高い土堤の真下まで、いままで立ち話をしていた男をつれてやってきた。

小身だが、くるくるっとした目をもった立川主税が、肩をふるわせ、白い息を吐きながら、

「陸軍奉行並および箱館市中取締、土方……」

とまで叫んだ時、歳三は手で制し、

「よせ、昨日なったばかりだ。まだ正式に発表もされておらん。いや失礼、土方歳三と申す。おまえはなにをしているか」

「へえ、氷を切らせていただいております」

「それは、わかっている」

「永井玄蕃様の御許可をいただきまして、外濠の氷を切らせていただいております。中川嘉兵衛《なかがわかへえ》と申します。どうぞよろしゅう」

と男は頬かむりをとって、低くお辞儀した。その時、露わになった嘉兵衛の両の耳が、寒さのため、ぴーんと硬直して、うしろへそりかえったように見えた。

蝦夷へ上陸以来、耳が凍傷になった兵が、ずいぶんと出た。中には腐って両耳

を切断したものもいた。歳三は大坂から江戸へ戻ってきて、思い切り髷《まげ》を落して総髪に変えたのだが、はからずも、これが蝦夷の酷冷から、耳を守るのに役立っていることに気づいていた。きっとこの男は、頬かむりをとった瞬間、耳が板のように凍ってしまったにちがいないと思いながら、歳三は、

「そんな話はきいておらぬ」

すこし堅苦しく言った。が、すぐ思い返し、

「まあ、よい。ところでお前、こんな氷を切って、どうする気だ」とやさしく訊ねたので、立川と市村は、変な顔をした。

この座蒲団《ざぶとん》大に切り出した氷塊を、溶けないよう室《むろ》に貯蔵しておいて、夏になると新都東京へ輸送して売るのだと、嘉兵衛は言った。莫大《ばくだい》な用金を積んで借用許可をえたのだ、とも言った。

「全財産をなげうって、目算はあるか」

生れが商人らしい質問を歳三がすると、

「ございませぬ。賭博《ばくち》のようなものでございます。人間、一度や二度は、なにかに賭けてみなければなりますまい、と自分に言いきかせておるのでございます」

嘉兵衛は、出っ歯を臆面《おくめん》もなくずらりとみせて、不敵に笑った。

「よし、わかった。仕事に戻れ」と歳三は言った。この男に、俺は気おくれしているると思った。

その時、寒気を砕くような柔かな鈴の音が突然きこえてきた。おやと、その音のあるほうに振り向くと、土堤沿いに馬橇《ばそり》がこちらに向って走ってくるのが見える。たちまち歳三らの前へやってきて、ぴたっととまった。馬の鼻から、白い蒸気が荒々しく吐きだされていた。

「これで、運びましてございます」

と川の上に積みあげられた大きな氷片の山を指さしながら、嘉兵衛は言った。

変な商人がでてきたものだと、歳三は、すこし、しゅんとした。

この男は、できることなら、旧幕軍が官軍に敗ければよいと思っているにちがいない、その時、この氷はもっと売れると思っているらしいことにも、歳三は気がついた。歳三は、すこし薄笑いしながら、ひょっとしたら、この男は知っているかもしれぬと思った。

「ところで、嘉兵衛とやら、すこし物を尋ねる。田本研造という男を知らぬか」

「なにものでございます」

「やはり知らぬか」

「三河《みかわ》から渡ってきて、一年にもなりませぬ」

「この箱館には、だれか写真を商《あきな》いにしているものはないか」

「ああ、それなら、知っておりますとも。でも、田本とは申しませぬ。新地新町《しんちしんまち》で、小さな写場を開いている木津幸吉《きづこうきち》なる男がいるとか」

「そうか。その男にきけば消息がしれるかもしれぬな」

と歳三は肯いたあと、ひとつ頭に浮んできたことを、きこうかどうかに迷った。

その様子を見抜いてか、「まだ、なにか」と向うから尋ねてきた。

立川主税や市村鉄之助の手前、その質問をはばかったのだが、思いきって、

「お前は、写真とやらに撮られたことがあるか」と問うた。

「滅相もございませぬ。この商売の成果をこの目で見届けるまでは、寿命が惜しゅうございます」

歳三は、急におかしくなって、声を出して笑うと、嘉兵衛は、すこしむくれた顔をした。

「俺もだよ。俺もこわいのだ」

手で打消しながら、歳三は笑った。

九　写　場

その足で、歳三は木津幸吉の写場を訪れることにした。

「新地新町と言ってたな。どのあたりか知らぬが、きけばわかるだろう」。呟くでもなく言うと、市村鉄之助がもう走りだしていた。なにごとかと、止めようとすると、立川主税が、

「土方先生、鉄之助は気を利かして先に調べにいったんです」と制した。

「今日は巡察ではない。物見遊山だ」

怒ったように歳三は言った。

「奴は若いから、この蝦夷が珍しくてしかたがないんですよ」

主税は、歳三をたしなめるように言った。立川主税は歳三と同年であったが、いつも毛虫のような太い眉《まゆ》の下から、くりくり子供のように目を動かして、彼を説教する癖があった。

「まあ、いい。だがな、あまり俺のあとばかりついてくるなよ。お前も、鉄之助もだ。むかしの新選組などは、もうないんだからな」

立川主税は、歩きながら、しばらく目をつむって、なにか考えている風であっ

たが、

「死ぬ気ですね」

とポツリ言った。

「なに言ってるんだ。俺はいつだって死ぬ気だったさ。いつだって、だからわざわざ死ぬ気などないのさ」

「そうですか。鷲ノ木から江差まで、土方先生は、いつもずっと無口で異常だった」

「なあに、蝦夷の風景に呑《の》まれたのさ」

二人が歩いている前方に、雪をかぶった臥牛山《がぎゅうざん》が、どろっと異様な風体で海へ向ってうずくまっていた。たしかに、牛がうずくまっているように見えた。

千代ケ岡《ちよがおか》台場を通って、一本木村のあたりまで歩いてきた時、向うから市村鉄之助が手をふりまわしながら駈けてくる姿が、一面のまぶしく光る雪の中に、小さく見えてきた。

新地新町は、いまの船見《ふなみ》町で、山の手に位置していた。このころ、フランス公使館やロシア公使館が、外人居留地とはべつに、民家と混じりあって建っていた。

木津幸吉は、その近くで、元治《げんじ》元年のころから、写場を開いていた。六年前から、この箱館には、営業写真館があったことになる。長崎の上野彦馬、横浜の下岡蓮杖に遅れること、わずか二年であった。

「写真などで商売がなりたつのかな」

と歳三が言うと、市村鉄之助は、

「はい。箱館の女は結婚しても、歯に鉄漿《かね》などつけないときいております。ここの連中は、写真を撮ると、魂が抜きとられるなどと、考えても見ないようです」

と答えた。「ふーん」と歳三は鼻を鳴らした。

「鉄漿をつけない女も野蛮、写真鏡を作った異人も野蛮なら、野蛮と野蛮で、野蛮ではないのでしょう」

立川主税はまぜっかえしたあと、

「それにしても、なぜなんです。土方先生は、田本という男に、しきりに逢いたがっている御様子ですが」

例の目玉をくるりとさせて、歳三の顔をのぞくようにして聞いた。

「いやあね。ほら、お前たちも知っている医者の松本良順がね、仙台で逢った時、そいつにぜひ逢えと、うるさいんだ」

「ほんとにそれだけですか。さっきからずっと写真にこだわっているように見えますよ」。立川主税は疑わしそうに言った。

「そんなことはない。どうだい、お前たちも、いまから尋《たず》ねる木津幸吉なる魔法使いに、一枚、姿を撮って貰《もら》うんだね」

「はい」と素直に答えたのは、市村鉄之助だった。

「先生、この木津という男は、越後《えちご》は新発田《しばた》のお人で、はじめは足袋職人として箱館へやってきたそうですよ」

さっそく仕入れてきた情報を、鉄之助はとくとくと披露した。

「ほう、そうかね」

歳三は、雪道を歩きながら、気のない返事をした。

三人は、なんども凍った雪に足をとられて滑りそうになりながら、冬の太陽に光る海岸沿いの道を歩いていた。海は穏やかだったが、青い色ではなかった。白い雪の風景に、背《そむ》くように黒かった。

鉄之助の語るところによれば、木津幸吉は、まもなく足袋職人の足を洗って、仕立屋をはじめたらしい。ある日、一人のロシア人が彼の店を尋ねてきた。羅紗をだして、洋服を作れと言った。

洋服など作ったことがなかったが、やけのやんぱち、見よう見まねで作ったのが、運のつきで、その後、在留外人はみな木津に頼むようになった。ついに会所町に職人の四、五人をたえず置く、大きな洋服屋を営むようになった。

「それが、どんな風の吹きまわしで、写真師になぞ、なったのかね」

と歳三がきくと、鉄之助は、

「知りません。それは本人にきいてください」。怒ったように答えた。

十　恩　顧

歳三は、これまで写場などというものを、もちろん見たことはなかった。内田九一なる写真師が近藤勇を撮った時は、大きな器械をたずさえて、向うからわざわざやってきた。

通された部屋は、どうやらその写場というものであるらしかった。壁の片側が、すべてガラス窓になっていて、冬の光がふんだんにさしこんでいた。天井にも窓がひとつある。

西洋の椅子が三つ四つ転がっているだけで、他にはがらんとなにもない部屋で、そのほぼ真中に坐っている歳三の前には、カーヘル（ストーブ）が音をたてて真赤に燃えていた。歳三は、手を揉《も》みながらあぶっていた。部屋の中は、真夏の京よりも、焦げるように暖かかった。

壁に目を移すと、五、六枚の紙とり写真が、張ってあるだけだった。そばへ寄って見ると、米粒かなにかで貼ったのか、いまにもはがれそうで、そこに写っているのは、たいてい外国の船員とかであったが、中に一枚、箱館の娼妓《しょうぎ》が二、三人固まって立膝《たてひざ》などつき、白い腿《もも》をだしあって、ふてぶてしい顔つきで写っているのがあった。

近藤勇は、しきりと気にして袖の中に手を隠していたが、ここには手のでていない写真なぞは、一枚もみあたらなかった。いとも気楽に、図々しく写っていた。

しばらくして、眼鏡をかけたやせぎすの着物の男が、奥のドアからでてきた。

「手前が、木津でございます。なにか御用で」

柔和な表情で、彼は言った。前頭部から後にかけて大きく禿《は》げあがっている。さがり目が眼鏡の奥で光っていた。

内田九一とは、だいぶんちがうなと思った。ただの商人の物腰であった。

「ほかでもない、こいつらを撮ってほしい」

「肖像でござりますか。それなら、お断りいたしております」

とやはり柔和な声で、答えた。後ろにつっ立っていた立川主税が「なにっ」と叫んで、刀の柄に手をかけたが、歳三は片手をあげて制した。だが、びくりとする風もなく、木津の表情には、微笑さえ浮んでいた。

「なぜかな。写真を商売にしていると聞いていたが、はて、違うかな」

「違ってはおりませぬ。旧幕府のかたがたのお姿はお撮りしないということに、自分勝手に決めているだけでございます」

「ほう、やけに嫌われたものだな」

「いいえ、嫌っているなどとは、とんでもございませぬ。清水谷公考《しみずたにきんなる》さまに恩顧を蒙《こうむ》ったことがございます。はい、それだけの理由でございます」

清水谷公考とは、旧幕脱走艦隊が蝦夷へ押し寄せてくるまで、箱館にいた明治新政府によって任命された府知事であった。

この府兵は、榎本や土方ら徳川の脱走兵と戦って敗れた時、五稜郭を棄てた。十月二十五日の払暁、公考卿《きょう》は船に乗って、青森へ避けた。脱走軍側から見れば、逃げた。

「いかようの恩顧を受けたかは存ぜぬが、あくまで清水谷卿の顔をたてて、われわれの写真は撮らぬというのだな」

「はい。私めは、足袋職人あがりの人間でございますれば、官軍も賊軍もございい水兵も同じようなものでございます。府兵も脱走兵も、そして上陸したアメリカの水兵も同じようなものでございます。清水谷さまのお顔を立てるのは、わたしひとりの感情にございます」

「わかった」と土方歳三は答えた。この箱館には、変った奴がいろいろいるものだと思った。中川嘉兵衛と同じように、なぜか腹が立たなかった。が、しばらく二人の間に沈黙があった。しばらくして、木津のほうから先に口を開いた。

「仲間には、私の考えとは、べつのものもございます」

「ほう、写真仲間か。尋ねるが、田本研造なる男を知らぬか」

「おや、あの男をご存知で」

「逢ったことはない。逢って見たいと思っている。その男は、いま箱館にいるのか。なにをしているか。知るなら、教えてほしい」

歳三は、せきこむように問うた。

「写真の仲間でございます」

「ほう、やはり」

良順の予想は当っていた。

「どこにいるか」

「ここにおります。お驚きのようでございますな。私めが、撮りませぬので、田本研造が、旧幕のかたがたが箱館にお入りになってからは、かわりをしてくれております」

「これは、ついている。田本なる男は、お前の使用人か」

「いいえ、ただの仲間でございます。写真は、なかなか難しゅうものでございますれば、たがいに研究しあったり、協力しあったりしております。器械も手にはいりにくいものでございますから、私めのを貸したり、みんなで新しい器械を作ってみたり、いっしょに松前へ撮影にでかけたりしております」

五稜郭の外濠で氷を切っていた男とは、またひと味ちがう男たちの群がこの箱館にいるのを感じた。

「いま田本めには、お客様がきており、そのお相手をしながら裏で作業《しごと》をしております。ころをみはからって、お引き逢わせいたしましょう」と木津は言った。

蝦夷へやって来て足袋職人をやめ、仕立屋をはじめたころ、木津幸吉に羅紗地をつきつけて洋服を作れといったのは、ロシアのコンシロ（領事）のゴスケビッチであった。

これが機縁で、新商売の洋服店は大繁昌《はんじょう》となったが、ひさしぶりに故郷の越後へ帰ろうと思いたって便乗した船の中で、たまたま外人のもっていた写真器械なるものを見かけ、どうしても欲しくなった彼は、蝦夷土産に用意した熊の皮と三拝九拝して交換して貰い、故郷へ帰ると、どうすれば写るようになるかの研究に没頭した。

そんなことをしているうちに、手持ちの金も尽きて、いざ箱館へ戻ってみると、まかせてあった店は傾いていた。だからといって、いったん写真にとりつかれてしまった木津は、洋服の商売に没頭する気にもなれず、くだんの器械をあれこれいじくってばかりいたころ、たまたま例のゴスケビッチが訪ねてきて、その方法をあっさり教えてくれた。

それがまた新しい転機になって、ついにここで写場を開くにいたった、という話を、かいつまんで彼は歳三にした。

「どうして、あなた様がお逢いになりたいのか存じませぬが、田本はおそろしい男でございます。やつの目の前では口が裂けても申しませぬが、私は、とうてい彼の腕に太刀《たち》打ちできませせぬ。いまは、まだ写真なるものは、はじまったばかりでございますから、みんな寄って集まっては、がやがや言って騒いでおりますが、まもなく仲間はたがいに敵同士になっていくでございましょう。長崎や横浜あたりでは、もうそうなっているとかきいております」

そういい終ると、幸吉は、カーヘルの蓋《ふた》を開け、小さなシャベルで、木箱にいれてある石炭をすくってくべた。黒く宝石のように輝いたこの塊は、すぐ全身が火に包まれた。

歳三は、カーヘルの烈しい熱をうけて腿のあたりが痛くなり、頬も脹《ふく》れあがるように熱くなったので、椅子をすこし、うしろへずらした。なにとはなしに、眠くなってきた。

知らぬまに写場の板の間は、溶けた靴の雪で、あたかも小便を洩らしたように水びたしになっていた。しばらく会話がとぎれた。歳三は、うとうとしてきた。だが、遠くのほうでしきりと鶏の鳴く声がしているのをきいたような気がして、はっと目を開き、「鶏を飼っているのか」と問うた。

「はい。写真の材料に必要なれば」と木津は答えた。

「写真の材料……」

「はい。ご承知の通り、今の写真は、コロジオン（湿板写真）なるもので、紙取りの法にございますれば、鶏卵紙をもってガラスに写った像をそっくり移しかえることができまする。その紙は、卵の白身《しろみ》を塗って光沢をだし、さらに硝酸銀をくわえて感光を強くいたします。西洋のあちらでは、この紙を専《もっぱ》ら作って売っているようなれど、これが日本では、まだいつもいつも自由に手にはいるというわけにはまいりませぬ。油断すると、すぐ買い置きのものが切れてしまうことがございます。その不時の用意に、鶏を飼っているのでございます」

「ふーん」

なんだか頭がこんがらかった。

「そろそろ、田本のところへお連れいたしましょうか。さきのお客も用事が終ったでございましょう」

幸吉は縁なし眼鏡の角に手をやって、やわらかい物ごしで立ちあがった。彼をここへ呼んでくるとは言わなかった。歳三を田本のそばへ案内するというのだ。旧幕軍の侍より、田本のほうをはるかに大事にしているらしかった。

十一　松　葉　杖

木津の写場をでると、外は明るかった。雪の白さと太陽の明るさで、歳三は思わず、手で目をふさぎ、すこし後ずさった。

寒さも、五稜郭を出た時にくらべると、ずっと弛《ゆる》んでいるように思えた。先頭に立って幸吉は、軒まで高くかきあげられている雪と雪の間につけられた細い道を通り、ていねいなしぐさでうしろを何度もふりかえりながら、歳三を案内した。

写場の裏へ出ると、雪は広くかきあげられている。そのど真ん中に大きな鶏小屋が建っていた。その前で、ひとりの男が、すわりこんで、なにをしているのか、しきりと手を動かしていた。

「田本さん。またお客さんだよ」

と木津は言った。

田本と呼ばれた男は、きっと顔をあげて、歳三を見あげた。年のころ三十七、八歳で、口もとのひきしまった、鋭くかつ重い眼をした男だった。木津の柔かな目も、時には鋭くなるが、またそれとは違っていた。

近藤勇を撮った内田九一も、そうだった。彼は、ふだんはきざで、にやけた男だったが、いざ写真器械の前に立つと、厳しい鷹《たか》のような目になった。写真師の目は、どこか剣客の目にも似ていると歳三は思った。

雪の上にしいた熊皮の上にあぐらをどっかとかいて坐っている田本は、大鍋《おおなべ》の中のなにやら白い液体をかきまわしている手をとめて、「なんでごぜえます」としわがれた声で、乱暴に言った。

よく見ると彼の横には、割られた卵のからが、いっぱい山盛りに棄てられている。その隣の大きな鉢の中には卵の黄身が、まるいかたちのままに、いくつも重なって浮いていた。さっき木津が言っていたあれか、とそのほうを見つめたまま、歳三は口を開いた。

「べつに用というのはない。私は、土方歳三と申す。田本さんよ、あなたは、松本良順をご存知か」

「おっ、知っておりますとも」

急に田本は顔を輝かせた。

「むかし、長崎で良順先生には、ずいぶんと可愛がっていただきやした。では、あなたは、あの先生のお知りあいであるのか」

と懐しそうな表情をいっぱいに浮べ、

「よいしょ」と声をかけて、甚兵衛《じんべえ》姿の田本は、ぎこちなくたちあがった。そして、

「これは、ようこそ、土方さんとやら。ひとつ良順先生のお話でもきかせていただきましょうか」

そう言ったあと、また身をかがめて、熊の皮の下から、なにか棒のようなもの

を、まるで鞘から剣でも引き払うように素早く抜きとった。土方はきっと反射的に身を構えた。

「さすがは、新選組の土方歳三だ、うしろの二人とはちがう」

と田本は笑った。うしろの二人とは、ぼんやりと成り行きを見守っていた立川主税と市村鉄之助のことであった。

「なあに、ただの松葉杖《まつばづえ》ですぜ。わたしゃ、片足しかない男でしてね、こいつは、義足です」。得意げな表情で、義足の右足のほうを手でトントンと叩きながら、

「木津さんとは、この足がとりもつ縁なんだ」

すこし唇を歪めて言った。

箱館へ着いてから二、三年たった文久二年ころ、田本研造は脱疽《だっそ》に罹《かか》った。その時、ロシア領事館のゼレンスキーの診療を受け、右足を膝下から切断した。彼は、これで、長年の夢であった写真師にもなれぬのかとがっかりした。彼は、写真の技術を身につけるために、この箱館くんだりまでやってきて、そのチャンスを狙っていたのだった。

長崎での経験が生きて、医術の心得があるところから、ゼレンスキーの助手などをしていた。そのうち、このゼレンスキーが写真を撮るとわかり、実地の教え

を乞《こ》うことになる。

しかも医師のゼレンスキー以上に、領事のゴスケビッチのほうが、その術に長じていることも知り、彼の教えも受けるのだが、この時、珍しい写真器械をすでにもっている木津幸吉という男に紹介される。かくして田本研造は隻脚《せききゃく》となったが、かわりに写真術を身につけることになる。

「足が半分なくなってから、こわいものなしですさ」

と、すこし百姓なまりをだしながら、松葉杖に身をだらりと預けたまま、斜めがちの姿勢で、投げやりに言った。箱館は、こわいもの知らずをつくるところと見えた。

そしてこの男の中には、土くささと薬くささ、それに商人の血、剣客の血、文人の血、みなごったになって煮えくりかえり、それがふてぶてしい輝きとなって表情に露《あら》われている、と歳三は思った。

木津は、ふたりの会話を、前に両手を合せながら、口ひとつはさまず、微笑を浮べたまま聴いていたが、

「まあ、今日は天気がよろしいと申しましても、やはり寒うございます。よろしければ、また写場に戻りまして、コーフィなどをたてますれば、どうぞお召しあ

がりくださいませ」

この木津なる男もおかしな奴だと思った。幕軍の兵士の写真なぞは撮らぬといいながら、そのいんぎん無礼にもふさわしからぬ親切を示した。商人の物腰のやわらかさを歳三は、幼児のころから唾棄《だき》してきたが、この男はすこし違うと思った。この日の歳三は、ずっと圧迫され通しであった。

「それは、そうと、研造さんよ、さっきのお客はどうしたかね」

と幸吉は訊ねた。

「あっ、すっかり忘れていたぞ。奴さんは、さてどうしたかね。鶏小屋を見せてほしいと言って、中へ入っていったようだったが、どうしたかね、あの男は」

あいかわらず乱暴な口ぶりで、あのやかましい吉雄圭斎の従僕など、よくつとまったものだと歳三は思ったが、田本は小屋のほうを見据《みす》えるように振り返って、

「榎本とかいう、ほら土方さんの仲間のひとりだ、そら、鼻の下に髭を蓄えた男だ」と言い放った。

その時、小屋の中で、いっせいに鶏のはばたく音がした。それは、なにかに鶏が恐怖している羽ばたきの音であった。まもなく鶏小屋の扉がぎいっと開き、旧幕海軍の軍装をした小太りの男が、腰をかがめて出てきた。

やはり榎本釜次郎だった。しかも両の小脇に、鶏を二羽抱えこみ、暴れ狂うのものともせず、小屋の低い入口をぐって出てきた。

「いやあ、失礼、失礼。僕は、この鶏というやつが大好きでしてな。中へ入って観察しておったところ、土方さん、あなたがやってきなさった。話がはずんでいるようで、どうにも出にくくなりましてな」

といつもの空虚な笑いを笑った。

土方も、知らぬまに話をきかれていたかと思うと、人の気配を察知できなかった自分をいささか恥じた。だれに聞かれても構わぬ話ばかりにしろ、中島三郎助に立ち聞きされた時とちがい、不快だった。だから開口一番、

「榎本さん、その鶏を、どうするんです」

とおっかぶせるように問うた。

「五稜郭の役宅の庭にでも、こいつを飼おうかと思いましてな。わけて貰いたいと、とりあえず二羽をとらえて出てきましたのですよ。ともかく日本人は、もっと卵の養分をとらねばならぬ。それが僕の持論です。ヨーロッパの如く養鶏をさかんにせねばならぬ」

「榎本さんとやら、あなたの文明ばなしは、けっこうだが、この箱館では、とう

に養鶏ははじまっておりますぜ。あなたが、五稜郭のお城で、娯《たのし》みに飼うというなら、まあいいや、くれてやる」

田本はずけずけと言った。

「おい、総裁になんてことを言うか」

立川主税がまたまた怒鳴った。じろりと田本は彼をにらみつけたまま、

「榎本さんが、脱走艦隊の首領であるというくらい、箱館の人間なら、だれでも知っている。しかし名前なんかにびくびくするものは、この土地にはひとりもいませんや。土方さんよ、あなたの家来も頭が悪いな」

こんどは、自分のほうに矛先がまわってきたかと、歳三は苦笑いした。

榎本も、「いや、まいった、まいった」のいつもの口癖をだし、しきりと頭を掻きむしっている。

星恂太郎もそうだったが、頭を剃りあげる髷とちがって、総髪はすぐに汚れ、フケが出る。榎本の黒髪から、白いフケは溢《あふ》れでて舞い、雪面の中に落ちては消えた。「ああ、頭がかゆいようでは、榎本めも、ゆうべの入札では、ずいぶん頭をつかったな」と歳三は、おかしくなった。そんなことを思っているとも知らず、なお榎本は、ぼりぼり頭を掻きながら、てれくさそうに言った。

「いやはや、今日という日は、さんざんですな。だが、この鶏はお言葉に甘えて頂戴《ちょうだい》してまいる。竹かごにでもいれて大切に飼うといたしましょうか。日々の娯みにさせていただく。ハッハハ、写真はこのつぎにでも撮っていただこうか」

なおも啼《な》きたてて暴れる鶏を、さもだいじそうに抱えながら去っていく榎本の背中を、歳三はしばらく眺めていた。

「さすがは首領だ、頭はいいや。アメリカのペリー艦隊やプチャーチンのロシア艦隊がやってきた時の例をあげやがって、その時にかならず写真師が随行していたことをいい、日本に写真がはいったのも、あなたの写真も、遠くは彼等のお蔭だと言いやがってね、あげくに我等の従軍写真師になれときた」

その田本の言葉に、歳三は、ほうと思った。なおもせきこむように、

「それはたいそう面白いお話ですが、命がけの仕事だ、銭をいくらだすのですかねと言ってやったら、困った、困ったと言って、頭をかきむしるんだ。今、金に困っていると正直に言うんだが、ただの仕事はいやだね、と断ってやったら、うーんと唸りながら、こんどは鶏小屋の中へ入ってしまった」

そう言い終ると、田本研造も、フッと大きな溜息《ためいき》をつき、榎本の遠ざかっていくうしろすがたをいぶかしげな目で眺めていた。

十二　祝砲

明治元年十二月十五日。

全島平定を賀し、箱館の港は賑っていた。万国旗を飾った軍艦と日の丸の旗を高く掲げた弁天台の砲台から、合計百一発の祝砲が放たれた。夜になると、箱館の町家は、ことごとく燈をともして、全島平定を祝った。

全島平定とは、妙なものだと、歳三は首をかしげた。

たしかに全島平定ではある。府兵は青森へ逃げ、官軍についた松前藩も追いだした。蝦夷一島は脱走軍のものになった。

だが、榎本が、味方の兵をはじめ箱館の市民や諸外国や朝廷に向って言っていることは、「全島平定」という感覚ではなかった。

府兵のいる蝦夷へ軍備して上陸しているのだから、やはり反乱である。戦うつもりはないのに、向うから発砲したから戦ったという言訳は、子供だましにもならないのに、もっぱらそれを戦闘理由にしていた。

それが、政治であり外交の駆け引だというのならば、納得もいこうが、どうも榎本のやりかたを見ていると、おかしかった。諸外国の一部に独立政権扱いされるとすぐに他愛もなく喜ぶし、朝廷に背く気は、毛頭ないといいながら、全島平定などという祝賀の示威をやってのけている。嘆願書をだすくらいなら、全島平定の祝砲などという晴れがましいことは、すべきものではないだろう。

もし朝廷が、お前たちの言い分を認めて、蝦夷はまかせると言ったら、はいはいと受けるつもりなのか。朝廷がそう言うことはありえないし、ありえないと榎本も思っているらしく、官軍の動きをみる諜報《ちようほう》活動や、戦闘準備をせっせとやっているのだが、ひょっとすると、外国の圧力や開陽の示威を通して、朝廷を戴《いただ》いている新政府が、こちらの言い分をすっかり認めるのではないかと、万が一にも期待している人のよいところが榎本にはあった。甘い、と歳三は思った。

蝦夷をどうしても旧徳川の領地にしたいのなら、堂々と武力奪取を宣言すればよいのだし、穏便にほしいのなら、全島平定などという祝宴の儀式を行うことは、どうしてもおかしかった。その場合も、すでに徳川は恭順しているのだから、その徳川の当主をも奪ってこなければなるまい。

虫がいいというか、人がいいというか、抜けているというか、こちらがよほど頭が悪すぎるのか、それとも彼は頭の戯れをしているのか、歳三にはわからなかった。

ズイーン、ズイーンと砲声が響くたびに、箱館の海上に、向いあわせの軍艦と砲台から発せられた白い煙が尾を曳き、たがいが交叉《こうさ》した。雪の箱館の街は、旧幕軍の兵で賑っていた。歳三は、榎本の嘆願書が早く却下の宣告を受ければ、ことはすっきりすると思った。

榎本の腕の見せどころは、開陽を失ったという情報が洩《も》れぬ注意と、あくまでも外国が中立を守って、開陽に匹敵するストーン・ウォールを政府軍にひきわたさないようにと巧みな外交術を展開するしかない。結局、榎本は、まだ開陽の夢にひきずりまわされていると思った。

事実、この全島平定を祝っている十五日より前の十三日、東京では、岩倉具視《いわくらともみ》卿によって、その嘆願書は却下され、翌日の十四日には、英仏両国公使にその旨が通達されていた。

正式に箱館へ届いたのは、翌年正月の半ばであり、この時は、まだ誰も知るよしもなかった。

この全島平定の祝砲は、まさに嘆願書却下によって、さあ来いといった意気に見合うべきものであった。当然誰もこの却下の事実を知らず、ひそかに榎本ら首脳部のみが、この祝砲に対し、平定の喜びを裏切るような運動とその成果への期待をこめていたのである。

「俺は知らんよ」と、歳三は、役宅の一室で、派手な祝砲を耳にしながら、ごろりと、寝転がっていた。

ただ、わかっているのは、春になれば、また戦争がおこるということだけだった。いや蝦夷の春は、どんなものであろう、とせつに待ち望む心はあった。

この日、入札の結果が、あらためて全隊に布告され、各隊ごとに酒肴《しゅこう》が下附された。中島登《なかじまのぼる》や相馬主計、野村利三郎《のむらりさぶろう》ら新選組の面々が、酒徳利をぶらさげて土方歳三の部屋を尋ねてきた。「先生、こんどの陸軍奉行並のご就任、おめでとうございます。いよいよ徳川回復の業なれりですね」と中島登が、いつもの長い首を鳥のようにひょいと前にだす癖を出して、勢いこんで言った。「いつ回復したというのだ」と歳三は言おうとしたが、阿呆《あほ》らしくなって、途中でやめた。安富才輔《やすとみさいすけ》、島田魁《しまだかい》、立川主税、馬丁の沢忠助《さわただすけ》などの新選組の同志も続々と顔を見せ、知らぬ間に宴を張るようなかっこうになった。歳三は、ただ微笑を浮べて、市村鉄之助が、そばで注いでくれる酒盃《しゅはい》を静かに口にもっていくだけだった。

「なにかが違う」というひっかかりは、榎本たちのやりかたへの違和感からくるものではなかった。それは、はじめからわかっていたことで、いまさら「なにかが違う」もなかった。田本研造に逢ってみて、なにやらすこしわかったような気にもなったが、まだすっきり溶けてはこなかった。まだ体内に、かゆみのようなものが疼《うず》いていた。

ほろよい機嫌になった彼等は「先生、街へくりだしましょう」と言いだした。歳三は、懐から出した財布をぽいと彼等の前へ投げだした。「けっして踏み倒しをするなよ」とたしなめたあと、「俺は、榎本さんが飼っている鶏でも、ぼんやり眺めているよ」と同行を断わった。みんなは不満そうな表情をしたが、構わずに歳三はこうも告げた。

「おい、暇があったら、新町にある木津の写場へ行って、田本なる男に写真を撮って貰っておくんだな。どうせわからぬ命だ、いまさら写真に撮られたら死ぬなどと、びくつくこともあるまい」。みんなはけげんな表情をしたので、

「連中、榎本の宣伝にのって、戦争などもうおしまいだと思っているのかな」と歳三は考えてみたが、それを問わずに、「おいおい、出来た写真を見て、これは俺じゃないと言ってもだめだぞ。他人から見れば、紙きれに写った手前らの像は、おそろしくお前たちのツラそのものなのさ。おふくろさんにでも送ってやんな」と下手な冗談を言った。すると「市村は知っています。先生はえらそうなことを

言っていますが、まだご自分のは撮っておりません」と鉄之助がすっぱぬいたので、みんなは安心したように爆笑した。

面々が、ぞろぞろと部屋を去ってから、しばらくは、両手をうしろの頭にあてがって寝転がっていたが、「よし」とかけ声をあげて、立ちあがり、歳三は、ぶらりと外へでた。

役宅を抜けて五稜郭の中へはいると、多くの隊の兵は、休みということで、しまりなく談笑しながら歩いていたが、真紅の制服を着た額兵隊の連中だけは、なお隊列を作ってザックザックと歩いている。

松前から江差へ向って進軍の途中、彼等が、ラッパの音とともに雪の中に飛びこみ、雪の中を抜けて突進していくさまを見た時、雪中にうごめくその制服の赤の色が、これまで自分が人を斬ってきた刀の刃に浮ぶ血だまりのように思えてならなかった。

火薬庫のあたりで、歳三は、ばったり林董三郎に逢った。長髪をかきあげながら近づいてきて、「人生の活劇がいよいよはじまりますね」とぼっそり言い、「こういう茶番はよく、見ておかなくちゃ」とさも嬉しそうに笑った。

「今日、これから、英仏のコンシェルと会談があるんですよ。僕は、外人の応接と文章照合の係ですから、順兄いのいう政治の茶番をようく見ておかなくちゃ。どうせ土方さんは偉いから、同席するんでしょう」と訊ねてきた。

「いや、俺は断ったよ」と言うと、驚いた様子もない。まあ、そうでしょうという風に彼はコクリ肯いたあと、急に思いだしたように、「あっ、ちょっと、いいものをお見せしましょう」と、懐から一枚の手札大の写真をとりだした。

「榎本兄いの写真です。この港にいる田本とかいう写真師が撮ったらしいですよ」。クックッと董三郎は身をそらせて笑った。

榎本が八の字髭に髪を七三にわけ、金モールのいっぱいくっついた海軍の服を着て、日本刀をにぎりしめ、どっしりと身構えるようにして椅子に座っている。董三郎は、まだおかしくてたまらぬというようにクックと笑いつづけていた。歳三は気になって、

「なにがおかしいのかね」ときいた。

「ほら、目ですよ」

なるほど、よく見ると、目の向きがおかしい。左の目は正面を向いているのに、右の目はあらぬほうを見ていた。歳三は呟く。

「榎本は斜視だったかな」

「そうじゃありませんよ」と董三郎は笑い、「いたずらなんですよ、田本という人の。修整術といいましてね、写真の顔などに手をくわえてなおすことがあるんです。あんまりそっくりに写すと、これは俺じゃないと客に怒られますからね。自分よりいい男に写っていれば、だれでも満足する。満足させるのが、写真師の腕なんです。ところが田本という人は、斜視にしてしまった」と彼はなおも笑いつづけた。

そういう技術があるとは知らなかった。その逆手をつかったわけだ。田本ならやりそうな気がした。

「榎本は、いじくられたことに気がついているのかな」と歳三。「ええ、田本に一本やられたと笑ってましたからね。しかし、まさしくこれぞ俺の真の姿と、やたら感心もしていましたよ」と董三郎。

「よしやがれ」と歳三は思った。

十三　暗箱

全島平定を祝した箱館の榎本軍だったが、その後、目隠し同然の闇の中にあった。

密偵は、内地に送りこまれていたが、新政府がどのような動きをしているのか、いっこうに情報は流れてこなかった。

徳川慶喜《よしのぶ》が自ら追討を奏請したことも、榎本らが、その首長に戴きたいと願っていたフランス帰りの徳川昭武《あきたけ》が、なんと箱館討伐を命じられたことも、知る由もなかった。

新政府が、諸外国に局外中立の解除を求めていること。中立宣言をしたため、開陽艦以上の威力を有するストーン・ウォールを新政府に売り渡すことを拒んでいるアメリカをさかんに説得しているだろうこと。

これらは、想像はできたが、はっきりとした手がかりを摑めぬうちに、蝦夷の冬は、つるつると滑っていった。戦闘がないため、兵たちも市民たちも、表向きは安穏としていた。

しかし来るべき戦いの予感に、その不安が語気や行動に殺伐として露われることもあったが、厳しい蝦夷の冬が、戦闘の再開を拒んでいるのはよく知っていて、あわてるよりも彼等は現実感覚を優先させ、寒い日々を、一見のんびりと消していった。

榎本ら仮政府は、嘆願書がすでに却下され、年の暮れもせまってから正式に諸国の中立解除が宣言されているのも知らなかった。ただあせりとともにその成否を待ちつつ、あれこれとヘタな外交を弄《ろう》しているうちに、年はこえ、ついに明治二年の正月を迎えてしまった。

その間、五稜郭の修築、海岸や要所への砲台および胸壁の準備がなされ、フランスの士官による訓練はつづけられていたが、開陽なきいま、仮政府は蝦夷の冬にいよいよ閉じこもることになってしまっていた。

そして「語辞無礼なり」と、嘆願却下の公報を受けとったのは、ようやく一月の中旬であった。

この却下は、榎本らの脱艦行為の名分をいっさい認めず、叛徒《はんと》として征伐をくわえられることを意味した。「いよいよ来るべきものが来た」と全軍は一瞬ざわめいたが、かえって安堵《あんど》したところもあり、いそいそと防戦の用意の固めに入った。

歳三にとっては、どちらでもよいことであった。政治むきの決定は、すべて榎本らにまかせ、割りあてられた戦いをよく戦えばよかった。

意見を問われた時は、はっきり自分の考えを述べたが、なにがなんでも、自分の意見が通るように、手段を構えるなどというかつての気力はなかった。

だが、やはり時々、彼等の子供っぽさに腹を立てることがあった。彼等一等級の頭脳集団は、たとえ権謀術数に関することまでも、子供っぽくやった。つまり観念的に術数を実行に移す。

悪く言えば、複雑怪奇を気どって、豪傑ぶり、良く言えば、正義を気どり、敵味方なく病院に収容したり、捕虜を向うに送り返したりした。いわば国際法の練習である。

鳥羽伏見の戦いで、鉄砲の威力をあらためて知った歳三にとって、榎本らヨーロッパ帰りの新知識は、味方とはいえ、鉄砲そのものに等しき存在であった。だが、とてつもなく青っぽい観念の実行集団であり、この蝦夷の風土を知らずして、その実験の場にしようとしていた。

嘆願却下の報をえた時の幹部らの意気消沈は、気の毒なほどであった。よし、来い、戦うまでのことと口では言っても、なにか足もとがさだまっていない。それは彼等に勇気がないからではない。彼等には、知識も勇気もある。だが、もう一つなにかがなかった。

歳三は田本のいる木津の写場には、あれから三度ほど訪ねている。だが、写真を撮る気には、まだなれなかった。撮ろうと思うこともあったが、なぜか意識がつっぱって、口で田本に頼むことができなかった。田本もけっして一枚撮ろうとは、言わなかった。

木津の写場は、榎本の口こみ宣伝がきいたのか、大繁昌していた。一度などは、部屋にはいりきれず順番を待つ客が、外にはみでていた。ほとんどの客は脱走の旧幕兵士たちで、時たま、市民や外国船の水夫などが混じっていた。

箱館を占拠して、威張りかえっている兵たちも、田本の前に立つと、みなへなへなになり、借りてきた猫のようになった。

この写場には、大きな白布をおろしたバックしかなく、西洋の椅子が四つ五つあって、それに客を坐らせることがあったが、たいていは、立たせたまま、田本は「用意する」「撮る！」「終り！」と合図するだけだった。

田本は、ほとんどポーズらしいポーズを客にとらせなかった。内田九一の撮影を見た時、近藤勇のからだにあちこち触ったり、脇の刀架けの位置などをあれこれ動かしたりしていたが、写真師にはそれぞれ流儀があるらしく、田本研造は、ほとんどなにも手を下さず、口もきかなかった。ただ松葉杖をもちあげ、兵に向って立つ位置を乱暴に指図するだけだった。

田本のもとには、いつのまにやら二人ほどの助手がいて、しゃちほこばった兵が、組み立てられた写真機の前に立つと、木や鉄でできたカマキリの手を拡げたような器械が、うしろからその首ねっこをおさえた。

中には武士ともあろうものが、こんなことができるかと、手でふり払って怒りだすものがいたが、田本は、例によって「いやなら帰りな」、とくるりと背中を向け、「だが銭は返さないよ」、と言った。

すると、たいていのものは、ぶつくさ言いながらも、もとの位置に戻り、首あてや胴あての束縛を受け、そのまま神妙になって、写真機を睨んだ。

かなわん、と歳三は思った。写真師というのは、剣客に似ていると思ったが、医者にも似ていた。うまかろうが、藪《やぶ》だろうが、患者はかかった医者に身をまかせねばならない。口を大きく開かされて、舌をひっぱりだされても、いやだとは言えぬ。相手を信用するか、いやなら医師にかからぬようにするしかない。つまり、いやなら撮られぬようにするしかない。

いつであったか、うしろの壁に腕を組みながらよりかかり、歳三が見学していると、商人の女房らしき女が、その妹らしき女と一緒につれだって写しにきた。

田本は、手品師のごとく赤いビロードの大きな布をかぶって姿を隠し、中で暗箱を覗いて操作していたが、がばっとはねのけ、

「だめだ、どうもいけない。あなたがみていると、どうもやりにくい」とうしろの歳三のほうへ振返って叫んだ。そして、なにやらしきりと手招きするので、そばへよると「さあ、この中を覗いてみな」と田本は言った。

「いや、俺はいいよ」と歳三はおよびごしになって手を振った。が、田本は、強引に、その手をひっぱって写真機のそばへ連れていき、ビロードの布をすっぽり頭にかぶせてしまった。

写真機の前の女たちは、それをみていて、吹きだしてしまい、そのため直立姿勢の肉体がグニャリと崩れた。「こりゃ、動いちゃ、写せん」と田本が怒鳴りつけるのを、赤いビロードの暗闇の中で歳三はきいていた。落着いて目を開くと、そこには大きな不透明な砂磨《す》りの四角なガラスがはいっていて、女たちが、逆《さか》さまに写っていた。「へえ」と歳三は思った。そして、その倒影像には、女たちの首を押えつけていた機械は、写っていなかった。どうやら隠れて見えぬようにできているらしかった。

「さあ、出た出た」と尻を叩くので、外へ出ると、「すこしは、写真というものがわかったかね」と田本は問うた。

歳三には、なぜ女たちが、一人は立ったまま、もう一人は椅子に坐ったままで、逆さまになって浮いているのか、わからなかったので、そのことを問うた。

「わからなくたって、いいのさ。そう簡単にわかられちゃ、こっちが困る」と田本はうそぶき、「もっとも、あんたが刀を棄てて、写真使いになるというなら、話は別だがね」と赤のビロードの布の中から、せせら笑うように話しかけてきた。

すこし面白くない言いかただったので、

「ああ、いいとも、貴様の助手にでもしてくれるかい」と答えると、「ああ、してやるとも、卵の白身わけばかりさせてやる」憎らしい声が返ってきた。

「でも研造さんよ、女たちをあんたが撮っていいのかい、おまえさんが撮るのは、旧幕の兵たちだけで、他は木津の旦那が撮るんだろう」と歳三はすこし意地悪を言ってみた。

「なあに、このご婦人がたは、俺を名ざしよ」

と言い返して、さらに、

「おれはね、近いうち、でっかい写場を建てるつもりだ。幸吉さんもそれを承知で、おれにご婦人がたも撮らせてくれている。広く勉強しろというわけだ。涙がでるよ。もちろん旧幕の旦那たちを残らず撮って、稼がせて貰おうという寸法だが、たちの悪いのがいて、銭を払わないのがいる。だから前金をとってから撮るようにしているんだが、土方さん、踏み倒しのないよう躾《しつけ》をよろしく頼みますよ」とうそぶいた。

田本も、氷を内地に売ろうとしていた中川嘉兵衛と同じように、いずれ新政府に、この榎本の仮政権が打ち倒される匂いを、嗅《か》ぎつけていると思った。

たしかに、田本が踏み倒しを警戒するのも無理はなかった。はじめのうち仮政府は、人々を安堵させるため、軍用金を派手に使ったりしたが、すぐ資金につまり、富商に用金を申しわたすようになっていた。正月にはいってから、評議の上、富商へ再び用金を申しつけることになった時、さすがの土方歳三も腹を立てた。

「わが軍状、頽勢《たいせい》なる時、たかがはした金で一時をしのいでも、市中の評判を悪くするのみ。無意味に非ざるや」

と反対したほどだった。

また榎本仮政府は、新金を鋳造して、それをばらまいた。

「その役付のもの、追々《おいおい》茶屋遊び、或《あるい》は後家《ごけ》、小宿《こやど》等へ入り込み、金銀を水の泡に遣《つか》い、又は下部のもの共、市民をゆすり歩き行く」

と『箱館軍記』は述べている。

心配無用と箱館奉行からの達しがでたが、市民はだれひとり信用するものなく、新金での買物を断わる店が続出した。しかも拒んだものを入牢《じゅろう》させたりしたので、いよいよ榎本ら新政府の人気は下落していった。

十四　ガラス

二月も半ばを過ぎたある日、田本から言伝《ことづ》てが歳三のもとに届き、「面白い人間どもを見せるから、夜来ないか」とあった。

たまたま、伊庭八郎が、松前の屯営から、征討軍の青森口あたりの動きを知らせる情報をたずさえて、やってきていた。その打合せもすみ、その夜は郭内に泊ることになっていて、ぶらりと歳三の役宅を訪ねてきたので、そのまま彼も誘うことにした。

二人は、蝦夷は寒い寒いといいあいながら、雪の夜道を歩いて木津の家を訪ねた。いつもの写場にはいると、カーヘルを囲んで、すでに五人の男たちが、酒宴を開いていた。ウオツカやワインの洋酒びんがあちこちと転がり、日本酒の樽《たる》も、すでに鏡を抜かれていた。

「ようこそ、いらっしゃいました」。椅子から立ちあがって、木津幸吉が二人を出迎えた。幸吉の頰はすでに桜色に染まっている。五人のうち、田本と木津をのぞく三人は、はじめて見る男たちであった。

「こちらが、土方歳三さんだ」。田本の紹介で、みんなに向って歳三は頭を素直に下げた。いつものしわがれ声を酒でさらに濁らせて田本は仲間の一人一人を紹介しはじめた。

「この中で一番年を喰った人は、紺野《こんの》治重《はるしげ》さんだ。相馬藩士で一刀流免許皆伝だそうだ。江戸にいたころ、千葉道場に他流試合を申しこみ、九人まで破ったそうだが、真偽のほどはわからない。我々はこの目でみたわけではないからな」。ここまで言った時、片腕のない袖をぶらぶらさせながら伊庭八郎は、椅子に坐ったままますこし胸をそらし、「ほう」と言った。

田本は、じろっと伊庭に流し目をくれたあと「土方さん、この人はなにものだい、先に紹介してくれ」となじるように言った。

「いや、自分で名乗る。伊庭八郎です」

ぺこっとまだ髪の生え揃わない坊主頭をさげた。

「存じておる。伊庭道場の八郎と言えば、江戸にいたことのあるもので、知らぬものとてないたいそうなお人だ。八郎殿ならわかってくれようが、九人抜きと申しましても、千葉道場の下っぱどもでしてな、お恥かしい」

文政《ぶんせい》十年生まれという紺野は、頭を低くさげて言った。伊庭八郎も、恐縮したように、素直に頭をすこしさげて返礼したが、その時、

「ふっ、これは、驚き。錦絵《にしきえ》になっている先生に逢えるとは、思いもよらなんだ。親孝行はするもんだ」と言い放ったのは、顔の長い精悍《せいかん》な面構えの男だった。椅子の上にそっくり坐ったまま、その男は立膝をつき、その膝頭を片手でかかえこんで、もう一つの手でブランディをなめていた。

すぐにその声に応じて、伊庭八郎は、

「錦絵の先生てえのは、おいらのことかえ」

すこし気色ばんできき

かえした。

「箱根の三枚橋で腕を斬られながら、その敵を斬り倒し、刀勢余って岩を斬るの図は、たいへんな評判で、私などは、さしずめ大いに迷惑した」。その男は、せせら笑うように言った。

「迷惑？」

また八郎がキッとなってききかえすと、彼はにこりと笑って、

「左様、まあ、迷惑でした。私は横山松三郎《よこやままつさぶろう》という若造ですが、二、三年前から両国《りょうごく》で写真館を開いている。もとはといえば横浜の下岡蓮杖先生の弟子です。伊

庭さん、あんたは、あの親爺《おやじ》さんのところで写真を撮りなさったことがおありでしょうが？　あの箱根の戦いであなたの名声いよいよあがり、どこできいてきたのか、ガラスの種板があったら焼付けしてくれとおっしゃる若いご婦人がたが、殺到しましてね、親爺さんは、困っておった。弟子の私にまで、これまで伊庭八郎殿を撮ったことはなかったか、とせがむご婦人がいるという始末です」

立膝の姿を崩さずに椅子の上から挨拶《あいさつ》した。

この横山は、のちに日光山廟《びょう》を撮影したり、荒廃した江戸城を内田九一とともに撮ったりした。また日本最初の航空写真を撮ったのも、彼であった。伊庭八郎の顔には、とんだところへ、なんの因果でか、ふらりと舞いこんでしまったものよと、困惑した表情がありありと浮かんでいた。

「伊庭さんよ、気をつけたがいい。榎本が、このごろ、声色《こわいろ》まじりで、お前さんがヤリソクナッタ〳〵と腕のない袖をふらふら揺らしながら、品川沖を脱走した船室の中で土瓶などつるして鉄砲の練習しているのを見ましてな、その勇気にほとほと感服いたし申した、武士はかくあらねばならぬと、人に逢うごとに喋《しゃべ》くっている。これでは、錦絵どころか、講談にもされかねない」

歳三がからかうように言うと、伊庭は、坊主頭をかきながら、

「へっ、あんたまで、おいらをからからのかい、これじゃ、おちおち死ぬ気にもなれやしない。どんなことを言われるか、わかったものじゃないからな」

とつまらなそうな顔をした。それは、まさに青年の顔だった。歳三より七ツ若かった。

「でもなあ、いくら死ぬ気でいても、死ぬってのは、むずかしいですぜ、伊庭さんとやら」

田本もからかうように言ったが、すぐなにを急に思いだしたのか、

「そうだ、榎本と言えば、俺のあとで、紺野さんのところへも行ったようだ。紺野さんの刀の腕を見込んでか、写真の腕を見込んでか知らんが」と不快げに口ごもった。

「多分、どっちでもあったのでしょうな。私が、蝦夷なる地へやって来ることになったのは、写真好きの松前の殿様（崇広《たかひろ》）の招きがあったからで、そのもとは同じ写真狂いの島津《しまづ》斉彬《なりあきら》公の推挙です。おめおめ榎本の同志になってしまえば、その恩に背くことになる。だから、お断わり申した」と紺野は、ぶすっと笑顔も見せずに答えた。

「その点、私と同じで心強うございます。このご仁は、おそらく私より蝦夷で早

く写真を撮りはじめた大先輩でございますよ、土方さん」と木津が口をはさんだ。

「ところで、この酒宴はいったいなんですか」。伊庭はけげんそうな顔で尋ねた。

「どうやら、写真師の集りのようだ」と自問自答すれば、田本はそれを受けて、

「集りというほどのこともない。このわれらが先輩横山松三郎は、エトロフ生れの箱館育ち、洋画に上達するため写真を学んだという変り種だが、土方さんらの軍が箱館を攻め陥したと江戸できき、写真師の道を開いてくれた母堂がこの地にいるによって、ああ、心配でおちおち眠れず、ついに外国船をやとい、一目お顔をみんものと……」。ここまで言うと、横山は急にてれて、立膝を崩し、両足を椅子の下へおろしてしまった。

田本はそれを見ながらクスッと笑って「そこまではよいが、上陸の時、つかまってしまってな、ほら、さっきからだれの紹介も受けずに、沈々と酒をくらっては、ガラスを磨いている男、この武林盛一《たけばやしせいいち》こそが、それを救ったってわけだ」

武林と言われた小太りの若い男は、ぺこりと土方と伊庭に向って頭をさげた。

「こいつは、箱館の写真仲間では一番若いが、やたら侍になりたがってね、やっと五稜郭の牢番《ろうばん》の役にありついて、念願の刀をさすことができたといって大喜びする頓馬だが、こいつが前々から横山を知っていたから、ぶじ釈放されて、おふ

くろの顔をみることができたというわけで、めでたし、めでたし。かくてわれら久闊《きゅうかつ》をめで、両国で大出世なされし先輩横山殿をここに招き、いまや歓迎の宴を張っているってわけさ」

田本研造はいよいよ酔って、悪態をついた。

武林はというと、仮政権の幹部土方らがいるせいか、紹介を受けてからは、いよいよ小さくなっていた。彼はのちに紺野とともに北海道開拓使の写真御用掛となり、囚人やアイヌの写真に傑作を残すことになる。アナーキズムの作家武林夢想庵《たけばやしむそうあん》は、その息子である。

「こいつは、まだ写真の腕が悪い。刀のさしかたがまだ身についていない以上に、写真にもまだびくついている。だから罰としてガラス磨きをさせている」と田本が、頭ごなしに言った時、土方はその饒舌《じょうぜつ》にわざと水をさす如く、武林にむかって「そのガラスには、なにやら像を結んでいるようだが、なぜわざわざ消しているのかね」と訊いた。「ガラスが足りないのですさ。種板に液体をかけて消し、もう一度撮影に使うだけのことさ」と、田本は武林に答えさせず、少し憎々しげに言った。

歳三はその一枚をとり寄せて、すかしてみた。額兵隊の兵士が、椅子に坐ってピストルを握りしめている写真である。

「写真術なるものは、この種板があるかぎり、いつまでも紙写しができる。だが、どこのだれかが戦争などおっぱじめやがったばかりに、ガラスが手にいれにくくなった。だから、一回使った種板の像を消して、もとのガラスに戻し、もう一度撮影に使うのよ」

田本研造は、すこし酔いが醒《さ》めたような真面目な表情に戻し、歳三を啓蒙《けいもう》した。

しかし、やはり水をさされたのが面白くないのか、

「おい、みんな、この土方歳三てえのは妙な男でね、俺を訪ねてきてから、ずいぶんになるが、これまで一度だって、写真を撮れと言わぬのだ。すこし、おかしいと思わぬか」と田本はからんできた。

歳三は、そろそろ切り上げ時だと、伊庭に目で合図した。武林は黙々と脱走兵士の像を消していた。このガラスの像が消えるということに、なにやら写真なるものへの底知れぬ恐怖を、歳三は感じていた。

十五　奇　策

榎本釜次郎に、開陽艦を失った痛手を回復する、最後の機会がまわってきた。

三月も半ばをすぎたころ、内地へ送りこまれていた間諜《かんちょう》が帰ってきた。賊軍征討の命を受けた軍艦五隻が品川を出航し、十七、八日頃、南部の宮古《みやこ》に入るだろうという知らせであった。

榎本らがもっとも怖れていたストーン・ウォール・ジャクソンが、甲鉄東《あずま》艦と名を改め、討伐に向う艦隊の旗艦となって、その中に含まれていた。この時、回天《かいてん》艦長甲賀《こうが》源吾《げんご》によって、大胆な戦略の提議がなされた。

「甲鉄と海上にては力《ちから》争い難し。不意に其の集合地に突入、急速に襲撃して捕獲するを上策と為す」

かく海軍奉行荒井郁之助に進言したのである。

「至極結構」居士《こじ》と言われた穏健な荒井も、唸りをあげて、しばし絶句したが、この建策を軍議に諮《はか》った。

これを聞くや、榎本の表情は、あたかも太陽が顔の中に入ったように、みるみる明るくなった。ストーン・ウォールを奪ってしまえば、新政府の武力が半減する。そればかりでなく、その武力がそのまま、蝦夷仮政権のものとなり、事態は大きく逆転する。

「諸君、どう思いますかな」。ひとまず協議が終ったあと、榎本は大賛成と言わんばかりの表情を、真正直に顔へ露わにし、にぎりしめた拳をいまにも叩かんばかりに、テーブルへ身をのりだして言った。土方歳三は、笑いをこらえるために横へ顔をそむけた。

榎本釜次郎は頭脳明晰《めいせき》で、かつ意想《アイデア》に富んでいたが、とつぜん間が抜けたり、急に大雑把になったりするところがあった。つまり自らの理智を超えてしまう情緒過剰のところもあり、そのくせ動物的嗅覚《きゅうかく》も持ちあわせていた。

歳三が顔をそむけたのも、すかさず榎本は気づき、なにか馬鹿にされたのではないかと傷ついた。その傷ついた自分をなにがなんでも治癒し挽回《ばんかい》しなければと、

「土方さんは、奇策好きだ、まずあなたのご意見をどうぞ」

反対はさせぬぞとばかりに、まっさきに名ざしてきた。

「甲賀君の策は、奇策に見えようとも、開陽を榎本さんがみすみすなくしてしまったからには、甲鉄急撃拿捕《だほ》を目的とした接舷《せつげん》攻撃は、まっとうな策でしょう」

歳三は、笑いを嚙み殺して答えた。

榎本は大反対でもされたように、急に胸をそらしたので、またおかしくなった。

それにしても、田本をはじめとする写真師たちにだけは、いつも気圧《けお》されて、たじたじなのは、なぜだろうと思った。歳三は、これまで藩主であろうと、洋行

帰りの新知識たちであろうと、びくついたことはなかった。いつも向うのほうがあせり、歳三の言葉にびくびくして、失敗してしまうのであった。

フランスの客将ブリュネが、ヨーロッパの先例を引いて賛成した時、甲賀源吾の策は、採用も同然となった。

出撃は三月二十日の真夜中ときまった。回天を旗艦とし、他に蟠龍《ばんりよう》、高尾《たかを》の三艦をもってし、宮古湾へ集結している官軍艦隊のうち、ストーン・ウォール、即ち甲鉄「東艦」のみをめざして、奇襲を敢行することになった。自軍の各艦には、陸軍の兵も乗組むときまった。

歳三は、海に不慣れな陸軍が乗るのは、いくら接舷攻撃して相手の甲板に乗り込むからと言っても愚策だと思ったが、榎本は勝手に、「土方が行きたがっている」と思いこんでいるので、その愚たるゆえんを論ずるいとまもなかった。それは、それでいいと歳三は思った。

旧新選組の野村利三郎は、鷲ノ木に上陸して進軍を開始してから間もなく、川汲峠のあたりで、陸軍隊の春日左衛門《かすがさえもん》と闘諍《とうそう》した。先陣争いの口論であった。かつての歳三なら断固処断していたが、この時の彼は、やむをえぬと二人を弁護した。

罰を免れた野村利三郎は、その恩借をこの一戦で返さんものと勢いこんでいた。

「よせばよいのに」と歳三は心で思っているが、そうも口では言えなかった。

「俺たちの乗る回天は、旗艦だから、ストーン・ウォールと戦うチャンスはないぞ。そう張り切るな」と歳三は言ってみたが、野村は「嘘でしょう」という顔をして、耳を貸そうとしなかった。接舷攻撃は、高尾と蟠龍の受持と決まっていた。朝早くからニコールの指揮のもとに、三艦は沖へでて、接舷攻撃の訓練をした。ストーン・ウォールの構造はわかっていたので、接舷の練習は行われた。

覚悟の色の見える野村利三郎などは、目の色を変えて艦から艦へ移る時の跳躍の訓練をしていた。この日も「回天では機会がないかもしれんぞ」とくどく言ってみたが、「絶対にあります」と野村は答え、刀をふりかぶったまま跳びこむべきか、相手の甲板におりたってから刀抜くべきかを、歳三に問うたりした。

歳三は、出航の前日、海上の訓練が終って箱館に戻った午後、写場を訪れた。顔を出した木津幸吉に田本はときくと、修整室にいるというので、部屋のある位置をきいて、黙ってはいっていくと、彼は斜めの台に写真をはりつけて、それに向って、先の細い筆をしきりと動かしていた。ふりむきもせずに田本は声をかけてきた。

「土方さんでしょう」

「ああ、よくわかるな」

「足音でわかる。あなたは、すり足だからな」

「ひさしぶりだ。君の仲間と酒を飲んで以来だ。あの日は、お前、すこし荒れていたな」

「いやいや、横山などに逢えて嬉《うれ》しかっただけ。そうだ、次の朝だったかな、あんたのつれてきた伊庭八郎が見えやしてね、写してくれろと言うんだ」

「ふーん、あいつがね、俺には黙って帰っていったが……。撮ってやったんだろうな」

「ああ、写されるは、隻腕の美剣士。写すは、隻脚の写真師。というわけだが、あの日も例の酒盛りでね、途中で木津は眠くなったと退席するし、武林は門限があると早く帰り、紺野は女房がうるさいと消えてしまい、結局、俺と朝までつきあったのは、横山だけ。伊庭八郎がやってきた時は、まだ二人は飲んでいた。そして、俺が撮ろうとすると横山が、いや俺に撮らせろと頑張るのでね、遠路はるばるの客に譲ったよ。奴さん、死んでもいいと思っていても、なかなか死なないもんですね、とか俺に向って言いながら、嬉しそうに帰っていった」

「それに似た台詞《せりふ》、お前さんが前の晩にブスッと言ったものだから、ずっと奴は気になってたんだろう」

「伊庭の若旦那は、うまく死ねるかね。こじれちゃってるようだからな。だけど馬で帰っていく伊庭の旦那の手綱さばきには見惚《みと》れたな。あの不自由な片手ひとつで、雪を蹴散《けち》らして、凄い勢いで帰っていった。俺様もほれぼれと、じっと見送ってしまった。写真にとっておきたかったたね。今の器械じゃ駄目だがね」

「ところで、今日はお前に相談がある」

「へっ、あらたまって、なんです」

「さきに言っておく。出張費は、でない。南部の宮古まで、軍艦で俺といっしょに行ってみないか」

「なんだ、そんなことか。てっきり土方さんが、俺を撮ってくれ、ついにその気になったと告白するのだとばかり思っていたよ。戦争がいよいよおっぱじまるのかね」

　歳三は、黙って肯いた。

「戦場の写真をとれというのかい」

「いや、乗ってくれるだけでいい」

「船は揺れる。とうてい、いまの写真器械じゃ処理できねえ。乗るだけならいいです。軍艦にいちど乗ってみたいと思っていたところだ」

「榎本も、文句は言うまいよ。自分でもいいだしていたんだからなあ。それに、もうひとつきくが、お前は、ほんとに写真が、心から面白いのかな」

「へんないいがかりつけるじゃないか。ああ、もちろん、こんな修整仕事、嘘っぱちもいいところだ。写場を建てるため、目をつむっているのさ。写真ってのは、もっとおそろしいものなんだ」

「絵心のある人は、修整だけでも面白いんだろう。お前だって、榎本の目を斜視にしてしまったではないか」

「違うね。横山松三郎なんか、もともと絵かきだ。奴が写真をやりだしたのは、もっと立派な絵をかきたいからだったが、そのうち写真そのものが、面白くなってしまったんだ。修整技術は商売繁昌にはつながるさ、だけど、こんなのは写真じゃないのさ」

　そう言って、修整台のひきだしから、何枚かの写真をとりだして、歳三の前へひょいと投げだした。

「これは、たしか、お前さんたちの来る前の慶応三年だったか、松前の名門の出で、箱館来航の際、ペリーを応接した蠣崎監三《かきざきかんぞう》を撮ったものだ。こいつは、山下《やました》雄城《ゆうじょう》ってお侍だ。やっぱし松前で撮った」と熱っぽく説明しだした。

記念の写真ばかりを見慣れた歳三には、山下雄城の写真などは、度肝を抜かれた。西洋の花である大きなダリヤの一輪ざしの置かれた文机《ふづくえ》の前に坐っている雄城をやや斜めから撮っているが、その写真の迫力は、まさしく対象を見据えて、どぼりと呑みこんだ真正面のものであった。雄城の太い唇はめくれるようにぼわーっと開いていた。そこには、雄城の魂と、田本研造の魂とが、がしりと激突していた。

雄城は、松前藩の復領を幕府に嘆願するため、十数人の同志と脱藩、のち投獄されるが、牢を出てから自刃して、果てたという。歳三流には田本が勝って、雄城を殺したとも言えた。

十六　接　舷

写場のほうから、軍靴の踏みこんでくる賑わしい音が聴えてきた。だれだと田本と一緒にでてみれば、榎本たちであった。

回天に乗る海軍総督荒井郁之助、蟠龍丸艦長松岡磐吉《まつおかいわきち》、会計奉行榎本対馬《えのもとつしま》、それに江差奉行並小杉雅之進《こすぎまさのしん》、そして林董三郎もくっついてきていた。

「いや、土方さん、またここでお逢いしましたなあ。今日は、お写真を？　そうでしょうな。我々も荒井郁之助君、松岡磐吉君の明日の門出とその武運を祈って、これから記念写真です」

と榎本釜次郎は、とってつけたように笑ってみせた。

「回天の甲賀君はいないじゃないか」。歳三はぐるっと見わたしてから言った。

「江戸で撮ってきたから結構というんだ」と荒井が答えると「甲賀君はぴりぴりしすぎる」と榎本は批判の口調でつけくわえた。

白い布のあるところへ六人はぞろぞろと集った。まず二つの椅子へ荒井と榎本が坐り、うしろから囲うように四人が立った。

「ガラス取りがいいかね、それとも紙取りかね」

木製の義足は、板の間によく響く。コッンコッン音をたてながら、田本がきくと、「うむっ、左様よな、よしっ、ガラス取りにしておくれ、桐箱の中に黒ビロードを張ったやつ、あれがいい。壮途を記念しての歴史的写真だ、あれがいい」

榎本はしたりげに答えた。

「ようがすとも。それではみんな、すまねえが、刀を逆にさしてくんな」とぶっきらぼうに田本は命じた。

「なにっ、刀を逆にだって！　馬鹿にするない、いまはダキューレオティピの時代じゃあるめえ、コロジオンの世じゃないのかえ」

すこしべらんめえになって、榎本が急に怒りだしたので、居並ぶものはみな、彼の顔を見た。

「これはこれは、ヨーロッパ帰りの榎本様とは、思われませぬお話。コロジオンなるものは、ガラス撮りにしますれば、左右逆になるのが仕組。それを種板に用いて、紙取りをしますれば、元通りの姿になるのが、原理でごぜえます。ガラスだけで見ても平常のごとくに見えるようにしまするには、ダキューレオティピと同じく、刀は逆にして、魔法をかけねばなりませぬぞ」

松葉杖をぶりぶり振りまわしながら、田本も大層な見幕で言い返した。榎本は相手が怒ると、すぐ気が弱くなるところがある。

「わかった、わかった。田本さん、もういい。俺があやまっていた。とんだことを言って、みんなの門出を汚してしまったようだ。榎本、この通り謝り申す」

座はいよいよ白けた。

「わかれば、よろしい。さて、みなさまは、武士でござります。首ばさみなどという、こんな失礼なものは不要でござりましょう。さて、今日は、曇天《どんてん》にございますれば、私がはーいと申しましてから三十セコンドは、じっとしておらねばなりませぬ。よろしいですな。ポーズは、自分のお楽なかたちでけっこう、視線もお好きなように、ただ動かず！」

田本は、くそ丁寧になったり乱暴になったり、あれこれの異った言葉遣いをまじえながら、残酷なことを言った。

「これでは、とうてい田本の従軍を榎本に言うわけにもいかないな」と歳三は思った。

できあがった写真を見ると、六人が六人、その視線は、ばらばらで、心もいかにこの時、ばらばらであったかということがわかる。全体としては、この撮影時の険悪な状態を自然に写しとっていて、絶妙のまとまりを見せている。

前列の椅子に坐った荒井は、前にのりだすかっこうで、視線を床に落としているが、日本刀をベルトにさしこんだ隣りの榎本は、あごを張って天井を見つめている。この二人の間には、極端をいったバランスがあった。うしろに立つ右端の小身な松岡磐吉は、なにやらショボンとしているし、左端の小杉雅之進は、首をかしげて、もういやになってしまったという風情だし、その隣の榎本対馬は気むずかしげに立ち、うしろのみんなよりもさらに一歩さがって立つ長身の若者林董三郎は、大人はなにをやってやがるんだい、という顔つきである。

二十日夜、整然と帆をあげて箱館を出撃した三艦は、二十三日午後、鮫《さめ》村をでたが、夜にはいってから、嵐にまきこまれ、隊列が狂いはじめた。

翌二十四日、風やや止んで、山田港に回天がはいった時、蟠龍の姿は見えず、高雄のみがかろうじて追いついてきた。

山田港は、その一帯、ぐるりと菜の花の黄色に彩られていて、ややすこし暑いこの日は、初夏の萌《きざ》しさえ見せはじめ、雪の消えやらぬ箱館にひきくらべて、乗組員は、その光景を見た時、おっと、どよめいた。

歳三は、榎本に無断で連れてきた田本研造とともに甲板に立ち、真黄の色に埋めつくされた暖かそうな丘を眺めていた。音無榕山《おとなしようざん》の号をもつ田本は、この黄の色彩にも、とりたてて感動している様子もなかったが、「今の写真術でも色が写せたらね」とポツリ呟いた。「そういうことも考えられるんだな、写真というやつは」。歳三はなんとなく淋《さび》しくなった。

宮古には官軍の征討艦隊がはいっていることは、諜報活動によって確実となっていたが、いくら待っても自艦の蟠龍の姿は見えず、ついに二艦をもって当り、まず高雄が甲鉄に接舷《せつげん》攻撃をしかけることになった。ところが、いざ山田港を出航してみると、高雄は機関に故障をおこして動かなくなり、予定になかった旗艦回天の単独決行となった。

白鉢巻の野村利三郎が、歳三の前へやってきて、「先生、ほら、回天の出番がやってきたではありませんか」と得意げに言った。「お前に負けたよ」と答えれば、「今日はやります」と野村が声を高くした。

陸軍総督としてやってきた以上、戦わねばならぬと思ったが、歳三は、気ののしていない自分に気がついていた。

明治二年三月二十五日黎明《れいめい》。アメリカの星条旗をかかげ、決死の回天は、宮古湾内へひそやかに、滑《すべ》るようにはいっていった。

「研造さん、いよいよだ。お前さんはどうする。胆力もっての見物もよかろうが、撃ち合いがはじまったら、すぐ下の士官室にひっこんでいるんだな」と囁くや、いまや時きたると興奮して部署についている兵のもとへ、歳三は小走りで去った。

もし、回天が、うまく接舷に成功したなら、「自分がまっさきに躍りこんでもよい」と思った瞬間、田本の言っていた雪原を駈ける伊庭八郎の馬上のうしろ姿が、なぜか浮んだ。

しのびよるように回天は、碇泊《ていはく》八隻のうち甲鉄一艦を目指して、接近していった。歳三が鉢巻を額《ひたい》にあてると、相馬主計がうしろにまわって、きりっとしめた。旧新選組からは、相馬と野村のみが参加した。一番若い市村鉄之助は、泣き顔をして連れていってくれとせがんだが、あえて置いてきた。

たかが写真に撮られることさえ、かくも、こだわりつづけたのはなぜか。鉢巻をしめる音をききながら、まだわからぬ、と首をかしげた。迷いのままに、気がついてみると、宮古の襲撃の場にあった。

田本という男の魅力を写真術そのものと考えてよいとすれば、この男を自分が好きだというのは、ひいては写真が好きなことではないのか。だが、ことは、そう簡単ではない。おそらく、これまでの自分の生きかたと深く関わっていて、田本が好きなことは、写真も好きなことという風には、割りきることはできないのにちがいない。

口ではどう言ってきたにせよ、徳川にも朝廷にも、俺は恩顧を感じてはいない。過去にこだわるたちでもなければ、滅びゆくものへしがみつく気もない。

これだけ、すべてがはっきりしているのに、なおなにかに引っかかっているとするなら、自分の生きかたとして、これまで真正面に向って突進していたつもりが、実はその正反対を走っていて、そのことに気がつかなければよいのに気づいてしまったため、変てこな中ぶらりんの空間に俺の心がはまりこんでしまったのではないか。きっと、そうだ。

俺の感性そのものは、心とは別に、写真などという空おそろしいものを生みだす新しい世界へ向っていたはずだ、しかし、たかが自分の写真一枚すら撮りもしないまま、決戦の宮古湾までやってきてしまったということは、「土方歳三」という総体の生命が、その世界をやはり拒否していたからだ。そのことが、黒い怪物ともいうべきストーン・ウォールを目の前にした今の今、はっきりわかったような気がした。

伊庭八郎は、俺と似ているようで似ていぬ。まだ二十七歳の彼には、苔《こけ》がなさすぎる。似ていないようで似ているのは、案外、榎本かも知れぬ。

ただ違っているのは、榎本は写真などを平気で撮らせるが、俺にはできなかったということだけだ。未来の日本が見えている榎本は、死を覚悟していても、いつも死をおそれている。俺はおそれない。その差だけだ。

いいや、だから、どうしたというのだ。

それですべてが解けたのか。お前の心のかゆみはとまったか。

歳三の眼前に、黒い物影が大揺れしてのしかかってきた。やった、と思い、ふり返ってマストの上を仰ぐと、すでに偽装の星条旗はおろされ、日の丸が翻っていた。

「アポルタージュ（接舷）！」

サーベルをふりあげて、金髪のニコールが叫ぶ。

「アポルタージュ！」

自分の進言に責を感じ、顔面をひきつらせている艦長甲賀源吾も、日本刀をひきぬいて叫んでいる。

歳三もアポルタージュを叫び、刀を抜こうとして、ふと下を見おろした時、回天と平らに接してあるべきストーン・ウォールの甲板が一部だけしかみえず、それも穴底のような非常に低い位置に見えた。あきらかに接舷に失敗していた。やはり最初からわかっていたように、回天では無理だったのだ。

兵たちは躊躇《ちゆうちよ》した。海軍士官見習の大塚波次郎《おおつかなみじろう》が「一番！」と叫んで、跳びこんだが、たちまち銃撃されて倒れた。続いて抜刀した野村利三郎が跳びこむのが見えた。が、その時、回天はずるずるとストーン・ウォールのそばから離れ、野村のからだは、着地の場所を失って、そのまま海の中へ消えていった。

「いかん」と歳三は、甲賀源吾のそばへ駈けつけ、上着を揺すって「失敗だ、引け、引け」と呼ばわったが、目を血走らせて、耳に入らぬのか、彼はいたずらに「突撃!」を命じている。

敵の甲板を見ると、ごろごろ押しだされる両輪のついたガットリング砲の筒が、回転しながら火を吹いていた。ためらっている旧幕脱走兵の一かたまりに向って、一分間、二百八十発の銃弾が吸いこまれていく。

土方歳三は、自分でもみじめなほど右往左往していた。こんどは舳頭《じゆくとう》に立って指揮していた司令官荒井郁之助の服を摑まえて、「駄目だ、引こう引こう」と言った時、金ボタンのいくつかがちぎれて落ちた。「艦長!」というだれかの悲鳴があがったので、反射的に歳三は振り返ると。「飛丸顳顬《こめかみ》を貫いて」甲賀源吾が倒れたところだった。

「俺は、もう知らんぞ」。歳三は惑乱したまま、やみくもに敵と撃ち合っている甲板を走り去り、ハッチを怒るように駈け降りて、自分に割り当てられた部屋に戻った。ベッドに田本研造が、ごろりと横になっていた。

「どうです、写真など撮れるはずないでしょうが」と彼は冷静な声で言った。思わず「うるさい」と歳三は口走り、田本の義足のあたりを蹴り上げた。

十七　春　光

ついに政府軍の艦隊は、四月八日、青森港を出た。同九日未明、江差のさきにある乙部《おとべ》村からその群兵が、球数つなぎの蟻のように果しなく上陸を開始した。蝦夷は、ようやくしぶとい雪も溶けて、遅すぎる春を迎えていた。桜のつぼみも、爽《さわ》やかな風の中で、ちらほらと開きはじめようかと震えていた。

薩州長州を中心とする征討軍の総兵数は、二万五千とも伝えられ、榎本の仮政権の兵力の十倍近い数であった。

宮古湾の逆襲に失敗した榎本ら反乱軍の守備する蝦夷へ、余勢をかって到来し、海と陸の両面から、一挙に攻め陥《おと》そうとしていた。

ただちに各隊は要衝に散り、江差から攻めのぼってくる官兵に備え、陸軍奉行の大鳥圭介は木古内口を守り、陸軍奉行並の土方歳三は二股口を督した。

蝦夷の春は、冬とはまたちがって、歳三の目を洗った。雪の下から露われた新緑は、痛々しいまでに野を染め抜いていた。

官軍到来の報は、市民にも行き渡り、また榎本らの占領軍からも退避命令がだされたが、ついに来るものが来たという感じで、箱館の人々は案外に落着いていた。しかし輝かしい蝦夷の春の姿は、さすがに彼等の目にも、はいらぬげに見えた。

征討艦隊の追跡をふり切って、宮古より箱館へ戻ってから、しばらくして土方歳三は、生れてはじめて写真を撮った。

木津の写場へ行く坂の途中で、これまで見たこともない前車輪のみやたらと大きい二輪の車を漕《こ》いでいるロシアの若い婦人とすれちがった。

漕いでいるうちに、どんどんと、フレアのひだとりの多いスカートが上の方にまくれあがってきて、白い肉づきのよい両の腿《もも》が露わになり、「オウッ」と声をだして笑いながら、彼女はその車を停《と》め、歳三のほうを見ながら顔を赤らめて、あわてて前をなおした。

「女か」。歳三は、この世の中に、女がいたことを思いだした。

箱館の山上町《やまのうえ》にある遊楼は、吉原をなぞって栄え、突如侵入してきた三千の兵の性欲を吸いとったが、京の時代とちがって歳三は、ほとんどかかる場所へ牽《ひ》きつけられることがなかった。そのことに、いまさらのように気づく。けっして自分を律してそうなったのではない。気がついてみると、ひとりでにそうなっていった。写場の入口のところで、なにやら忙しそうにしている木津幸吉にばったり逢った。

「木津さん、いよいよ戦争だ。避難しないのかね」

「いいえ、写真使いと申すものは、いくら商売だからといっても、戦争だからと言っても、逃げてばかりいるわけにもまいりません。変なものでございます、この写真という器械は、逃げるのを許さぬでございます」

「ふーん、そういうもんかね。ところで田本は、いるかね」

木津が肯くのを見て写場へはいると、田本は白バックの前に置かれた椅子にひとり坐って、あごに手をあて、なにか考えごとをしていた。こういう彼は、珍しかった。

歳三は「俺に坐らせろ」と言って、田本の肩のあたりをすこし押すと、うつろな目で諾して、立ちあがり、椅子を譲った。どうやら田本は、歳三にうしろめたさを感じているらしく、視線を合せようとさえしない。彼に似合わなかった。田本のぬくもりの残る木肌の上に腰をおろすと、

「今日、俺を撮ってほしい。笑うな」

と歳三は言った。

田本は、急に破顔した。「よろしいですとも」と答えるや、はしゃぐようにてきぱきと動きだし、器械の用意をはじめた。歳三は「これでよい」と思った。宮古の海戦の時、回天の船室で怒鳴りつけ、彼の隻脚を蹴りあげて以来、田本に逢っていなかった。

「首あてをしてもいいぞ、田本!」

と歳三は声をかけた。

「土方歳三たるもの、簡単に身じろぎする人では、ございませんでしょうが」

兄弟喧嘩をしたあと、もう和解しているのに、その会話には、まだてれくささが残っている、そんな言葉づかいに、田本のそれは似ていると思った。

「いや、ぜひやってくれ」

と歳三は頼んだ。

田本は、これまで見たことのないほど上機嫌に笑いながら、歳三のうしろへ例の器械をもってきて、その首の肉を挟んだ。「どうせのこと、腰にもあてましょう」と田本。「ああ、いいとも」と歳三は答えた。

首に当った金属の感触は、冷えびえとしていた。歳三は首を左右に振って見たが、ピクとも動かなかった。その時、総ガラス張りの窓の横に、大きな竹駕籠《たけかご》があるのに気がついた。

「田本、あれは、なんだ」。頭が固定されて動かないため、真直ぐ、レンズの目玉を見つめているしかない顔から声をだした。指だけは駕籠のほうをさし示している。

器械を操作する手を田本はとめ、「あれですかい」と珍しく恥じらいを見せながら、「あの駕籠は、暗室でっさぁ。三尺の流しもついている」と続け、「土方さんは、どこらで指揮をとりなさるのかね」と尋ねた。彼の瞳には、いつもの厳しい鷹の眼光が戻っていた。

「二股あたりだろう」

「これは、たいへんだ」

「なにが、たいへんだ。戦争にたいへんでないところがあるもんか」

「いや、そういうことじゃない。夏まではあの雪の消えない二股の山奥は、細いけもの道しか通っていない不便なところですぜ」

「それが、どうした。いまとなっては、かえってその絶険の峠は、兵を動かしやすい」

「そうではないので。この駕籠をもって、あの山道を動くのは、たいへんだろうな、ということですよ」

「お前、二股へついてくるつもりなのか」

「へえ、こんどこそ、写してみせます。今から二股の地の利をよくよく研究しておかなくちゃ」そう言うや真紅のビロードの覆いの中へ恥しそうに田本研造は姿を隠した。

この日、土方歳三は、襟なしのずらずらと小さく並べた一行ボタンのある羅紗地のジャケットの中へ、白いマフラを首にまいて押しこみ、坐ると椅子の下までひきずるような、上衿《うわえり》がベルベットで、下衿《したえり》は幅広に反《そ》りかえり、背には馬乗をつけた一見チェスタフィルド風とも見える濃紺のコートを上からはおっていた。

下はだんぶくろのズボンで、バンドには、白い帯を通し、脚には膝をこす反りあがった皮の長靴。胸には時計の金鎖を幾重にも垂らして吊り、腰には日本刀をさしこんでいた。

頭は、耳がわずかにでているオールバックの総髪で、額は広く出て、涼しくやさしげで、皮肉で冷たげな眼眸《ひとみ》をどこか一点に凝らしていた。

唇は屹然《きつぜん》とひきしまり、湾曲する両の三日月眉を下で受けとめている。手は両膝におかれ、左手は開いているが、右手は緊張を示して、拳がグリッと握られていた。

「土方さんのマンテルにだんぶくろ姿は、すこし変ってるな、根が仕立屋の木津さんも感心してた」

「ふーん、いまごろ、気がついたか。江戸で作らせたのは気にいらなくてね、仙台から開陽艦で来る途中、俺の指図で部下に裁《た》ちをやらせたのさ。これだと刀も抜きやすい。馬にも乗りやすい」

と自慢げに言って、がっちり押えつけられている撫で肩を歳三はそらそうとした。その時、

「はい、そのまま、一、二、三、四、五、六。はい終り」

と田本は叫んで、レンズに蓋をした。この同じ作業を、四度ほど、角度をかえて繰り返した。その間、歳三は一切、口もきかず、彼のなすがまま、じっとしていた。

長い写真の処刑は終った。田本研造がうしろへやってきて首かせのねじをゆるめている間、歳三はそう思った。

田本は、歳三を解放すると、すぐに暗箱をのせた器械のそばへ戻り、まだ濡れたままのガラス板を手にもって暗室へかけこんだ。歳三は、そのままついていっ

た。「きちんと戸を閉めてくださいよ」と田本は言った。

田本は、赤く鈍いランプの点《とも》った暗い部屋で、さきのガラス板を斜めに傾け、猪口《ちよこ》にとった硫酸鉄を全体へよく行き渡るように流した。

うしろから覗いている歳三に「これが現像というものだ」、「ほら、土方さんの姿が露われだした」と田本は子供をあやすように語りかけた。なるほど、小さなガラスの中に自分らしき像が浮んでいる。刀は逆に差し、時計の鎖も逆になっている。

さらに彼は、流し台へ行き、そのガラス板をていねいに水洗いしたあと、シャカリウムなる薬品で、また洗いなおした。

「これで一応ガラス取りはおしまいだが、紙取りとなると、まだめんどうな手続きがある」と呟きながら、そのガラスにこんどは没食酸液《もつしよくさんえき》なるものを注いで、また全体にいきわたらせたあと、硝酸銀を数滴たらした。そしてまた水洗い。「洗うことがずいぶん多いのだな」と歳三は思った。また硝酸銀をたらし、また水洗い。洗うことによって、消えるのではなく、かえって物が生れてくるのに興味を覚えた。

そしてていねいな水洗いが終ると、こんどは火鉢のそばへ田本は行き、、そのガラス板を炭火で焙《あぶ》った。炭火は、暗室の中で、にんじん色に燃えていた。それで終りでない。こんどはその原板が、長持ちするようにと、フルニスを塗って仕上げた。「たいへんなもんだな」と歳三は薄暗闇の中で呟いた。

土方歳三は辛抱強く、というより興味しんしんの眼差しで見つめていた。田本研造はといえば、息苦しかった。なぜ急に歳三が写真を撮る気になったのか、田本にはわからなかった。

なんどかの薬品過程を経てから、ガラス板は木枠の箱にはめこまれ、その上に鶏卵紙を張りつけた。

歳三は田本に促されて写場の外に出た。陽当りのよいところに田本はその木箱を置き、時々、裏蓋を開いては、紙を剝がして像の写り具合を見た。

何度目かに剝がした時は「色も青い方。軀体《くたい》も亦《また》大ならず、漆《うるし》のやうな髪を長がう振り乱してある、ざつと云へば一個の美男子と申すべき相貌《そうぼう》」と評されたあの土方歳三の姿が、手札の大きさの紙の中にはっきりと封じこめられていた。ついに歳三の像は、蝦夷の春光に晒《さら》された。

ふーんと、歳三がそれを手にとって、じっと見ていると、「仕上げが残っている」と言って田本はサッと取り上げ、持っていってしまった。

この写真こそが、いまなお残っている、姉が嫁入りした先の佐藤家へ持っていくよう、部下の市村鉄之助へ託したそのものである。

十八　二股口

山岳を利用して、十六ヶ所に胸壁の設けられた歳三の督する二股口へ、松前藩を先導とする征討の官兵六百余が到着し、四月十二日の午後三時ごろから、総攻撃を開始した。

伝習隊衝鋒《しょうほう》隊を中心とする味方の三百の兵が、これを迎え撃った。その戦闘は、夜遅くまで続いた。月光に、ランドセルを背負ったままの敵兵の死屍《しし》が、白々と照らされているのが、二股口の胸壁《きょうへき》の上から見おろされた。

歳三は、田本に、荷馬車の便をあたえた。田本は、木津の写真器械を借用したばかりでなく、自製のものを他に二台も用意した。荷馬車はそのまま流し台つきの暗室に改造した。荷馬車では不自由な、山の胸壁まで運べるようにと駕籠の暗室も二つ用意し、その予備とした。

暗室作業の助手も四人用意し、撮影副手としては、五稜郭で牢番役を勤めている武林盛一を指名し二股口の戦場へ借り受けられるように、歳三へ依頼した。

種々の薬品、感光剤、現像液、定着剤、ガラスプレートはもちろん、皿、秤《はかり》、錘《おもり》、計量コップ、漏斗《じょうご》、バケツにいたるまで、できるだけ多く用意した。そして大量のフランス製の鶏卵紙、それが切れた時の予備に、卵を二十籠《かご》。

土方歳三には、田本研造への注文はなかった。田本研造こと、「音無榕山」が、好きなように撮ればよかった。歳三が、写真を撮られることを決意したのは、写真の力を認めたからではなかった。写真を徹底的に憎み、嫌ってよいのだと、自分へ納得させることができたからだった。

それは、あえて写真と言わなくてもよいのだ、とも思った。それは、写真などというものを作りだす人間の力への嫌悪であった。写真にこだわって言えば、写真は、文字通り人間を焼き殺してしまうものであった。

高台寺党の残党に射撃されて重傷を負った近藤勇にかわり、大坂から新選組を移すため、榎本に交渉して同乗許可をとった富士山丸で江戸へ帰る途次、あれほど刀に執着していた自分が、西洋の文明とやらへするするとはいっていけるのに驚く一方、やはり強烈にうさんくささを感じた。それらが人間をいつかぼろ屑《くず》のようにしてしまうのを怖れて、嫌悪を感じていたにちがいなかった。

そして、その怖れのほうが正しいのだと感じたのは、宮古の海戦で涼しい顔をして大胆にもベッドの上で寝転がっていた田本を見た時だった。彼を蹴り上げた時、なにかが、しっくりしないというこれまでの感情のつかえも、さっと溶けていった。

写真を撮ったのも、それは、魅力よりも嫌悪の方に凱歌《がいか》をあげさせた自分への処刑であった。写真、或《あるい》は写真をつくりだすような人間の世界を嫌悪することを決心した故に、あえて写真を撮ることにしたのだと言ってよかった。

写真の世界、ひとりの人間を十にも二十にも千にもできる気味の悪い魅力をもった写真。人間の住む世界を、もう一つ新たに作ってしまうような怖ろしいまでの魅力を棄てるのには、その厭《いと》うべき魅力の写真によって自分を焼殺するのが、この未開の地蝦夷へやってきた意味だった。

そう自分に納得させてみたのだったが、ことはこうもめんどうなことではなく、写真の鬼である田本研造を蹴ることによって心が晴れて、いっさいのけりがついたのだとも言えた。あの日以来、嘘のように心のかゆみは消えていった。田本には罪はない。心の底ではすまないと思っていた。しかしまもなく田本の時代がやってくる。それは、おそろしい時代になるだろう。それを俺は知らなくてもよいと思った。

二股口の台場のてっぺんから下界を覗くと、味方だけでも三万五千発の銃弾を撃ちまくった硝煙が、朝霧とまじりあって、まだくすぶっていた。

谷川の音だけが、高く喉《のど》を転がすように鳴っている。長時間の激突に疲れた味方の兵たちは、あちこちで胸壁を背にしながら、銃を抱いたまま眠りこみはじめていた。

「夜は、お手あげだ」と言って、戦闘を眺め、それにも倦《あ》きると、銃弾の飛び交う中を不思議な大胆さで眠りこけていた田本研造だったが、夜が明け、あたりが白みはじめると、ゴソゴソと起きだして、地上に据えっぱなしの器械をいじりはじめていた。

この太陽を盗んだとも言える写真は、これからの人間の戦争をも罰として焼付ける必要がある。田本を二股にひっぱりだしたのも、彼がどう考えているかは別として、歳三なりの思惑があってのことだった。田本の物を直視する目を、歳三は買っていた。直視というより、抉《えぐ》りとってくるような暴力の目を信じていた。

蝦夷は、鴉《からす》の多いところだった。海岸にも山中にもいた。人なつこく、人を怖れなかった。朝の太陽が昇りはじめたころ、月光を浴びて累々《るいるい》と晒されていた屍《し》体《たい》は、こんどは白日の下に晒されることになった。舞いおりた鴉が群がって、その屍体の上を這いながら、その嘴《くちばし》をせわしなく上下に動かしていた。

それを見下ろしている歳三の立つ胸壁のそば近くにも、怖れを知らぬ鴉は止っており、時には、突然羽音をたてて舞い上ったりした。歳三の脇で眠っている兵が抱いた銃の後尾の上にも、鴉が一羽とまっていた。じっとなにかを考えこんでいるように見えた。儒者に似ている、と昔から鴉のことをそう思っていた。

その時、

「そのまま、そのまま」

と田本は叫んだ。

露出時間は長く、三十も田本は数えた。撮影が終ると、胸壁の中へもちこんであった駕籠の中の暗室ですぐに田本は現像をはじめた。できあがった写真を見ると、歳三が横顔を見せて立っている。すぐうしろ脇に銃尾がでていて、その上に乗った儒者鴉が考え深げに写っていた。

その銃をかかえた兵士のほうは、いっさい写っていなかった。「嘘つきめが」と歳三がそれを見て笑うと、田本も、「もちろんですとも」という顔をして肯いた。「お前は、妙なところばかり撮る。俺が昨日、撤退すべきかどうかで、ホルタンと口論していた時も、狙っていたな。あれを見せてみろ」

田本は、「ああ、撮らないでか」という顔をして肯き、どこかから写真をとりだしてきて歳三に示した。腕を組んだフランス兵のホルタンが、銃箱の上に腰をどっかとおろし、ソッポを向いて怒っている。そのホルタンの前に立って土方が髪をふり乱し、刀の柄に手をやってつめよっている写真であった。動いたせいか、彼の顔はぶれていた。

歳三に従って箱館までやってきた旧新選組の隊員は、この二股口の戦いにほとんどが参加していた。首の長い中島登、クリクリ目玉の立川主税、ノッポの島田魁らは、それぞれに記録を残していて、たがいに時間のズレがあったりしているが、この二股口の激突を今にしのぶことができる。中島登などは、「四月十三日ヨリ五月朔日《ついたち》マデノ戦《いくさ》ニ一度モ敗《やぶ》レナシ」と自慢げに記しているが、官軍側の資料を見ても、それは事実であった。

二股口の防衛陣地は、二段構えになっていて、上二股と下二股とに分かれていた。天狗《てんぐ》岩《いわ》の陣地は、官軍の猛攻にあって守りきれずに陥ちたが、本陣のある下二股は、天険を利用した十六の胸壁をもち、突入してくる官兵を上から包囲するようになっていた。

島田魁の地形解説に従うなら、「道、山ヲ挟ミ、左右ヲ擁シ、右巓《うてん》ニ登レバ樹木茂《しげ》シ。旁《ツイデ》左《さ》巓《てん》ニ下《くだ》レバ、河流《かりゅう》有リ、水深クシテ歩渉《ほしょう》シ難《がた》シ」という天然の台場であった。

いかに敵が島田魁流に「驟疾《しゅうしつ》風雨ノ如キ者ハ長藩、慓悍《ひょうかん》ヲ畏《おそ》レザル者ハ薩藩」であっても、この台場にひとたび封じられるや、いたずらに死体の山を築くだけであった。特に河岸の三壁には、精鋭の兵を配し、数とその勇を恃《たの》む薩長の官兵への対抗とした。

土方歳三は、この戦いで、冷静と果断を示している。官軍は一気に二股口を蹴《け》散《ち》らそうとしていたから、旧幕軍の強い抵抗にあいながらも、ひるむところがなく、そのため激戦となった。島田魁によれば、

「官軍ハ士ニシテ衆《オオシ》、我軍ハ歩卒ニシテ、寡《スクナシ》、力ヲ以テ争イ難シ」という土方の判断から、単に守備してもちこたえるだけでなく、決死隊二十五人に、河を渉《わた》らせ山を越えさせ、奇襲を行って敵を潰走させている。

同じ奇襲でも、宮古海戦のように、一か八かの賭けの勝負ではなく、歳三の理智的な計算の上に立っていた。

だが、この天険を利用した台場の構築にも陥《おと》し穴があった。人跡未踏の嶺《みね》に向っては胸壁の構築がなかった。なんと苦戦を強いられた敵は、アイヌの案内で、

軽装をもってこの山巓《さんてん》を突破し、にわかに襲いかかるという意表の作戦に出たのである。なんとか退けはしたものの、味方の兵たちは疲労困憊《こんぱい》に至った。

内部にいざこざがおこったのも、この時である。伝習隊の滝川充太郎《たきがわじゅうたろう》が、戦いの急なるを聞き、二小隊を率いて応援にやってきた。だが、彼はいいところを見せようとしすぎた。馬に鞭《むち》をくれて、敵兵のしのび隠れている山を駈け登らんとするのである。はたして、その途中で、敵の一斉射撃を受け、あわてて馬首を戻して逃げた。

その時、彼の後を追ってくる騎兵がいる。見るとそれは官兵で、ただちに味方のものが銃殺するのだが、恥をかいた滝川充太郎は勇気のあるところを仲間に見せようとしてか、その兵の面皮を剝ぎとり、目をくり抜くという挙にでたので、しばし場は凍りついた。

すでに二股口を守備していた同じ伝習隊の大川正次郎《おおかわしょうじろう》が、それを見て蛮勇なりと怒りを発し、「徒《いたず》ラニ殺傷シテ軍気ヲ摧《クジ》クカ」と面罵《めんば》した。この時も、土方歳三は、冷静というより、温容に仲間割れをさばいている。

「大川子ノ言、固《モト》ヨリ其ノ理アリ。滝川子ノ勇、マタ感ズルベシ」

かつての歳三なら、有無も言わさず滝川充太郎を斬り棄てたはずだ。この仲間割れの光景と、面皮を剝がれた敵の死体を、田本研造は、ためらいもなく写真におさめた。

二股口の攻防戦は、十七日まで続いたが、それからしばらく戦いは止んだ。その間、胸壁の点検などの用をかねて、さきの奇襲にもこりたのか、手薄になっている山岳のほうへ歳三が探検にでかけた時のことであった。

歳三は、蝦夷の羆《ひぐま》に出逢った。

田本は、助手に駕籠をかつがせて、途中まで歳三のあとについていったが、弓《きゅう》箭《せん》を背負った道案内のアイヌが、これ以上は、あなたの悪い足もあることだし、身の丈もある蕗《ふき》の林や消え残りの雪などに阻《はば》まれて、とうてい軽装でなければ、だめだというので、同行を断念、山へは登らずに下で待っていることにした。

さも田本は煙管《キセル》をうまそうにくゆらせながら、早咲きの鈴蘭が群生しているあたりで腰をおろし、武林などの助手たちと談笑していた時、その中のひとりが、とつぜん、あれはなんだと叫んで、尾根のほうを指さした。そのほうを見ると、いつのまに部下とはぐれたのか、土方歳三らしき男がひとり、下へ向って走っている。

三十五も過ぎたのに、元気な人だなと田本は思ったが、どうもなにかあわてている風にも見えるので、目を凝《こら》すと、その十メートルほどあとに、熊らしきものが追っかけていた。

姿かたちは、ケシ粒のように小さかったが、走っている歳三が、時々うしろの熊のほうをふりむいたりするのまで、よく見える。田本は、なにがなんだか、よくわからないまでも、写真器械の組み立てを早急に助手たちへ命じた。

二股口は、小さな山が重層しているところで、尾根づたいを兵が進軍していたりすると、樹木が低いため、よくその姿が見えるところであった。

歳三は懸命に走っているらしく、前のめりになって坂をくだっているが、遠いためか、なにかしらのどかな光景に見えた。熊は悠然と前足を蹴って迫っているが、距離は一定で、縮まる様子もなく、山の横腹に白雲などがぽっかり浮んでいて、空はつき抜けるように青かった。

歳三が熊に追われているのは、たしかであったが、熊に追われるとは、いったいどういうことなのか、田本には実感として迫ってこなかった。

露出のセコンドを計算し、ビロードの布をかぶって暗箱を覗き、角度を決め、コロジオン撮影の繁雑な手順をてきぱきと田本は踏んでいった。

歳三が、ころんだ。尾根のあたりには、まだ雪があるのか、フワッと雪煙がおこった。助手たちは、危いと叫んだが、まるでその声がきこえたかのように、熊もとまる。歳三が起きあがって走りだすと、熊もまたさきと同じ距離を保って走りだした。田本は、すばやく何枚かを撮影した。まもなく歳三と熊の姿は、山の稜線《りょうせん》から消えた。

まあ失敗だろうなと田本が現像にかかっていると、歳三は息せききって、もうこれ以上走れないという風にふらふらのていで、林の中からでてきて、あの香りの強い鈴蘭の密生している草地の中へ、そのままつんのめってきた。

顔面は蒼白《そうはく》である。そのくせ苦笑いする余裕だけはあり、まいったというように手を横に振るや、ばったり倒れた。びっくりして助手たちは、どっと駈けよった。田本だけは、それにならわず作業の手をとめて林の入口あたりを見上げた。大きな熊がのっそりと立っていた。しばらくこちらを見ていたが、まもなく、おもむろに背を翻して林の中に消えた。

「蝦夷の熊は、気が知れん。俺がけつまずいて、もうだめだと観念しても、向うも止るんだ。走りだすと、また追ってくる」と歳三。

「山で、戦争がおっぱじまったんで、怒っているんですかね」と田本。

「かもしれぬ。ああ、まいった。命びろいした」

と歳三は、笑った。一緒についていった市村鉄之助や立川主税などは、山中で熊に出逢い、いちはやく逃げたが、歳三はなまじ刀を抜いて戦おうとした分だけ、マイナスに出た。結局、熊の勢いに刀も抜けず、ひたすら追っかけられて、逃げる破目になったのだと、彼はぜえぜえ息を鳴らしながら、胸を撫でおろしおろし、おどけて事情を説明した。

現像してみると、雲と山は写っていたが、駈けっこしている熊と歳三の姿は、定かでなかった。

二十三日の夕七時ころより、官軍は喇叭《ラッパ》を吹きならし、一千余の兵をもって下から胸壁をめがけて一斉に襲撃してきた。

それだけではない。尋常の法で抜くあたわずと知った官軍は、あえて一隊を陣の左後方にある深い厳谷の山に送りこみ、その上から小銃を放ちながら歓声をあげて降下してきた。挟み打ちの策で、さすがの土方軍も、動揺した。その山は、歳三が熊に追われた山であった。

「あいつら、熊がうるさくてたまらんと怒りだしても知らんぞ」と田本に言い棄てるや、歳三は胸壁のある陣地を、ひとつずつ馬を駈って訪れ、

「驚くな、敵のおどしだ。退く者あれば斬る」と叱咤《しった》激励した。

この四月二十三日から二十六日にかけての二股戦は、箱館戦争最大の激戦となった。五稜郭への道を一挙にかちとろうと、官軍は、険嶺《けんれい》をあえて冒し、深い谷川を渡り、胸壁の真下までしばしば迫ったが、そのたびに撃退された。

土方歳三は、自ら動きに動きまわり、諸壁の兵に樽酒を贈り、「すくない兵で、よく守ってくれた。私はつくづく舌をまいている。今日の戦いなぞ、君らにとって児童の戯れにすぎんだろう」と笑わせ、かつおだてた。この慰撫策がきいたのか、酔っては不覚をとるかもしれぬと、かえって彼等は自粛して、一杯以上を超えることはなかった。

官軍は、攻撃と撤退の波状戦術をとった。兵をとっかえひっかえして、その戦術を繰り返したが、ついに二股口の胸壁を抜くことができなかった。

やむを得ず官軍は策を変え、兵を割いて、矢不来《やんげない》の一戦にまわした。

二十九日、ストーン・ウォールをはじめとする艦隊の海上よりの砲撃と、海陸合せて二千五百余の大軍の猛攻の前に、矢不来の旧幕の砦《とりで》はついに陥落し、守備兵は散りぢりとなって敗走する。

総裁の榎本武揚《えのもとたけあき》は、この敗報をきいて激しく動揺したのか、二股口へ騎兵の伝令を送りこみ、一の渡《わたり》村まで兵を引揚げるように命じてきた。

土方歳三は、それをあっさり承知した。士官の中には不満の表情を示すものもいたが、ただちに撤退の準備を兵に命じ、夕刻のうちには、一の渡へ帰陣した。荷をまとめながら、田本研造には、あれほどまでに阿修羅の如く戦い、しかも不敗のまま、榎本の命といえ、さっさと退いていく歳三の気持が、わからなかった。

十九　句　会

五月四日より五稜郭に入った歳三は、市中取締りがてら、田本のもとへ寄って、雑談をかわしたり、また写真を撮らせたりしていた。七日にも、払暁からすでにはじまっている海戦を見んものと、歳三は田本を訪ねた。

木津幸吉の写場のあたりからは、港がよく見下ろせた。朝がたは東風が吹き、小雨模様であったが、昼近くから西風にかわり、晴天となった。

ひときわ激しくなった砲声を背に受けながら、木津の写場への坂をのぼってくると、田本研造が、道ばたにでて、据えられた数台の写真機の間を、義足のぎくしゃくした足どりで、助手たちに声をかけながら、せわしげに駈けずりまわっているのが見えてきた。中に即席の暗室が入っているらしい大きなテントが、そのまうしろに用意されていた。

「うまくいきそうかね」

歳三は、田本のそばへ近づいて言った。

「うーん、うまくいかねえ、朝から失敗ばかりだ。いや、空は晴れてきたから、ひょっとすればだ」

田本は、ふりかえりもせずに答えた。

敵艦隊と味方の回天と蟠龍が、たがいにみるみる接近したと見るや、両者からほとんど同時に砲弾が発射された。青い空は、たちまち黒い硝煙で包まれ、一瞬、艦の姿さえ呑みこんだ。

「こんなにたくさん写真器械なぞを並べたてて、不便じゃないかね」

「いや、この器械は、土方さん、どうやら、誰がとるかでなくて、なにをどう撮るかであって、それさえきまっていれば、誰が撮ってもいいってことを、二股は教えてくれましたよ。個人の動ける範囲なんて、たかがしれている」

そうかもしれぬと土方は肯いた。

田本は、これからおそらく弟子をたくさん育て、それらのものたちの手わけでなされた仕事を、すべて「田本研造」の名で、この世に残していくだろう。のちに自刃した松前藩の侍を肉厚な迫力で撮った写真などは、商人のごとき写真師田本研造のものではなく、雅号の「音無榕山」の作品であり、それら二つの役割を彼は同時にやりとげていくだろう、と歳三は思った。

「土方さん、どうやら木津幸吉は、東京へ引っ越すつもりらしい。記念に、俺の器械はお前にみなあげるというのですさ。気前のいいこった。清水谷公が、さかんに昔から東京で店をもてと彼を引いていましたからね。向うで最新式のものを買う気なのかな」

「そうかな。お前が箱館から追いだしたようなものだろう」

「これは、口が悪い。でも、今日の土方さん、へんにしっとりしてるな。写真を一枚、外で撮らして貰おうかな」

「ああ、いいとも」と歳三は笑って肯いた。

田本は椅子をもってきて彼を坐らせると、白い幕をうしろに張って、光を調節した。この日の土方歳三は、腰に長刀を吊し、片手を腰にあて、ゆったりとした姿勢で坐っている。

視線が斜めなのは、坐ったところから、闌《たけなわ》の海戦を見下ろしていたからである。この写真は安富才輔の手紙をもった馬丁の沢忠助の手によって、実家の土方家へのちに届けられた。

撮影が終っても、歳三は黙念と海上を見下ろしていた。

「土方さん、まもなく戦争は終る」

ぶっきらぼうに田本が言った。「死ぬんですかえ」と田本は、すこし困ったような顔をして言葉を続けた。

「いや、死ぬ気はないよ。ただし降伏でもしたら、どうせ死刑だ。蝦夷の奥にでも逃げるか」と歳三は薄ら笑った。ことさら死ぬ気はなかったが、歳三はまもなく戦闘中に死ぬような気がしていた。

「どんな死にかたをするのかな」と田本は言った。俺にもわからぬと歳三は思った。

「それにしても、二股で、熊に追われて逃げ戻ってきた時の土方さんってのは、おかしかったたな。あれはよかった」と思いだすようにして、田本は含み笑いした。

ついに回天が敵艦隊に追いまくられ、洲《す》にのりあげて浮砲台になったのを見届けてから、ようやく歳三は、腰をあげた。

五稜郭へ戻る途中、千代ケ岡の台場を横切った時、そこを守る中島三郎助の顔を急にみておきたいと思った。

重い雪の降る江差で、人見勝太郎と立ち話に熱中していた時、立ち聞きされたのが、最初の出逢いであったが、その後、ちらりと姿を見かけても、とくべつ話しあったりすることもなかった。この台場とともに死ぬ、と高言している噂はきいていた。

台場の中へ入ると、向うから榎本釜次郎と陸軍奉行の大鳥圭介が、けわしい顔で話合いながら歩いてきた。

すれちがいざま、榎本ははっと歳三に気がつき、急に明るいしぐさを作って立ちどまり、「おや、戦中句会に土方さんも呼ばれましたかな」と問いかけてきた。

「どういうことです」

「中島さんがね、この危急のとき故、あえて句会を開くというもんだから、大鳥君ときたんだが、魂の鍛練が足りんと見えて、さっぱり浮ばんので、さきに失礼してきた」と答えると、大鳥が「いや、土方さんは、句をひねるらしいよ」と語を引きとった。「いや、江戸の試衛館にいた若いころの話で、あれっきりです」。

と皮肉にもとらずに歳三は正直に返事し、「回天も、ついにだめになりましたね。新地新町の丘から、いままで観戦してました」とつけくわえた。

彼等の心配顔は、この回天もついに失ったことだったらしく、榎本は思わず八の字髭に手をやった。「うむ、困ったことだ。ところで、新地新町と言えば、田本研造……」としばらく考えこむように間を置いた後、「写真といえば、この大鳥さんは、専門家だ。諸国の原書を読んで、自分で作ってみたお人だ。ダキューレオティピもコロジオンもみなやってみた御仁だ」と告げれば、大鳥は笑って「なあに、それこそ昔の話です」と謙遜《けんそん》し、「箱館へ来てからも、とんと下手な戦争屋で」と卑下した。

この大鳥圭介という男も、そんなに嫌いじゃないと歳三は思った。戦《いくさ》に敗けても「負けた、また負けた」と大声をだして、けろり帰ってくるところなどは、好きだった。

が、本人はけろりでもないらしく、歳三には奥羽戦争以来ずっとひけ目を感じているのか、箱館では、同じ陸軍奉行ながら、ほとんど戦場をともにしなかった。写真もこの男ならやりそうなことだ、とも歳三は思った。だが、田本とは人種がすこし違う、とも思った。いや、大いに違うと思った。

榎本は、どうも苦手な土方のそばを早く立ち去りたいらしく、「君、ほら、この前、桔梗野《ききょうの》で見つけたパピリオね」と大鳥に向って話題をかえようとした。そこで歳三はわざと「パピリオってなんです」ときく。大鳥が「なあに、蝦夷の揚《あげ》羽《は》の蝶《ちょう》は、内地のと違って縞《しま》の青が綺麗《きれい》だってことさ」と答えると、しかりとばかり榎本は、また髭に手をやった。もし榎本に髭がなかったら、どんな顔だろうと思い、またおそらく生きかたがちがったにちがいないと思った。

歳三が、「失礼、ちょっとその句会とやらをのぞいてみます」と一礼すると、榎本はほっとした顔をした。そんな表情の残映を頭に浮べつつ、微笑しながらしばらくいくと、すでに葉桜になりかかった桜の木の下に、赤い軍用毛布を敷いて、十人ほどの男たちが坐っていた。

みな瞑目《めいもく》をしているところを見ると、どうやら句をひねっているらしい。その中に新選組の安富才輔がいたので、その横に黙って坐った。

上座には、背を板のように張って、中島三郎助が古武士然として坐っていたので、遠くから頭を下げると、むこうも大きい唇をすこし動かして、礼をかえした。その横に宗匠然として坐っているのが、三郎助の師である孤山堂無外《こざんどうむがい》だと、才輔は耳うちした。「あのお人は箱館へ行脚の途中、戦争にまきこまれて、そのまま居ついているのだ」ということであった。

安富才輔は、いっこうに歳三が句を作る様子もないのに気がつき、「ほら、土方さんがいらっしゃったおかげで、一句できました」と半紙にさらさらと筆を走らせはじめた。覗くと、「若鮎や力足らずや早瀬かな」とあった。「誰のことだい」ときくと、才輔は「さあ、誰のことでしょうかね。すくなくとも私じゃないですよ」ととぼけた。「俺はもう若鮎じゃないぞ」と歳三は思った。

歳三は、句会などという懐しい雰囲気の中にひたっているうちに、なにとはなく、ほがらほがらの気分になっていった。

そして、ふと木古内で重傷を負って高松凌雲《たかまつりょううん》の病院にいるという伊庭八郎に逢ってみたくなった。伊庭とは、へぼ同士の俳友でもあった。歳三は、いま来た道を箱館のほうへ逆戻りすることにした。

陽は落ち、砲声は完全にやんでいた。

伊庭八郎は、松前の殿様がつかっていたという掛け蒲団をかぶって、眠っていた。歳三の来訪を知って、「やあ」と笑って半身を起こした。「まだ、死ねないらしいな」と歳三は言った。「むずかしいですね、死ぬってえのは」と八郎は応じた。

「死ぬと言えば、田本さんを想いだすな、あの朝、写真撮って帰ったんですよ」

「ああ、きいている」と歳三は答えた。「横山さんがとったんだが、その写真を見ると、このやさ男の俺が、ごつい男に写っていてね。あの人に強姦《ごうかん》されたみたいで変でしたよ」と八郎。歳三は、ふんふんと肯いただけで、ついに俺も写真を撮ったぞとは言わなかった。

いままで、葉桜の樹の下で戦中句会にでていたことを話した。

「桜、桜か。松前の戦いでは、そのころ蝦夷桜は満開でしたよ。鴉が一羽、その桜の中に、あっと思うまに跳びこんで、ずいっと抜けていったのですが、その時、桜の花びらが、どっとかたまって落ちたので、あっと声をだしてしまった」八郎は、ここまで言うと、一息ついた。歳三は、冬の二股口の戦場で、兵の屍体に群がっていた鴉を思い浮かべた。八郎は、またしゃべりだした。

「と、まもなくでしたよ。合図のように福山湾に集ってきた敵艦隊が砲撃を開始しましてね。その真黒い砲弾がみな広大な桜の林の中を通り抜けていくんです。そのたびに、どぼっどぼっと花びらが雪崩《なだ》れて散るんです。そのすこし後方で、火の塊りが炸裂《さくれつ》するんですが、なんというのかな、はるかに散った時の桜の色のほうが鮮やかなんだな」

目をつむって伊庭八郎は、その情景を想いかえしているようだった。

「凄いね」と歳三はあいづちをうった。「ああ」と八郎はそれに答えた。すこし沈黙があった。しばらくして、「来る途中一句できたよ」と歳三は言った。

「たたかれて音の響きし薺《なずな》かな」

自分で、てれくさそうに詠《よ》みあげてみせた。「へえ」と八郎はニコニコして耳を傾けていたが、すぐに「僕のも見てくださいよ」と蒲団の下から、傷の痛むのをこらえながら、紙きれをとりだした。

歳三はそれをとりあげて、自分が詠んだ。

「猛《たけ》る気の満て労《つか》れし若鶏かな、うむっ、悪くないじゃないか」

歳三と八郎は顔をしばらく見合せたのち、こんどは一緒に声を揃えて馬鹿笑いした。

二十　双　眼　鏡

明治二年五月十一日。箱館戦争は、大詰を迎えていた。

市民はみな、臥牛山（箱館山）に難を避けていたが、はや戦いに慣れて、山上から見物としゃれこみ、それは余裕とやけくそを、表わしていた。

席売りやおむすび売りまででている始末だったが、とつぜん官軍は意表をついて、臥牛山の裏にあたる寒川の絶壁をよじ登るや、一時に菊の大旗を翻して山上に立ち、すぐさま銃を乱射しながら駈け降りてきたので、市民は右往左往した。

土方歳三は、この日の戦闘で死んだ。

箱館の市内へ突入した官兵は、旧幕軍を圧倒し、ついに一本木の関門まで迫った。

押し返さんと、五稜郭を出た土方歳三は、敵状を探らんとして一本木の茅屋《ぼうおく》の屋根を登って、双眼鏡をとりだし、敵の屯集《とんしゅう》する箱館の市街の方角へ向けて目に当てがった。

南風が歳三の頰を撫でて過ぎた。なぜか歳三は、双眼鏡を晴れた海のほうへずらした。そこに軍艦の姿はなく、ただ海は小波《さざなみ》をたてて光っていた。

その時、飛び来たった銃弾が、歳三の胸を貫いた。手から離れたシーボルトの双眼鏡は、青空に高く舞い上り、歳三は声もなく真逆様《まっさかさま》に屋根から転がり落ち、絶息した。

解説

縄田一男

武州多摩の田舎剣客から身を起こし、風雲京洛《けいらく》の巷《ちまた》に、甲州勝沼に、或《あ》るいは北の果て箱館に、落日の徳川家に忠誠を尽くし、果敢に散っていった男たち。新選組に対する熱きオマージュは、彼らの最期が悲壮であればあるほど、いまなお私たちの胸に熱い思いをかき立ててやまない。確かにシビアーな眼で見れば、彼らは幕末風雲の機に乗じてサムライたることを望んだ人斬り集団に過ぎないかもしれない。しかし、そうした新選組の面々——近藤勇や土方歳三、或いは沖田総司の生きざまにロマンの夢を託すのは、後世に生まれた者の特権であるといっていい。

このことは、わが国の歴史・時代小説の流れの中で、子母沢寛の『新選組始末記』(昭3、現、中公文庫)や流泉小史の『剣豪秘話』(昭5、後に、新人物往来社刊)といった新選組に関する先駆的な作品が、聞き書きや史料をもとにして隊の興亡や隊士たちの姿を克明に再現したドキュメントであったにもかかわらず、後続作品によってその虚構化が進んでいったことでも明らかであろう。

この新選組傑作アンソロジーは、全巻を通読すると新選組の興亡史が分かる〈新選組興亡録〉と、隊士ひとりひとりのエピソードを描いた〈新選組烈士伝〉の二巻に分けて、新選組を扱った名作・秀作を精選、ファンの机上に贈るものである。

「理心流異聞」（司馬遼太郎・「文芸朝日」昭37・8）

まず巻頭の一作は、新選組の華、沖田総司を主人公に、天然理心流の基盤を武州多摩郡一帯の風土感の中にさぐった新選組前史ともいうべき作品である。物語の核は、その沖田総司が江戸の試衛館時代に近藤勇の理心流と確執のあった柳剛流の剣客、平岡月松斎と再会、これを倒すまでを興味満点に描いたもの。話は、京都で新選組が結成された後まで持ち越されるが、本篇における沖田総司と平岡松月斎の対決は、土方歳三を描いた長篇『燃えよ剣』における土方と宿敵・七里研之助とのそれを彷彿とさせて興味深い。

なお、司馬遼太郎に関しては、〈新選組烈士伝〉の解説を参照していただきたい。

「浪士組始末」（柴田錬三郎・昭41・5、講談社刊『柴田錬三郎傑作シリーズ・浪士組始末』所収）

京洛の巷にその名を轟《とどろ》かした新選組興亡史の最初の主役は、近藤や土方ではなく、まして沖田でもない。一代の策士とも早すぎた志士とも呼ばれる清河八郎である。この清河、天保元年、庄内藩田川郡清川村で郷士を父として生まれた幕末草莽の士で、剣は北辰《ほくしん》一刀流、学識・容貌《ようぼう》ともに優れ、横浜外人居留地焼き打ちや寺田屋事件に関与。一般には、文久三年、幕府に進言して浪士隊を結成、二百四十名の浪士がこれに応募して上洛するも、京につくやいなや自分の真意が尊攘《そんじょう》思想にあることを表明、この時、袂《たもと》を分かった近藤や芹沢らが京都守護職の支配下に入ったため、結果的には新選組の生みの親となったことで知られている。この作品は、その浪士組結成のエピソードを中心に、清河八郎暗殺までの経緯を史実に沿ってまとめたもの。

作者の柴田錬三郎は、大正六年（一九一七）岡山県生まれ。慶応大学在学中から小説を発表し、昭和二十六年『イエスの裔《すえ》』で直木賞を受賞。『眠狂四郎無頼控』の作者としてあまりにも有名だが、夫人が清河八郎の甥に当たる斎藤家の血をひく人で、はじめて書いた時代ものは、清河八郎を主人公とした『文久志士遺聞』（後に『清河八郎』と改題、集英社文庫、富士見時代小説文庫）であった。昭和五十三年（一九七八）没。

「降りしきる」（北原亞以子・原題「壬生の雨」、「オール讀物」平1・12）

清河八郎率いる浪士組から離脱、京都守護職松平容保の支配下に入って新選組を結成した近藤、芹沢両氏の確執は日増しにつのり、遂に新選組血の粛清の最初のものとして芹沢暗殺が決行される。この作品はその暗殺の際、共に殺害された芹沢の情婦お梅の視点を通して描かれたもの。文字通り〝降りしきる雨〟の中、お梅の中で「好色で乱暴で獣のような男と聞かされていた」が「案外に人がよかった」芹沢に、「隊士の中でただ一人、お梅に会うと顔をそむける男」土方歳三が対置されていく。お梅と土方との間で恋情とも憎しみともつかぬ気持ちが煮詰まっていく心理小説的な凄みが最大の読みどころであろう。

北原亞以子は昭和十三年（一九三八）、東京、新橋生まれ。『深川澪通り木戸番小屋』で泉鏡花文学賞を、江戸のキャリア・ウーマンたちの恋と苦悩を現代に通じる手法で描いた『恋忘れ草』で直木賞を、『江戸風狂伝』で女流文学賞を受賞。江戸の世態風俗を情感あふれる筆致で描いた諸作はつとにその評価が高い。

「近藤と土方」（戸川幸夫・「別冊小説新潮」昭36・1）

新選組興亡史最大のクライマックスといえば、いうまでもなく、元治元年六月五日、近藤勇が隊士を率いて斬り込んだ池田屋騒動だろう。この作品は、その斬り込みに至る経緯を多少の潤色を加えてまとめたもので、近藤と土方の性格を対比的に描くことで新味を出すことに成功している。池田屋の乱闘は二時間に及び、即死した志士は七名、捕縛は二十三名、明治維新を一年遅らせたといわれたほど新選組の名を洛中に高からしめた事件である。隊の絶頂期にあって、近藤らは明治があと二年に迫っていることを知らない。作者はそうした彼らの有為転変のさまに触れ「人生の哀歓というか——興亡を、わずかの間に見て、二人の姿に、その寂しい影がみられるのも、たまらない魅力」だと記している。

戸川幸夫は明治四十五年（一九一二）、佐賀県生まれ。直木賞を受賞した『高安犬物語』等により、わが国で類を見ない動物文学の書き手として知られている。長谷川伸の新鷹《しんよう》会に参加、歴史・時代小説にも作風を広げ、この他、新選組を扱った作品に短篇「腹」（後に、PHP文庫『仇討ち異聞』に収録）等がある。平成十六年（二〇〇四）没。

「雨夜の暗殺―新選組の落日―」（船山馨・昭44・1、廣済堂刊『定本幕末の暗殺者』所収）

新選組最大の内部分裂・抗争事件は、何といっても参謀・伊東甲子太郎一派の離脱と彼らの暗殺である。伊東甲子太郎は、常陸志筑《ひたちしづく》の脱藩者で、天保六年の生まれ。鈴木三樹三郎の実兄である。同じ北辰一刀流の仲間である藤堂平助のすすめで入隊。近藤は佐幕派、伊東は勤王派に分かれていても攘夷という点では共鳴し、同志となったという点に、新選組という集団の思想的な特異性を見ることができる。しかし、結局は、慶応三年三月、孝明天皇の御陵衛士《ごりょうえじ》を拝命、局を脱して高台寺党を結成するも、油小路で新選組に暗殺されることになる。この作品は、その甲子太郎暗殺に至る経緯を、一般には余り知られていない佐野七五三之助《しめのすけ》の暗殺を軸としてまとめた異色作。遊女・春香とのエピソードには涙を誘うものがあり、特に佐野の「ただちょっと、野良犬に嚙まれた女のことを考えていただけです」という台詞は、彼のやりきれぬ心情を伝えていて印象深い。

なお、船山馨に関しては、〈新選組烈士伝〉の解説を参照していただきたい。

「近藤勇と科学」（直木三十五・「文藝春秋増刊・オール讀物号」昭5・7）

慶応三年十月十四日の大政奉還とそれに続く王政復古の大号令で、鎌倉幕府以来の武家政治も終わりを告げ、鳥羽・伏見の戦い、江戸への引き揚げ、そして甲州鎮撫隊の甲府入りと、ここまで来ると、新選組の男たちもひたすら落日への道をたどり続けることになる。この作品は、これらの戦闘を通して語られる時代の終焉《しゅうえん》を、銃火器＝科学文明の力に対する刀＝武士道の敗北という視点から描いたもので、テーマの切り取り方の見事さでは、数ある直木の作品の中でも際立ったまとまりを持っている。

直木三十五は、明治二十四年（一八九一）大阪生まれ。編集者・コラムニスト等を経て『仇討十種』を出版。『南国太平記』『明暗三世相』等の作品で一世を風靡《ふうび》するも、昭和九年（一九三四）、四十四歳の若さで死去。菊池寛がその死後、友情の発露として芥川賞とともに直木三十五賞を設立したことは余りにも有名。

「甲州鎮撫隊」（国枝史郎・原題「鎮撫隊愛憎史」、「講談倶楽部」昭13・7）

何ともいかめしい題名と思いきや、甲州鎮撫隊のエピソードは、むしろサブ・ストーリーで、これは、不世出の天才剣士・沖田総司の最期を描いた作品である。題名が硬いのは、作品が発表されたのが戦時中のためであろうか。鳥羽・伏見の戦いの後、病状の進んだ沖田総司は、江戸に引き揚げた後、典医松本良順の治療を受けることになる。沖田の看病をしたのは子母沢寛の『新選組遺聞』では、姉のおみつであるが、鈴木享『新選組100話』（新人物往来社刊）によれば、この時期、おみつは新徴組隊士の夫・沖田林太郎と共に庄内に行っており、この姉とは次姉のきんであるという。沖田の最期のエピソードでは、例の庭先に来ていた黒猫を斬ろうとして果たせなかったというのが有名だが、この作品では、虚構を混じえた愛憎劇を設定して、この天才剣士の最期を飾っている。沖田の享年二十五歳。

国枝史郎は、明治二十一年（一八八八）、長野県生まれ。脚本集『レモンの花の咲く丘へ』で劇作家として出発。大阪朝日、松竹脚本部を経て伝奇ものへと転じ、『蔦葛木曾棧《つたかずらきそのかけはし》』や『神州纐纈城《こうけつ》』が代表作。昭和十八年（一九四三）没。

「流山の朝」（子母沢寛・「中央公論」昭10・4）

慶応四・明治元年の五月三十日、沖田総司が千駄ヶ谷で死んだのよりほぼ一ヵ月ほどはやい四月二十五日の朝、もと新選組局長・近藤勇は、板橋宿の刑場で斬首《ざんしゅ》された。首は一里塚に晒された後、塩づけにして京都へ送られた。京都でその首が晒された時は、大変な評判となり、当時の「中外新聞」は「閏《うるう》四月八日元新選組の隊長近藤勇昌宣といふ者の首級、関東より来りて三条河原に梟《さら》されたり。其身既に誅戮《ちゅうりく》を蒙《こうむ》りたる身なれば、行の是非は論ぜず。其勇に至りては惜む可き壮士と言はざるはなし」と伝えたという。この作品は、その近藤が、あくまでも一個の人間に戻って欣然《きんぜん》と死に赴くまでの心境を、土方との対比等を通して綴《つづ》った秀作である。

なお、子母沢寛に関しては、〈新選組烈士伝〉の解説を参照していただきたい。

「歳三の写真」（草森紳一・「小説歴史」昭50・3）

近藤、沖田亡き後も、転戦を続けた土方歳三は、会津戦争に参加し、更に榎本武揚率いる旧幕府艦隊と行動を共にし、蝦夷（北海道）箱館の地に戦場を求めた。維新後も、あくまでも徳川家に対する〝誠〟を貫こうとした土方の姿はそれが鮮烈であればあるほどある種の悲壮美をもって私たちに迫ってくる。草森紳一には、この作品を表題作とし、新選組に関する異色の小説、史論、エッセイによる作品集『歳三の写真』(現・新人物往来社刊)がある。その巻末に付せられた「『歳三の写真』ノート」によれば、この作品の執筆は、池袋の西武デパートで開かれた「日本近代写真百年展」を見て、そこに展示してあった歳三の写真にある種の「近代性」の匂いを感じ取ったことにはじまるという。そこから、「自らの近代性に逆歯車をまわしていく男の存在をさぐってみたい」と考え、この写真機という薄気味の悪い代物を「鉄砲に等しい西洋文明の象徴として受けとめ、それが近き未来の世界のものであることを、観念的にも感覚的にも予知せざるを得なかった」男の物語としてまとめ上げたわけである。土方歳三が、現在のような人気を得るに至ったのは、司馬遼太郎の『燃えよ剣』によるところが大きいのだが、その司馬作品とは別の角度から出色の土方像をつくり上げた傑作として、かなりの長さではあるが敢えて収録した次第である。

草森紳一は、昭和十三年(一九三八)北海道生まれ。慶応大学中国文学科卒。『ナンセンスの練習』『江戸のデザイン』『鳩を喰う少女』等、異色の研究・小説がある。『歳三の写真』は新選組ファンにとっては必読の作品集といえるだろう。平成二十年(二〇〇八)没。

以上九篇、幕末維新の動乱期に一閃《いっせん》の光芒《こうぼう》を放って散っていった熱き男たちの物語は、虚実とりまぜた様々な像を私たちの中で結び、いつまでも興味は尽きない。同時に刊行される〈新選組烈士伝〉も併せて御愛読を乞う次第である。

本書は平成二年五月、河出書房新社より『新選組傑作コレクション・興亡の巻』として刊行された単行本を、構成を一部変更し、タイトルを改めて文庫化したものです。特に記載のない作品については、同書を底本としました。

新選組興亡録《しんせんぐみこうぼうろく》

司馬遼太郎《しばりょうたろう》　柴田錬三郎《しばたれんざぶろう》　北原亞以子《きたはらあいこ》
戸川幸夫《とがわゆきお》　船山《ふなやま》 馨《かおる》　直木三十五《なおきさんじゅうご》
国枝史郎《くにえだしろう》　子母沢《しもざわ》 寛《かん》　草森紳一《くさもりしんいち》
縄田一男《なわたかずお》＝編

平成15年 10月25日　初版発行
令和6年 9月20日　13版発行

発行者●山下直久

発行●株式会社KADOKAWA
〒102-8177　東京都千代田区富士見2-13-3
電話　0570-002-301（ナビダイヤル）

角川文庫 13114

印刷所●株式会社KADOKAWA
製本所●株式会社KADOKAWA

表紙画●和田三造

●お問い合わせ
https://www.kadokawa.co.jp/（「お問い合わせ」へお進みください）
※内容によっては、お答えできない場合があります。
※サポートは日本国内のみとさせていただきます。
※Japanese text only

ISBN978-4-04-367102-1　C0193

◆◇◇